위대한 개츠비

F. Scott Fitzgerald : The Great Gatsby

위대한 개츠비

F. 스콧 피츠제럴드
김영하 옮김

문학동네

다시
젤다에게

그렇다면 황금모자를 써라, 그것으로 그녀를 움직일 수 있다면.
당신이 높이 뛸 수 있다면, 그녀를 위해 높이 뛰어라.
그녀가 외칠 때까지. "내 사랑, 황금모자를 쓴, 높이 뛰어오르는 내 사랑이여,
당신을 차지하리라."

_토머스 파크 딘빌리어스

일러두기

1. 본문 중의 주석은 모두 옮긴이 주이다.
2. 고딕체는 원서에서 이탤릭체로 강조한 부분이다.

차례

위대한 개츠비 11

해설 | 표적을 빗나간 화살들이 끝내 명중한 곳에 대하여 225
F. 스콧 피츠제럴드 연보 239

1

 지금보다 어리고 민감하던 시절 아버지가 충고를 한마디했는데 나는 줄곧 그 말을 곱씹어왔다.
 "누군가를 비판하고 싶을 때는 이 점을 기억해두는 게 좋을 거다. 세상의 모든 사람이 다 너처럼 유리한 입장에 서 있지는 않다는 것을."
 더는 말씀하지 않으셨지만, 우리 부자는 길게 말하지 않아도 늘 이상하리만치 말이 잘 통했고, 나는 아버지의 말씀이 훨씬 깊은 의미를 함축하고 있다는 것을 알고 있었다. 그후로 나는 모든 것에 대해 판단을 미루는 버릇이 생겼는데, 그 때문에 유별난 성격의 소유자들이 툭 하면 나에게 접근해왔고, 따분하기로는 둘째가라면 서러울 인간들로부터 적잖이 시달림을 받았다. 정상적인 사람에게 이런 특징이 나타나면, 비정상적인 정신은 얼씨구나 하며 잽싸게 알아채고 달라붙기 마련이다. 그래서 억울하게도 대학 시절에는 정치적이라는 비난을 받았는데, 다들 누군지도 잘 모르는 특이한 놈들의 은밀한 슬픈 사연까지 알고 있었기 때문이었다. 대부분은 내가 원하지도 않는데 찾아와 주절거린 것들이었다. 그래서 나는 그들이 내밀한 고백을 하려는 기미가 확실하다 싶으면 종종 자는 척, 뭔가에 몰두해 있는 척했고, 때로는 곁을 주지 않으면서 가볍게 받아쳤다. 젊은 친구들의 내밀한 고백, 혹은 그 고백의 말이라는 게 잘해봐야 남의 것을 표절한 것이고, 그 사실을 억지로 숨기려다보니 대개 어딘가 앞뒤가 맞지 않기 마련이다. 판단을 유보하면 희망도 영원하다. 아버지가 점잔빼며 말한 바 있고 나 역시 똑같은 태도로 다시 반복하지만, 인간이라면 응당 갖추어야 할 품위는 실은 날 때부터 사람 나름이다. 이것을 간과하고 다른 뭔가를 놓칠까봐 나는 지금도 조금 불안하다.

이렇게 너그러움을 과시하기는 했지만, 이런 내 관대함에도 한계가 있다는 것을 깨닫게 되었다. 인간의 행위야 단단한 바위에 기초할 수도, 축축한 습지에 근거할 수도 있겠지만, 어느 수준을 넘어서면 나는 더이상 그런 것들에 연연하지 않는다. 지난가을 동부에서 돌아왔을 때의 내 마음은 세상이 제복을 갖춰 입고 영원토록 일종의 도덕적 차렷 자세를 취하고 있기를 바라는 것이었다. 나는 더이상 타인의 내면을 우월적인 시선으로 내려다보며 요란하게 이러쿵저러쿵하고 싶지 않았다. 오직 개츠비, 이 책에 자신의 이름을 제공한, 내가 진심으로 경멸하는 모든 것을 대표하는 개츠비, 그만이 예외였다. 인간의 개성이라는 게 결국 일련의 성공적인 제스처라고 한다면, 그에겐 정말 대단한 것이 있었다. 1만 마일 밖의 흔들림까지 기록하는 지진계처럼 그는 인생에서 희망을 감지하는 고도로 발달된 촉수를 갖고 있었다. 그러한 민감성은 '창조적 기질'이라는 미명하에 흔히 미화되곤 하는 진부한 감성과는 차원이 달랐다. 희망, 그 낭만적 인생관이야말로 그가 가진 탁월한 천부적 재능이었으며, 지금껏 그 누구도 갖지 못했고 앞으로도 그러할 성질의 것이었다. 아니, 결국 개츠비는 옳았다. 인간들의 설익은 슬픔과 조급한 기고만장에 대해 내가 잠시나마 관심을 잃게 되었던 것은 개츠비를 삼킨 것들, 그리고 개츠비의 꿈이 지나간 자리에 부유하는 더러운 먼지들 때문이었다.

나는 이 중서부 도시에서는 삼대에 걸쳐 꽤 알려진, 부유한 집안에서 태어났다. 캐러웨이 가문은 제법 뼈대 있는 집안으로, 버클루 공작의 후예라는 말도 전해내려온다. 그러나 우리 가족의 실제 시조는 할아비지의 형님으로, 그는 1851년 이곳에 정착했다. 남북전쟁이 발발하자 다른 사람을 대신 전쟁에 내보내고 철물 도매업에 손을 댔는데, 현재는 아버지가 사업을 이어받아 계속하고 있다.

큰할아버지를 뵌 적은 없지만 나는 그분을 닮았다고들 한다. 아버지 사무실에 걸려 있는 무뚝뚝한 인상의 초상화를 보면 정말 그렇다. 나는 1915년, 우리 아버지보다 딱 이십오 년 늦게 뉴헤이번에 있는 대학*을 졸업했고, 그로부터 얼마 후 때늦은 튜턴족의 대이동, 그러니까 훗날 대전쟁**으로 불리게 될 전쟁에 참여했다. 미국의 반격에 하도 신이 났던 터라 돌아와서도 한동안 마음의 안정을 찾지 못했다. 중서부는 이

---

* 예일대학.
** 1차세계대전.

제 활기찬 세계의 중심지라기보다 초라하기 이를 데 없는 세상의 끝처럼 보였다. 그래서 나는 동부로 가서 증권계에 몸담기로 결심했다. 내가 아는 모든 이들이 증권계에 있던 시절이라 딸린 입도 없는 나 같은 독신남 하나 비집고 들어갈 여지는 충분해 보였다. 친척 어른들은 마치 대학 예비학교 결정이라도 하는 듯한 태도로 머리를 맞대고 의논을 하더니, 마침내 매우 엄숙한 얼굴로 마지못해 "글쎄, 뭐, 괜찮겠지"라고 말했다. 일 년 동안의 생활비는 아버지가 대주기로 했다. 여러 가지 일로 미루고 미룬 끝에 1922년 봄, 나는 아주 눌러앉을 생각으로 동부로 왔다.

시내에 방을 구하면 편했겠지만, 따뜻한 철이었고 넓은 잔디밭과 정든 나무들이 있는 시골에서 막 떠나온 참이라, 마침 동료가 시내에서 좀 떨어진 통근 가능한 변두리 지역에 집을 하나 얻어 함께 지내는 게 어떠냐고 제안해왔을 때, 선뜻 그러마고 했다. 그가 비바람에 시달린 허름한 월세 80달러짜리 방갈로를 구했지만, 회사에서 그 친구를 갑자기 워싱턴으로 발령 내는 바람에 결국 나 혼자 이사할 수밖에 없었다. 나는 개 한 마리(며칠 후 달아나버리긴 했지만)와 낡은 도지 자동차 한 대, 그리고 핀란드인 가정부와 함께 지냈다. 침대를 정리해주고, 아침을 차려주고, 전기레인지에 대고 핀란드 속담을 중얼거리는 게 그녀의 일과였다.

그렇게 하루이틀쯤 쓸쓸하게 보내고 있던 어느 날 아침, 나보다 늦게 이사 온 누군가가 나를 불러세웠다.

"웨스트에그에는 어떻게 갑니까?" 그가 막막하게 물었다.

길을 가르쳐주고 발길을 옮기노라니 문득 더는 쓸쓸하지 않다는 느낌이 들었다. 나는 안내자이자 길잡이, 그리고 토박이였다. 의도한 건 아니었겠지만 그 사람이 내게 이 동네 사람이라는 시민권을 부여한 셈이었다.

그리고, 마치 영화 속 패스트모션처럼 무섭게 자라나는 나뭇잎들과 햇빛 속에서, 나는 이 여름 새로운 삶이 다시 시작되고 있다는 친숙한 확신에 사로잡혔다.

우선은 읽어야 할 책이 많았고, 맑고 신선한 공기를 마시며 건강도 챙겨야 했다. 나는 은행 경영, 신용대출, 증권투자에 관한 책을 열 권도 넘게 샀다. 조폐창에서 갓 찍어낸 신권 지폐처럼 금빛과 붉은색으로 번쩍이는 그 책들은 오직 미다스와 J. P. 모건과 마에케나스만이 알고 있는 그 눈부신 비밀을 보여주겠노라 약속하며 내 서가에 나란히 꽂혀 있었다. 그 밖에도 나는 많은 책을 읽을 작정이었다. 나도 대학 시절에는 글께나 쓰던 인간이었다. 어느 해인가는 예일대학 신문에 진지하고 명쾌한 논설을 연재하기도 했으니까. 나는 그 시절의 것들을 고스란히 되살려 모든 종류의 전문가 중에서도 가장 드물다는, 이른바 '전인적 인간'이 되려고 했었다. 하나의 창에서 훨씬 잘 보이는 게 인생이라는 말, 이는 그저 경구만은 아니다.

내가 북미 대륙에서 가장 이상한 동네 중 하나라 할 수 있는 이곳에 집을 얻은 것은 그야말로 우연이었다. 집은 뉴욕에서 정동쪽으로 뻗어나간, 시끌벅적하고 길쭉한 섬에 자리잡고 있었는데, 그 섬엔 자연의 신비라 할 만한 기이하게 생긴 두 지역이 있었다. 거대한 달걀 모양의 이 두 지역은 뉴욕으로부터 20마일쯤 떨어져 있었고, 외형은 서로 비슷했다. 만이라고 부르기도 뭣한 작은 만을 사이에 둔 채 서반구의 바닷물 중에서도 인간의 손길이 가장 많이 닿은 거대한 앞마당, 롱아일랜드해협으로 튀어나와 있다. 완벽한 타원형은 아니고 콜럼버스의 달걀처럼 접촉면이 납작하다. 생김새가 너무 닮아서 하늘의 갈매기들도 헷갈릴 지경이다. 날개가 없는 것들은 그 두 지역이 모양과 크기 말고는 전혀 닮은 게 없다는 점에 더 흥미를 느낀다.

내가 살던 웨스트에그는 이스트에그에 비하면 덜 화려한 편이었다. 물론 이 정도 말로는 두 지역 사이에 흐르는 그 기묘하고도 적잖이 불길한 어떤 차이점을 제대로 표현하기 힘들다. 너무 피상적인 꼬리표인 것이다. 내가 살던 집은 그 달걀의 가장 뾰족한 지점에 있었고, 해협에서 50야드밖에 떨어져 있지 않았다. 또 한 철에 만2천 달러에서 만5천 달러쯤은 줘야 빌릴 수 있는 거대한 두 저택 사이에 끼여 있었다. 오른쪽 집은 어느 모로 보나 그야말로 엄청난 대저택이었다. 노르망디 시청을 그대로 본뜬 것으로, 한쪽에는 야생 담쟁이덩굴이 성긴 수염같이 덮인, 지은 지 얼마 되지 않은 듯 보이는 탑과 대리석 수영장, 40에이커가 넘는 잔디밭, 그리고 정원이 딸려 있었다. 바로 개츠비의 집이었다. 아니, 그때는 개츠비를 모를 때였으니 그냥 그런 이름의 어떤 작자가 살고 있는 저택이었다고 해야 옳을 것이다. 내 집은 흉물이었지만, 워낙 눈에 띄지도 않는 흉물이어서, 나는 바다의 전망과 이웃집 잔디밭에 대한 부분적 조망, 백만장자들 바로 옆에 산다는 위안까지를 고작 80달러의 월세로 누릴 수 있었다.

만이라고 부르기도 민망한 좁은 만 건너편으로는 해변을 따라 화려한 이스트에그의 궁전 같은 흰 저택들이 번쩍이고 있었다. 그해 여름의 사건은 톰 뷰캐넌 부부와 밥을 먹으러 내가 차를 몰고 이스트에그로 간 그 저녁으로부터 시작된다. 데이지는 먼 친척 조카뻘이었고 톰은 대학 시절부터 친분이 있던 터였다. 전쟁 직후 시카고에서 이틀쯤 그들 부부의 신세를 진 일도 있었다.

데이지의 남편 톰은 여러 가지 운동에 재능이 있었지만 무엇보다 예일대학 미식축구 역사상 가장 힘 좋은 엔드 중 한 명이었으며, 그것으로 거의 전국적 명사가 되었다. 스물한 살 때 이미 오를 수 있는 곳까지 다 올랐기 때문에 그뒤로는 모든 것이 그저 내리막길처럼 보이는 그런 유의 인물이었다. 그의 집안은 굉장히 부유했다. 이미 대학 시절부터 헤픈 씀씀이로 세간의 빈축을 살 정도였지만 그는 여봐란듯이 시카고를 떠나, 남들이 보면 숨을 딱 멈출 정도로 거창하게 폼을 잡으며 동부로 옮겨왔다. 예를 들어 폴로 경기를 하겠다며 레이크 포리스트에서부터 폴로용 말을 한 떼나 몰고 온 것이다. 내 또래의 젊은이가 그 정도로 부유하다는 건 그다지 실감이 나지 않는 일이나.

그들은 왜 동부로 왔을까? 그들은 별다른 이유 없이 프랑스에서 일 년을 빈둥거렸고, 그후에는 사람들이 폴로를 하고 부자들이 모이는 곳이라면 어디든 쉴새없이 돌아다녔다. 이게 마지막이야. 데이지는 매번 수화기에 대고 다짐했지만 나는 그 말을 믿지 않았다. 데이지의 속내까지는 알 수 없었지만, 나는 톰이 이제 다시는 경험할 수 없을 미식축구 선수 시절의 드라마틱한 흥분상태를 그리워하며 영원히 방황하리라는 것을 느낄 수 있었다.

그리하여 따스한 바람이 불어오는 어느 날 저녁, 나는 잘 알지도 못하는 그 두 옛친구를 만나러 이스트에그로 차를 몰았던 것이다. 그들의 집은 예상보다 훨씬 장식적이었다. 붉은색과 흰색으로 산뜻하게 칠

한 조지 왕조 식민지풍의 대저택은 만이 내려다보이는 곳에 자리잡고 있었다. 해변에서 시작된 잔디밭은 현관을 향해 4분의 1마일이나 달려와, 해시계들과 벽돌로 포장된 산책로, 불타는 듯한 정원을 뛰어넘더니 그 여세를 몰아 밝은색 덩굴이 되어 저택의 벽을 타고 오르고 있었다. 저택의 정면은 한 줄로 이어진 프랑스식 창문으로 나뉘어 있었는데, 반사된 금빛으로 번쩍이는 창들이 오후의 따스한 바람을 향해 활짝 열려 있었다. 승마복을 입은 톰 뷰캐넌은 현관 앞에 다리를 떡 벌린 채 서 있었다.

대학 시절의 그가 아니었다. 한결 고집스러운 입, 건방진 태도, 밀짚색 머리의 건장한 서른 살의 남자가 되어 있었다. 거만하게 번뜩이는 두 눈이 얼굴에서 가장 두드러졌고 그 때문에 언제라도 덤벼들 듯한 공격적인 인상을 풍겼다. 승마복의 여성적 우아함도 그의 육체가 지닌 엄청난 힘을 숨기지 못했다. 신고 있는 승마부츠는 터질 듯 부풀어올라 맨 위쪽 끈까지 팽팽했고, 얇은 상의 속 어깨가 움직일 때마다 우람한 근육이 꿈틀거리는 것이 보일 정도였다. 거대한 지렛대에나 비유할 법한 무시무시한 체격이었다.

음성까지 높은 톤의 거친 허스키여서 더 성마른 인상을 풍겼다. 자기가 좋아하는 사람들에게까지 가부장적으로 무시하는 태도가 있었고, 뉴헤이번 시절에도 여럿이 그의 그런 성격을 싫어했다.

'뭐, 꼭 내 의견을 따르라는 건 아니야.' 그는 이렇게 말하는 듯했다. '내가 너희보다 힘 좀 쓰고 남자답긴 하지만 말이야.' 4학년 때 같은 모임에 속해 있었지만 한 번도 친하게 지낸 적은 없었다. 그러나 그는 늘 나를 인정해주었을 뿐 아니라 특유의 거칠고 오만한 태도로 내가 자신을 좋아해주길 바라고 있는 것 같았다.

우리는 햇살이 내리쬐는 베란다에서 잠시 이야기를 나눴다.

"위치가 괜찮은 집이지." 그는 두 눈을 번뜩이며 끊임없이 주위를 두리번거렸다.

톰은 한쪽 팔을 잡아 내 몸을 돌리더니 크고 넓적한 손을 들어 눈앞에 펼쳐진 풍경을 가리켰다. 그의 손이 지나간 자리에는 이탈리아식 침상枕床 정원이 있고 반 에이커에 심어진 짙은 색깔의 장미들이 강렬한 향기를 풍기고 있었다. 해안에는 앞이 넓적한 모터보트 한 대가 물결에 코를 들이받고 있었다.

"석유재벌 드메인의 집이었지." 그는 다시 내 몸을 잡아 돌렸다. 정중하긴 했지만 느닷없었다. "안으로 들어가지."

우리는 천장이 높은 복도를 지나 밝은 장밋빛 방으로 들어갔다. 양쪽 끝에 나 있는 프링스식 창문 덕분에 위태위태하게나마 본재에 붙어 있는 공간이었다. 살짝 열린 창문들이 집 쪽을 향해 길게 돋아난 푸릇푸릇한 잔디밭을 배경으로 희붐하게 빛나고 있었다. 방으로 스며든 산들바람 때문에 한쪽 창문의 커튼은 안으로, 또 한쪽은 바깥으로, 마치 옅은 색 깃발처럼 나부끼며 크림을 바른 웨딩케이크처럼 생긴 천장을 향해 소용돌이쳤다. 그러고 나서는 마치 바다에 바람이 불듯, 와인색 양탄자에 잔물결을 일으키며 음영을 만들어냈다.

방안에서 꼼짝 않고 자리를 지키고 있는 유일한 물건은 오직 엄청나게 큰 긴 의자뿐이었다. 그 위엔 두 여자가 붙잡아맨 열기구에라도 올라탄 듯 둥실둥실 떠 있었다. 두 사람 모두 흰옷을 입고 있었는데, 마치 잠깐 저택 근처를 날아다니다 방금 들어오기라도 한 것처럼 드레스가 잔잔하게 물결치고 있었다. 나는 커튼이 찰싹대는 소리, 벽에 걸린 그림이 달그락거리는 소리를 들으며 잠시 서 있었던 것 같다. 그러자 톰 뷰캐넌이 쾅 소리를 내며 창문을 닫았다. 바람이 잦아들자 커튼과 양탄자, 그리고 두 여자도 천천히 바닥으로 내려앉았다.

둘 중 더 어린 쪽은 초면이었다. 그녀는 긴 의자의 끝까지 몸을 쭉 뻗고 누워 꼼짝도 하지 않고 있었다. 마치 금방이라도 떨어질 듯한 물건을 올려놓고 균형을 잡고 있는 것처럼 턱을 살짝 치켜든 채로. 곁눈질로라도 슬쩍 내 쪽을 살폈을 것 같은데 겉으로는 전혀 내색하지 않았다. 하마터면 나는 방해해서 미안하다고 사과할 뻔했다.

또 한 사람은 데이지였다. 그녀는 자리에서 일어나려는 자세를 취했다. 신중한 자세로 몸을 앞으로 살짝 기울였다가 어딘가 부자연스러운, 그러나 매력적인 미소를 지어 보였고, 나 역시 미소로 화답하며 그녀 쪽으로 다가갔다.

"너무 행복해서 몸이 마, 마비돼버렸어."

그녀는 마치 너무나도 재치 있는 말을 했다는 것처럼 또 한번 웃었다. 그리고 잠깐 내 손을 잡고 내 얼굴을 올려다보았다. 이 세상에서 가장 보고 싶었던 사람이 바로 나였다는 듯이. 그녀는 늘 이런 식이었다. 그녀는 턱으로 균형을 잡고 있는 여자는 베이커라고 속삭였다(데이지가 속삭이는 건 사람들을 자기 쪽으로 가까이 오게 하기 위해서라는 이야기를 들은 적이 있다. 말도 안 되는 험담이지만, 설령 그렇다 해도 그 속삭임의 매력이 줄어드는 것은 아니다).

어쨌든 미스 베이커는 입을 실룩거리며 보일 듯 말 듯 고개를 까딱하더니 머리를 재빨리 원래대로 뒤로 젖혔다. 애써 균형을 잡고 있던 어떤 물체가 흔들렸고 그래서 깜짝 놀랐다는 듯이. 나는 또 한번 미안하다는 말이 튀어나올 뻔했다. 이렇게 완벽한 자기만족을 과시하는 사람들을 볼 때마다 나는 나도 모르게 찬사를 보내게 된다.

나는 데이지를 돌아보았다. 그녀는 나지막이 떨리는 목소리로 이것저것 물어보기 시작했다. 그녀의 음성은 뭐랄까, 귀가 따라가며 알아서 맞춰 들어야 될 것 같은 그런 종류의 것이었다. 흘러나오는 말 하나하나가 다시는 연주되지 않을 음정들의 배열 같았다. 빛나는 눈동자와 정열적으로 빛나는 입, 그 눈부신 광채로 그녀의 얼굴은 처연하면서도 사랑스러웠다. 반면 그녀의 목소리에는 그녀를 좋아해본 남자라면 잊기 힘든 어떤 흥분 같은 것이 실려 있었다. 음악적인 충동과 속삭임─'한번 들어볼래요?'─방금 즐겁고 신나는 일을 해치웠으며 곧이어 또 다른 즐겁고 신나는 일이 벌어지리라는 약속.

나는 동부로 오는 길에 시카고에 하루를 미물렀으며 그때 열 명도 넘는 사람들이 안부를 전해달라 부탁하더라는 말을 했다.

"나 보고 싶대?" 그녀는 황홀해하며 소리쳤다.

"시내가 온통 썰렁해. 차들은 왼쪽 뒷바퀴를 장례식 화환처럼 검게 칠하고 다니고, 노스 쇼어에선 아예 밤새도록 통곡을 하더군."

"끝내준다. 톰, 우리 돌아가. 내일 당장!" 그러고 나서 그녀는 생뚱맞게 덧붙였다. "아 참, 우리 아기 봐야지."

"그럴까?"

"지금 자고 있거든. 세 살인데, 아직 한 번도 못 봤지?"

"응."

"그럼 꼭 봐야지. 내 딸은……"

쉴새없이 방안을 왔다갔다하던 톰 뷰캐넌은 발걸음을 멈추고 내 어깨에 손을 얹었다.

"닉, 요즘 뭐해?"

"증권 쪽에서 일해."

"누구랑?"

나는 동료들의 이름을 댔다.

"처음 들어보는 이름들인데." 그는 단정적으로 말했다.

좀 재수없었다.

"곧 알게 될 거야." 나는 짧게 대답했다. "동부에 계속 살다보면."

"아, 그래. 난 여기 계속 있을 거니까 걱정 마." 그는 뭔가 경계하는 태도로 데이지 쪽을 힐끗 쳐다보더니 다시 내 쪽으로 고개를 돌렸다. "다른 데서 사는 건 바보짓이야."

바로 그때 미스 베이커가 "물론이죠!" 하고 외쳤기 때문에 나는 깜짝 놀랐다. 내가 방에 들어온 이후 그녀가 처음 입 밖에 낸 말이었다. 하품을 하면서 자리에서 벌떡 일어난 걸로 보아 그녀 자신도 나만큼이나 놀란 것 같았다.

"몸이 뻐근해요." 그녀는 투덜거렸다. "저 소파에 너무 오래 누워 있었나봐요."

"왜 날 쳐다보는 거야?" 데이지가 항의했다. "내가 오후 내내 뉴욕에 가자고 그랬잖아."

"안 마실래요." 미스 베이커는 새로 가져온 넉 잔의 칵테일을 보며 말했다. "요새 훈련중이거든요."

톰은 도저히 믿기지 않는다는 표정으로 그녀를 쳐다보았다.

"그렇겠지!" 그는 잔을 들어 술이 딱 한 방울밖에 안 남은 것처럼 단숨에 쭉 들이켰다. "당신 같은 여자가 어떻게 그런 일을 해내는지, 정말 알다가도 모르겠어."

나는 그녀가 해낸다는 일이 도대체 뭘까 궁금해하며 미스 베이커를 바라보았다. 보고 있으니 기분이 좋아졌다. 몸매는 날씬하고 가슴은 작았다. 어린 사관생도처럼 어깨를 뒤로 쫙 펴고 있어서 곧은 자세가 더욱 강조되었다. 햇빛에 바랜 듯한 그녀의 회색빛 눈동자가 나를 돌아보았다. 창백하고 매력적인, 그러나 어딘가 불만스러운 표정에는 예의바르면서도 내 시선에 응답하는 듯한 호기심이 어려 있었다. 불현듯 어디선가 그녀를, 다만 사진이라도 분명히 본 적이 있다는 생각이 들었다.

"웨스트에그에 사신다죠?" 그녀가 경멸조로 말했다. "나도 거기 아는 사람 하나 있는데."

"저는 아직 아는 사람이……"

"개츠비 모르세요?"

"개츠비?" 데이지가 다그쳤다. "어떤 개츠비 말이야?"

그냥 옆집 사는 사람이라고 말하려는 찰나 저녁식사가 준비되었다는 소리가 들려왔다. 톰 뷰캐넌은 건장한 팔로 다짜고짜 나에게 팔짱을 끼더니 체스판에서 말을 옮기듯 나를 데리고 나갔다.

매끄럽게, 천천히 두 여자는 손을 가볍게 엉덩이에 얹고 석양이 지는 쪽으로 난 장밋빛 베란다를 향해 앞서 걸어갔다. 탁자 위의 촛불 네 개가 잦아든 바람 속에서 간들거리고 있었다.

"웬 촛불?" 데이지가 얼굴을 찌푸렸다. 그녀는 손가락으로 비벼 촛불을 껐다. "이 주만 있으면 일 년 중 낮이 제일 긴 날이야." 그녀는 밝은 얼굴로 모두를 돌아보았다. "일 년 내내 그날을 기다리다가 막상 그 날이 되면 잊어버리지 않아? 내가 늘 그러거든."

"그렇담 뭔가 계획을 세워야지." 미스 베이커가 곧 잠자리에 들 사람처럼 하품을 하며 자리에 앉았다.

"좋아." 데이지가 말했다. "근데 뭘 하지?" 그녀는 힘없이 내 쪽을 바라보았다. "다른 사람들은 그날 뭐해?"

내가 대답하려는데 그녀는 갑자기 놀란 표정을 지으며 자기 새끼손가락 쪽으로 시선을 떨궜다.

"봐." 그녀가 투덜거렸다. "나 다쳤어."

우리 시선도 모두 그쪽으로 향했다. 그녀의 손가락 마디가 검푸르게 멍들어 있었다.

"톰, 당신 때문이야." 그녀가 따졌다. "일부러 한 건 아니겠지만 하여튼 당신이 이런 거야. 이게 다 짐승 같은, 거대하고 괴물 같은 육체의 표본이랑 결혼한 탓이지."

"괴물이란 말 하지 말랬지." 톰은 언성을 높였다. "아무리 농담이라도."

"괴물." 데이지도 지지 않았다.

두 여자는 가끔 이야기를 나누긴 했지만, 조심스러우면서도 맥락이 닿지 않는 말장난들이어서 수다라고 하기도 뭣했다. 그들이 입은 흰 드레스나 아무 욕망도 찾아볼 수 없는 무심한 눈동자처럼 그저 냉랭할 뿐이었다. 그들은 그저 여기 있을 뿐이고, 정중한 태도로 서로 대접하고 대접받으며 톰과 나를 받아주는 것뿐이었다. 그들은 알고 있었다. 식사는 곧 끝날 테고, 이 하루도 이렇게 저물 것이고, 그러면 그냥 끝인 것이다. 서부와는 크게 달랐다. 거기에선 저녁식사가 단계를 따라

서둘러 끝을 향해 나아간다. 기대의 지속적인 좌절 혹은 그저 순간 자체에 대한 긴장된 두려움 속에서.

"너하고 있으니까 나는 문명인이 아닌 것만 같아, 데이지." 나는 코르크냄새가 좀 나긴 하지만 꽤 괜찮은 와인을 두 잔째 마시며 말했다. "농사 이야기라든가 뭐 그런 얘기나 해볼까?"

특별한 뜻을 담은 말은 아니었는데, 말이 엉뚱한 쪽으로 튀었다.

"문명은 이제 끝장이라구." 톰이 갑자기 격렬하게 외쳤다. "모든 게 비관적이야. 혹시 고다드라는 남자가 쓴 『유색인종 제국의 발흥』이라는 책 읽어봤어?"

"아니." 나는 그의 말투에 깜짝 놀랐다.

"음, 아주 좋은 책이야. 꼭 읽어봐야 할 책이지. 우리 백인들이 조심하지 않으면 완전히, 완전히 끝장난다는 내용이야. 모두 과학적인 내용이야. 다 증명됐다니까."

"하여간 저이는 갈수록 난해해진다니까." 데이지가 별생각 없이 슬픈 얼굴로 말했다. "요새 저이는 어려운 단어가 수두룩한 책만 파고들어요. 그 단어 뭐지? 우리가……"

"하여간 다 과학적인 책들이라니까." 톰이 데이지에게 조바심이 난 듯한 눈길을 던지며 주장했다. "그 작자는 다 써놨어. 우리한테 달렸다는 거야. 세계를 지배하는 우리 인종이 정신 바짝 차리지 않으면 다른 인종들이 세계를 지배하게 된다구."

"싹 쓸어버려야 돼." 데이지는 붉은 태양에 눈이 부신 듯 맹렬히 눈을 깜박거리며 말했다.

"두 분은 캘리포니아에 사셔야겠어요." 미스 베이커가 말을 꺼내려는데 톰이 의자에서 무겁게 몸을 움직이며 그녀의 말을 잘랐다.

"그 책에서 말하는 건, 우리 모두 북유럽 인종이라는 거야. 나도, 너도, 그리고 당신도, 그리고……" 잠시 망설이던 톰은 고개를 끄덕여 데이지도 포함시켰다. 그러자 데이지가 이번에는 내 쪽을 향해 눈을 깜박였다. "……그리고 우리가 이 모든 것, 문명의 근간인 과학과 예술, 그 밖의 모든 것을, 바로 우리가 만들어냈다는 거지. 무슨 말인지 알겠어?"

그의 열변에는 어쩐지 애처로운 구석이 있었다. 예전보다 훨씬 심해진 자만심도 더이상 그를 만족시켜주지 못하는 것 같았다. 바로 그때, 안쪽에서 전화벨이 울렸고, 집사가 베란다에서 사라지자 데이지는 그 틈을 타 내 쪽으로 몸을 기울였다.

"우리집 비밀 하나 말해줄까?" 그녀는 신이 나서 속삭였다. "집사의 코 얘긴데. 어때, 듣고 싶어?"

"그 얘기 들으러 온 거야."

"음, 저 사람도 원래부터 집사는 아니었어. 뉴욕에서 새벽부터 밤까지 이백 명분의 은식기 닦는 일을 했는데, 결국 그게 코에 영향을 끼쳐서……"

"상황이 더 나빠졌겠네." 미스 베이커가 끼어들었다.

"응, 더 나빠졌어. 그래서 결국 그만둘 수밖에 없었다나봐."

그녀의 홍조 띤 얼굴에 잠시 비낀 마지막 석양은 낭만적이었다. 그녀의 목소리가 나를 끌어당겼고, 나는 숨을 죽여 이야기를 들었다. 어느덧 홍조가 희미해졌다. 어스름이 내리면 신나는 거리를 뒤로해야만 하는 아이들처럼 햇빛이 한 점씩 그녀의 얼굴에서 아쉬운 듯 주저하다가 그녀를 버리고 천천히 떠나가버렸다.

집사가 돌아와 톰의 귀에 입을 바짝 대고 뭔가 속삭이자, 톰은 얼굴을 찡그리며 자리에서 일어나 아무 말도 없이 안쪽으로 들어가버렸다. 그의 부재가 내면의 뭔가를 건드린 듯, 데이지는 다시 나에게 기대왔다. 그녀의 목소리는 한껏 달아올라 마치 노래하는 것 같았다.

"우리집에서 같이 밥 먹으니까 정말 좋아, 닉. 자길 생각하면, 음, 장미, 완벽한 장미가 떠올라. 안 그래?" 그녀가 미스 베이커 쪽으로 몸을 돌려 동의를 구했다. "완벽한 장미 말이야."

그건 사실이 아니었다. 나는 장미와 닮은 데라곤 전혀 없었다. 즉흥적으로 아무 말이나 떠들어댈 때조차도 그녀의 말투엔 가슴을 설레게 하는 격정이 흘러넘쳤다. 감추어둔 그녀의 심장이, 그 숨막히고 가슴 떨리는 언어 뒤에 숨어 밖으로 튀어나오려는 것 같았다. 그리고 나서 갑자기 그녀는 냅킨을 테이블 위에 던지더니 미안하다고 말하고 집안으로 들어갔다.

미스 베이커와 나는 별 의미 없는 시선을 잠시 주고받았다. 내가 뭔가 말을 꺼내려고 하자 그녀가 허리를 곧추세우며 경고하듯 "쉿" 하고 말했다. 방 안쪽에서 감정을 억누른 작은 속삭임들이 들려오자 그녀는 뻔뻔하게 몸을 기울여 엿듣기 시작했다. 목소리는 떨리다가, 가라앉았다가, 격앙되는가 싶더니 갑자기 뚝 그쳐버렸다.

"아까 말씀하신 개츠비 씨는 제 옆집에 살고 있습니다." 내가 말을 꺼냈다.

"조용히 하세요. 안에서 무슨 말을 하는지 좀 듣게."

"무슨 일이 있나요?" 나는 순진하게 물었다.

"모르신단 말이에요?" 미스 베이커는 정말 놀라고 있었다. "모르는 사람이 없는데."

"전 모르는데요."

"이런……" 그녀는 주저하다가 입을 열었다. "톰은 뉴욕에 다른 여자가 있어요."

"여자가 있다구요?" 나는 멍하니 그녀의 말을 반복했다.

미스 베이커는 고개를 끄덕였다.

"저녁식사 때만은 전화하지 않는 게 예의 아닌가요? 안 그래요?"

그녀가 무슨 말을 하는지 미처 깨닫기도 전에 드레스 펄럭거리는 소리, 가죽부츠 저벅거리는 소리가 들려오더니 톰과 데이지가 테이블로 돌아왔다.

"어쩔 수 없었어." 데이지가 애써 명랑하게 외쳤다.

그녀는 자리에 앉아 나와 미스 베이커 쪽을 탐색하듯 살피더니 말을 이었다. "창밖을 보고 왔는데 정말 로맨틱하더라. 잔디밭에 새 한 마리가 있는데 내 생각에 나이팅게일이 틀림없어. 아마 커나드나 화이트스타라인 운송선을 타고 온 것 같아. 그 새가 노래를 하는데……" 그녀는 아예 노래를 부르고 있었다. "정말 로맨틱했어. 안 그래, 톰?"

"로맨틱 그 자체였지." 그는 대답하고 나서 나를 향해 침울하게 말했다. "식사 끝나고도 아직 환하면 마구간 구경을 시켜주고 싶은데……"

안에서 다시 전화벨이 울리기 시작하고, 데이지가 톰을 향해 단호하게 고개를 젓자 마구간 얘기를 비롯한 모든 화제가 허공으로 날아가버렸다. 저녁식사의 그 마지막 오 분 동안, 기억나는 일이라고는 쓸데없이 촛불을 다시 켠 것뿐이다. 나는 사람들을 똑바로 쳐다보고 싶으면서도 자꾸 눈길을 돌리고 싶은 마음을 의식했다. 톰과 데이지가 무슨 생각을 하고 있는지 알 수 없었다. 웬만한 냉소에는 단련될 만큼 단련된 것처럼 보이는 미스 베이커조차 다섯번째 손님의 이 날카로운 쳇소리, 그 집요함만은 마음속에서 떨쳐내지 못하는 듯 보였다. 기질에 따라서는 이런 상황을 흥미롭게 생각하는 사람도 있을 것이다. 그러나 솔직히 나는 당장 경찰이라도 부르고 싶은 심정이었다.

말을 보러 가자는 이야기는, 당연한 얘기지만, 다시는 나오지 않았다. 톰과 미스 베이커는 시체 옆에서 밤샘이라도 하는 듯한 얼굴로 몇 걸음 정도 거리를 둔 채 석양을 받으며 서재로 갔다. 나는 귀가 잘 안 들리는 척, 유쾌한 척 가장하며 데이지를 따라 몇 개의 베란다를 거쳐 정면 포치까지 나아갔다. 으슥한 어둠 속에서 우리는 고리버들 벤치에 나란히 앉았다.

데이지는 자기 얼굴의 예쁜 생김새를 직접 느껴보겠다는 듯 두 손으로 얼굴을 감쌌다. 그리고 그녀의 시선은 점차 부드러운 어스름 쪽으로 향했다. 격한 감정에 사로잡혀 있는 것 같았다. 그녀를 진정시키기 위해 나는 딸아이 얘기를 물었다.

"우리 서로 잘 모르는 것 같아." 그녀가 느닷없이 말했다. "친척인데도 말이야. 내 결혼식에도 안 왔더랬지?"

"그땐 전쟁터에 있었잖아."

"아, 그랬구나." 그녀는 잠시 주저했다. "음, 나는 끔찍한 나날을 보냈어. 모든 것에 대해 냉소적이 됐다구."

분명 뭔가 이유가 있는 듯했다. 나는 기다렸지만 그녀는 더이상은 말하지 않았다. 잠시 후 나는 힘없이 화제를 다시 데이지의 어린 딸 쪽으로 돌렸다.

"이제 말도 하고 밥도 먹고, 별거 다 하겠는데?"

"그럼." 그녀는 멍하니 나를 바라보았다. "걔 낳고 내가 뭐라고 했게? 들어볼래?"

"해봐."

"그 얘기 들으면 내가 요즘 어떤 심정인지 알 거야. 애 낳고 한 시간쯤 됐나? 글쎄 톰이 어디론가 사라진 거야. 마취에서 깨어났는데 꼭 버림받은 느낌이더라구. 간호사한테 아들이냐 딸이냐 물어봤더니 딸이래. 난 고개를 돌리고 막 울었어. '좋아.' 내가 말했지. '딸이라서 다행이야. 이왕이면 아주 바보가 돼버려라. 이런 세상에선 바보가 되는 게 속 편하다. 귀여운 바보.'"

그녀는 확신에 차 있었다. "내가 모든 걸 끔찍하게 생각한다는 거, 알겠지? 다들 그렇게 생각해…… 제일 잘났다는 사람들도 말이야. 그리고 나는 알아. 나는 안 가본 데가 없어. 볼 거 다 봤구 안 해본 짓이 없어." 그녀의 눈동자가 톰 못지않게 거만하게 빛났다. 그리고 섬뜩한 경멸이 담긴 웃음을 지었다. "난 다 알아. 오 맙소사. 다 안다니까!"

내 주의를 끌거나 신뢰를 얻으려는 노력을 멈추고 그녀가 갑자기 입을 닫아버리는 순간, 그녀가 한 말들의 진실성에 의구심이 생겼다. 나는 마음이 편치 않았다. 마치 오늘 저녁식사 전체가 나로부터 자기 쪽에 유리한 감정을 이끌어내려는 일종의 속임수처럼 느껴졌다. 조금 기다려보니, 아니나 다를까, 그녀는 이내 예쁘장한 얼굴에 능청스러운 미소를 띠며 나를 바라보고 있었다. 마치 자신 역시, 자기네 부부가 속한 대단한 비밀결사 회원 중 하나라는 걸 암시하기라도 하려는 듯한 표정이었다.

불 켜진 진홍빛 방은 꽃처럼 환하게 피어오르고 있었다. 톰과 미스 베이커는 긴 의자의 양쪽 끝에 각각 앉아 있었는데, 그녀는 〈새터데이 이브닝 포스트〉를 읽어주고 있었다. 별 억양 없이 단조로운 말과 말이 차분하게 이어졌다. 그의 부츠는 밝게, 그녀의 낙엽빛 머리카락은 흐릿하게 비추던 램프의 불빛이 그녀가 호리호리한 팔로 페이지를 넘기는 순간 종잇장을 따라 반짝거렸다.

우리가 들어가자 그녀가 잠깐 조용히 하라는 뜻으로 손을 들어 제지했다.

"다음 호에," 그녀는 잡지를 테이블 위에 던졌다. "계속됩니다."

그녀는 초조하게 무릎을 떨어대더니 자리에서 일어섰다.

"얼시네요." 그녀는 천장에 걸린 시계를 보며 말했다. "이 착한 아가씨는 잘 시간이 됐네요."

"조던은 내일 시합이 있대." 데이지가 말했다. "웨스트체스터에서."

"아, 당신이 바로 그 조던 베이커로군요."

왜 그렇게 낯이 익었는지 그때서야 알았다. 유쾌하면서도 남을 깔보는 저 표정을, 애슈빌, 핫스프링스, 그리고 팜비치에서의 시합 장면을 찍은 사진에서 본 적이 있었던 것이다. 그녀를 씹어대는 신랄한 소문들을 들은 적이 있었지만, 하도 오래전 일이어서 잘 기억나지 않았다.

"잘 자." 그녀가 부드럽게 말했다. "여덟시에 깨워줘. 알았지?"

"깨워서 일어나면."

"일어나야지. 캐러웨이 씨도 안녕히 주무세요. 또 봬요."

"또 만나게 될 거야." 데이지가 힘주어 말했다. "사실 내가 중매를 설까 했었거든. 자주 놀러와, 닉. 내가 두 사람을, 음, 엮어볼 작정이니까. 무슨 말이냐면, 갑자기 리넨장에 가둬버린다거나 보트에 실어 바다로 내보낸다거나, 뭐 그런 거."

"잘 자요." 계단에서 미스 베이커의 목소리가 들려왔다. "못 들은 걸로 하죠."

"괜찮은 여자야." 톰이 잠시 후 말했다. "저렇게 시골로 내돌리면 안 되는데."

"누가 내돌린다는 거야?" 데이지가 싸늘하게 물었다.

"가족들 말이야."

"가족이라곤 천 살은 먹었을 늙은 이모 하나뿐이야. 그건 그렇고, 닉, 앞으로 조던 좀 잘 챙겨줘. 알았지? 쟤는 올여름 내내 여기서 주말을 보낼 거야. 내 생각엔 가족적 분위기가 쟤한테 좋은 영향을 줄 것 같아."

데이지와 톰이 잠시 말없이 서로 쳐다보았다.

"조던은 뉴욕 출신이야?" 내가 재빨리 물었다.

"루이빌 출신이야. 우리 둘 다, 거기서 순수한 소녀 시절을 다 보냈지. 우리의 아름답고 순수했던……"

"당신 베란다에서 닉한테 할 얘기 못할 얘기 다 한 거 아니지?" 톰이 갑자기 물었다.

"응?" 데이지는 내 쪽을 쳐다보았다. "글쎄. 기억은 잘 안 나는데, 아마 북유럽 인종 얘기 하지 않았었나? 맞아. 확실해. 그것들이 서서히 다가오고 있고, 우린 우선 그걸 알아야……"

"뭘 들었는지 모르겠지만 다 믿지는 마, 닉." 톰이 충고했다.

나는 아무 말도 못 들었노라 가볍게 대꾸하고 잠시 후 집에 가려고 자리에서 일어났다. 그들은 함께 문까지 따라나와 영롱한 정사각형의 불빛 속에 나란히 서서 나를 배웅했다. 내가 차에 시동을 걸자 데이지가 단호하게 외쳤다. "잠깐!"

"뭐 하나 물어볼 게 있는데 잊어버리고 있었네. 중요한 건데. 서부에 있을 때 어떤 여자하고 약혼했다면서?"

"맞아." 톰이 친절하게 거들었다. "약혼했다면서?"

"헛소문이야. 그럴 만한 돈도 없고."

"그치만 분명히 들었어." 그녀는 계속 우겼다. 꽃처럼 화사하게 피어올라 나를 다시 놀라게 하면서. "세 사람한테 들었다니까. 분명히 사실일 거야."

물론 나는 그들이 무슨 말을 하는지 알고 있었다. 그러나 나는 약혼 비슷한 것도 한 적이 없었다. 소문으로 교회에 결혼 예고까지 떴는데 사실 그게 내가 동부로 오게 된 이유 중 하나였다. 소문 때문에 오랜 친구와의 관계를 끊을 수는 없는 노릇이었고, 그렇다고 소문난 김에 결혼할 수도 없었기 때문이었다.

그들의 관심에 나는 약간 감동했다. 그리고 그들이 나와 그렇게 동떨어진 대단한 부자는 아니라는 느낌도 받았다. 그럼에도 불구하고 운전해 집으로 돌아오는 동안 나는 혼란스럽고 조금 역겨웠다. 데이지가 당장 해야 할 일은 어린애를 안고 집을 뛰쳐나오는 것일 테지만, 아마 그럴 생각은 전혀 없을 것이다. 톰으로 말하자면, 책 한 권 때문에 우울해졌다는 것보다는 '뉴욕에 다른 여자가 있다'는 편이 훨씬 더 어울렸다. 강건한 육체에 대한 자만심만으로는 더이상 독단적 성품을 유지

할 수 없다는 듯. 뭔가가 그로 하여금 케케묵은 사상의 가장자리를 갉아먹도록 만든 것이다.

여관의 지붕들, 붉은색 새 주유기가 나와앉은 환한 주유소 앞마당엔 벌써 여름이 한창이었다. 나는 웨스트에그에 있는 집에 도착하여 차를 차고에 밀어넣고는 버려진 잔디 롤러 위에 잠시 앉아 있었다. 바람이 지나간 자리에 시끌벅적하고 활기찬 밤이 남겨졌다. 나무들에서 날개가 부딪치고 자연이 빚어내는 끊임없는 오르간소리가 땅속에 잠들어 있는 개구리들에게 생명을 불어넣고 있었다. 지나가던 고양이의 실루엣이 달빛으로 빛났다. 그것을 보려고 눈길을 돌리다가 나는 혼자가 아니라는 것을 알았다. 50피트쯤 떨어진 옆집 그림자 속에서 누군가 나타나 두 손을 호주머니에 찌른 채, 은빛 후춧가루가 뿌려진 별밭을 응시하고 있었다. 여유 있는 동작과 잔디를 딛고 선 안정된 자세로 미루어볼 때, 이 지역 하늘 중 어디까지가 자기 것인지 결정하려고 나온 개츠비가 분명했다.

나는 그를 부르려고 했다. 저녁식사 때 미스 베이커가 그의 얘기를 꺼낸 바 있었고, 그 얘기만으로도 운을 떼기에는 충분할 것 같았다. 그러나 나는 그를 부르지 않았다. 그에게서 혼자 있고 싶다는 어떤 암시를 보았기 때문이었다. 그는 두 팔을 어두운 바다를 향해 뻗었는데, 멀리 떨어져 있긴 했지만, 분명 부르르 몸을 떨고 있었다고 확신할 수 있다. 자연스레 나도 바다를 바라보았다. 부두의 맨 끝에서 반짝이는 듯한 조그만 초록 불빛을 제외하곤 특별한 것이 아무것도 없었다. 다시 보았을 땐 이미 개츠비가 사라진 뒤였다. 어수선한 어둠 속에서 나는 다시 혼자였다.

2

 웨스트에그와 뉴욕을 잇는 도로는 중간쯤에서 철로와 만나 4분의 1마일 정도를 나란히 달린다. 어느 황량한 지대를 피해가기 위해서다. 바로 잿더미 계곡으로, 산마루, 언덕, 기괴한 정원에서 재가 밀처럼 자라는, 꿈에서나 볼 법한 농장인데, 이곳의 잿더미는 집이나 굴뚝, 혹은 그곳에서 피어오르는 연기 모양을 하고 있다가, 마침내는 안간힘을 다해 회백색의 인간으로 변신한다. 인간을 닮은 그 회백색 잿더미는 어렴풋이 움직이는가 싶다가 그만 가루가 되어 공기 속으로 사라져버린다. 이따금씩 잿빛 열차가 보이지 않는 길을 따라 기어와, 음산한 삐걱거림과 함께 갑자기 멈추어 선다. 그 즉시 회백색의 인간들이 납빛 삽을 들고 몰려들어 뿌연 먼지구름을 만들고, 그 때문에 그들의 정체불명의 작업이 시야에서 차단되어버린다.

하지만 잠시 보고 있으면, 잿빛 대지와 그 위로 쉴새없이 발작적으로 피어오르는 먼지 너머로 닥터 T. J. 에클버그의 눈이 있음을 깨닫게 된다. 푸르고 거대한 닥터 에클버그의 눈은 망막의 높이만 1야드에 달한다. 얼굴 없는 두 눈이, 사라져버린 코 위에 걸쳐진 광대한 노란 안경 너머로 이쪽을 쳐다보고 있다. 분명 어느 웃기는 안과 의사 하나가 퀸스 지역의 손님을 대상으로 설치한 것 같은데, 그뒤로 자기가 눈이 멀어버렸든지, 아니면 이 광고판을 까맣게 잊어버리고 어딘가로 떠나버린 게 틀림없었다. 그러나 그 눈동자만은, 비록 오랜 세월 페인트칠도 하지 않고 햇빛과 바람에 바래긴 했지만, 이 장엄한 황무지를 골똘히 응시하고 있었다.

잿더미 계곡 한쪽 끝에는 작고 더러운 강이 흐르고 있어, 화물선을 통과시키기 위해 도개교가 올라갈 때마다 멈춰 선 기차 안의 승객들은 그 음침한 풍경을 물경 삼십 분이나 지켜볼 수도 있다. 그곳에선 언제나 최소한 일 분은 정지하기 마련인데, 내가 톰 뷰캐넌의 정부를 만나게 된 것도 바로 그 때문이었다.

톰에게 정부가 있다는 것은, 그의 이름이 알려진 곳에서는 공공연한 사실이었다. 그를 아는 사람들은 그가 인기 있는 레스토랑에 그 여자를 데리고 나타나서, 여자는 테이블에 버려둔 채 아는 사람만 나타나면 붙잡고 떠들어댄다는 사실에 분개했다. 나는 그녀가 누군지 궁금하기는 했지만 만나고 싶은 생각은 없었다. 그렇지만 그렇게 되었다. 어느 날 저녁 나는 톰과 함께 기차를 타고 뉴욕으로 가고 있었다. 기차가 그 잿더미 근처에 멈춰 서자 그는 자리에서 일어나 내 팔을 붙들더니 말 그대로 강제로 끌어내렸다.

"여기서 내리자구." 그는 고집을 부렸다. "애인을 보여줄게."

나는 그가 점심때 술을 진탕 마셨다는 것과 나를 데려가겠다는 결심이 거의 폭력에 가깝다는 것을 알 수 있었다. 나 같은 것한테 일요일 오후에 뭐 재미있는 일이 있으랴, 제멋대로 넘겨짚었던 것이다.

나는 석회를 바른 철로변의 낮은 담장을 넘어 그를 따라갔다. 우리는 닥터 에클버그의 시선을 받으며 길을 따라 100야드를 되돌아갔다. 눈에 보이는 유일한 건물은 황무지 끝에 자리잡은 작고 노란 벽돌 건물뿐이었다. 그곳이 일종의 조그만 중심가 역할을 하고 있는 모양이었지만, 그 옆에는 아무것도 없었다. 그 건물엔 상점이 셋 있었는데, 하나는 세입자를 구하고 있었고, 재투성이 길에 면한 또하나는 밤샘 영업 레스토랑이었다. 세번째는 자동차 정비소였는데—수리공 조지 B. 윌슨. 차 사고팝니다—나는 톰을 따라 안으로 들어갔다.

내부는 장시기 잘 안 되는지 텅 비어 있었다. 자동차라고는 오직 이둑한 구석에서 먼지를 뒤집어쓰고 있는 포드의 잔해뿐이었다. 문득 자동차 정비소의 이런 칙칙한 모습은 눈속임에 지나지 않고, 머리 위엔 호화롭고 로맨틱한 방들이 숨겨져 있을 거라는 생각이 떠올랐다. 바로 그때 주인이 헝겊 조각에 손을 닦으며 사무실 문 앞에 모습을 드러냈다. 금발에 핏기 없이 무기력한 얼굴이었지만 잘생긴 편이었다. 우리를 보는 그의 연푸른 눈동자에 어렴풋이 희망의 빛이 떠올랐다.

"잘 있었어, 윌슨?" 톰이 경쾌하게 그의 어깨를 툭 치며 말했다. "장사는 어때?"

"그저 그렇죠." 윌슨이 애매하게 대답했다. "그 차, 언제 파실 거예요?"

위대한 개츠비 37

"다음주쯤. 우리 정비사가 손을 좀 보는 중이거든."

"거 되게 뜸들이네요, 그 친구."

"그런 친구 아니야." 톰이 차갑게 말했다. "기다리기 싫으면 다른 데다 팔게."

"그런 뜻이 아니었습니다." 윌슨이 급히 변명했다. "저는 그저……"

그는 말끝을 흐렸고 톰은 초조하게 정비소 여기저기를 훑어보았다. 그때 계단을 내려오는 발소리가 들려왔다. 잠시 후, 조금 뚱뚱한 여자의 형체가 사무실 문으로 들어오는 빛을 가로막고 섰다. 삼십대 중반의 약간 살찐 몸매였지만 움직임에는 몇 안 되는 여자들에게서만 볼 수 있는 육감적인 구석이 있었다. 물방울무늬의 검푸른 실크 크레이프 드레스를 걸친 여자의 얼굴은 예쁘게 봐줄 만한 구석은 전혀 없었지만, 온몸의 신경들이 끊임없이 불이라도 지펴 달궈놓은 듯, 누구라도 즉시 알아챌 정도의 생동감이 뿜어져나오고 있었다. 그녀는 슬그머니 미소지으며 남편이 유령이라도 되는 것처럼 스윽 지나치더니 톰과 악수하며 뜨거운 눈빛으로 그를 응시했다. 그러고는 입술을 축이면서 남편은 쳐다보지도 않은 채 낮고 거친 목소리로 말했다.

"의자도 안 가져오고 뭐하는 거야? 다들 앉으셔야지."

"아, 그렇지." 황급히 대답하고 작은 사무실로 향하는 윌슨은 곧 시멘트색 벽과 구별이 되지 않았다. 잿더미 계곡 근처의 모든 것이 뿌연 재를 뒤집어쓰고 있듯, 그의 검은 양복과 윤기 없는 머리카락 위에도 먼지가 뽀얗게 내려앉아 있었다. 그러나 그의 아내는 그렇지 않았다. 그녀는 톰에게 더욱 가까이 다가왔다.

"만나고 싶어." 톰은 열정적이었다. "다음 기차를 타."

"알았어."

"지하 신문 가판대 앞에서 만나."

그녀는 고개를 끄덕이며 톰에게서 떨어졌다. 조지 윌슨이 의자 두 개를 들고 나타났다.

우리는 길 아래쪽으로 내려가 눈에 띄지 않는 곳에서 그녀를 기다렸다. 독립기념일 며칠 전이어서 회색의 깡마른 이탈리아계 아이 하나가 철로를 따라 폭죽을 늘어놓고 있었다.

"끔찍한 곳이야. 안 그래?" 톰이 닥터 에클버그와 눈싸움을 벌이며 말했다.

"정말 심하군."

"여길 떠나는 게 그 여자한테도 좋아."

"남편이 반대 안 해?"

"윌슨? 그 친구는 자기 마누라가 뉴욕에 있는 여동생 보러 가는 줄 알아. 자기가 살아 있는지 죽었는지도 모르는 바보야."

그렇게 톰 뷰캐넌과 그의 여자 그리고 나는 함께 뉴욕으로 갔다. 정확히 말하자면 '함께'라고 말하기 어려웠다. 여자는 신중하게 다른 칸에 탔기 때문이었다. 톰도 그 정도는 함께 타고 있을지 모를 이스트에그 사람들의 눈을 의식하고 있었다.

그녀는 갈색 모슬린 드레스로 갈아입고 있었는데, 톰이 뉴욕 플랫폼에 내려서는 그녀를 부축할 때 보니 옷이 그녀의 넓적한 엉덩이에 착 달라붙어 있었다. 그녀는 신문 가판대에서 〈타운 태틀〉과 영화 잡지를 하나 샀고, 드러그스토어에서 콜드크림과 작은 향수 한 병을 샀다. 지상으로 올라와서는 찻소리 요란한 차도에서 택시를 네 대나 그냥 보내고 나서야 비로소 회색 시트가 깔린 라벤더색 새 차를 골라잡았다. 우리는 기차역의 군중 속에서 벗어나 작열하는 햇볕 속으로 미끄러져나왔다. 그런데 바로 그때 그녀가 재빨리 창에서 눈길을 돌리더니 칸막이 유리를 두들겼다.

"저 개들 좀 봐요. 한 마리 갖고 싶어." 그녀는 진지했다. "아파트에서 기르고 싶어. 얼마나 좋은 줄 알아? 개를 기르면."

존 D. 록펠러를 우스꽝스럽게 닮은 백발의 노인을 향해 택시가 후진했다. 노인의 목에 걸린 광주리 속에는 품종을 알 수 없는 갓 태어난 강아지 열두어 마리가 웅크리고 있었다.

"무슨 종이에요?" 늙은이가 택시 쪽으로 다가오자 윌슨 부인이 신이 나서 물었다.

"말씀만 하세요. 무슨 종을 찾으십니까?"

"경찰견을 하나 샀으면 하는데. 그런 개는 없는 거 같네요?"

늙은이는 미심쩍은 눈초리로 바구니 안을 곁눈질하더니 발버둥치는 강아지 한 마리의 목덜미를 잡아 들어올렸다.

"그건 경찰견이 아닌 것 같은데." 톰이 끼어들었다.

"뭐 꼭 경찰견이라고는 말할 수 없지만," 늙은이의 목소리가 기어들어갔다. "굳이 말하자면 에어데일에 가깝다고 할 수 있습죠." 노인은 갈색 수건을 닮은 개의 등허리를 쓰다듬었다. "이 털 좀 보세요. 이 정도 털이라면 감기 같은 걸로 걱정 끼칠 일은 전혀 없을 겁니다."

"귀여운 것 같아요." 그녀는 이미 들떠 있었다. "얼마예요?"

"이거요?" 늙은이는 강아지를 사랑스러운 눈길로 바라보았다. "10달러는 주셔야지요."

그 에어데일은, 비록 다리가 눈에 띄게 희기는 했지만 에어데일의 피가 섞였다는 데에는 의심의 여지가 없는 그 개는, 새로운 주인인 윌슨 부인의 무릎으로 옮겨와 자리를 잡았다. 그녀는 추위를 안 탄다는 녀석의 털을 황홀한 듯 쓰다듬었다.

"남자앤가요, 여자앤가요?" 그녀가 품위를 갖춰 물었다.

"그거요? 수컷이지요."

"암캐야." 톰이 단언했다. "자, 여기 돈. 아마 열 마리 값은 될 거요."

우리는 5번 애비뉴를 달렸다. 여름날 일요일 오후의 공기는 따뜻하고 부드러웠다. 사뭇 목가적이었다고 해야 할까. 거대한 흰 양 떼가 코너를 돌아 나타난다 해도 놀랍지 않을 것 같았다.

"잠깐." 내가 말했다. "나는 여기서 내려야 될 것 같아."

"안 돼." 톰이 가로막았다. "네가 아파트까지 같이 가주지 않으면 머틀이 섬섬해할 거야. 그렇지, 머틀?"

"함께 가요." 그녀도 졸랐다. "전화해서 제 동생 캐서린을 부를게요. 주위에서 굉장한 미인이라는 소리를 듣는 애라구요."

"글쎄, 가고는 싶지만······"

우리는 센트럴파크를 지나 웨스트 100번대 거리 쪽으로 계속 달렸다. 158번가의 길게 잘라놓은 흰 케이크 같은 아파트 건물 앞에 택시가 멈췄다. 왕궁으로 돌아온 왕족처럼 당당하게 주변을 일별한 윌슨 부인은 개와 다른 물건들을 들고 거만하게 안으로 들어갔다.

"매키네 부부를 오라고 해야겠어." 엘리베이터를 타고 올라가며 그녀가 말했다. "물론 동생도 부르고."

아파트는 맨 꼭대기에 있었다. 작은 거실, 작은 주방, 작은 침실과 화장실이 있었다. 거실은 태피스트리를 씌운 가구 한 세트로 문간까지 꽉 차 있었는데, 거실에 비해 가구가 너무 커서 돌아다니다보면 베르사유 정원에서 그네를 타는 여자들이 그려진 부분에 자꾸 걸려 넘어지게 되어 있었다. 벽에는 지나치게 확대해 꼭 암탉 한 마리가 흐릿한 바위에 앉아 있는 듯한 사진 하나가 달랑 걸려 있었다. 하지만 멀리서 보니 암탉은 보닛으로 변했고 살찐 노부인의 얼굴이 방안을 내려다보며 빙긋이 웃고 있었다. 탁자 위에는 〈타운 태틀〉 과월호 몇 권과 『베드로라 불린 시몬』이라는 책, 그리고 브로드웨이의 스캔들이 실린 싸구려 잡지들이 널려 있었다. 윌슨 부인은 온통 강아지에 관심이 쏠려 있었다. 엘리베이터 보이는 마지못해 짚을 채운 상자와 우유를 사러 가더니 시키지도 않은 딱딱한 개 비스킷까지 한 통 사들고 왔다. 그중 하나는 오후 내내 우유 접시 속에 버려진 채 천천히 흐물흐물해져갔다. 톰은 잠긴 옷장을 열고 위스키 한 병을 꺼내왔다.

나는 평생 딱 두 번 만취했는데 두번째가 바로 그날 오후였다. 그래서 그날 거기서 벌어진 일들은 하나같이 희미하고 몽롱한 기억으로 남아 있다. 여덟시 이후까지 방안으로 햇살이 훤히 비쳐들어왔는데도 말이다. 윌슨 부인은 톰의 무릎에 앉아 몇 사람에게 전화를 걸었다. 곧 담배가 떨어졌고 나는 담배를 사러 길모퉁이 가게에 갔다. 돌아와보니 그들은 보이지 않았고, 나는 눈치 빠르게 거실에 앉아 『베드로라 불린 시몬』을 읽었다. 내용이 형편없어서인지 위스키 때문인지 도무지 알아먹을 수가 없었다.

톰과 머틀(한 잔 하고 난 뒤부터 윌슨 부인과 나는 서로 그냥 이름을 부르기로 했다)이 다시 나타나자 손님들도 하나둘씩 도착하기 시작했다.

 그 여동생 캐서린은 서른 살쯤 된 호리호리한 몸매의 닳아빠진 여자였는데, 허옇게 분을 바른 얼굴에 붉은색 단발머리가 뻣뻣하게 달라붙은 모습이었다. 눈썹을 뽑고 좀더 세련되게 다시 그려넣었지만, 원래 자리에 다시 눈썹이 자라나는 바람에 전체적인 인상이 흐리터분해 보였다. 몸을 움직일 때마다 셀 수 없이 많은 도기 팔찌들이 아래위로 흔들리며 끊임없이 달그락거렸다. 마치 주인인 양 거침없이 들어와 탐욕스러운 눈길로 가구들을 둘러보는 모습 때문에 나는 그녀가 혹시 이 집의 주인이 아닐까 생각했다. 내가 정말 그러냐고 물어보자 그녀는 지나치다 싶을 정도로 웃어대며 내 질문을 되풀이하더니, 자기는 한 호텔에서 여자친구와 지내고 있다고 말했다.

 매키 씨는 창백하고 여성적인 남자로 아래층에 살고 있었다. 방금 면도를 끝낸 듯 광대뼈에 흰 비누거품이 묻어 있었고, 방안에 있는 모든 사람에게 정중한 태도로 인사를 했다. 그는 자신이 '예술적 작업'을 하고 있다고 말했는데, 나중에야 나는 그가 사진가이며, 벽에 붙어 배회하는 유령 같은 윌슨 부인 어머니의 사진을 찍어 흐릿하게 확대한 장본인이리라 짐작하게 되었다. 그의 아내는 새된 목소리에 활력이라고는 없는데다 예쁘장하게 생기기는 했지만 끔찍한 여자였다. 결혼한 뒤 남편이 백 하고도 스물일곱 번이나 사진을 찍어주었다며 내게 자랑스럽게 말했다.

 윌슨 부인은 크림색 시폰 소재의 화려한 야회복으로 옷을 갈아입었는데, 그녀가 옷자락으로 온 방을 쓸고 다니는 동안 쉴새없이 바스락 소리가 났다. 옷을 갈아입더니 성격까지 달라진 것 같았다. 자동차 정비소에서 보여주었던 강렬한 생기는 어느새 인상적인 거만함으로 변해 있었다. 그녀의 웃음, 그녀의 몸짓, 그녀의 주장은 시간이 지날수록 거세지만 갔고, 그녀의 존재가 그렇게 팽창함에 따라 방은 점점 더 좁아지는 듯하여, 마침내 그 모습은 뿌연 공기 속에서 시끄럽게 삐걱거리는 축을 따라 빙빙 돌고 있는 것처럼 보였다.

"얘." 그녀는 동생에게 잘난 체하며 떠들어댔다. "그런 놈들 다 사기꾼이야. 돈 생각밖에는 안 하는 놈들이거든. 지난주에 발 좀 봐달라고 여자 하나를 불렀었는데 청구서 보고 놀라 자빠졌잖니. 난 무슨 맹장 수술이라도 받은 줄 알았다니까."

"그 여자 이름이 뭐예요?" 매키 부인이 물었다.

"에버하트인가 하는 여잔데 집집마다 돌아다니며 사람들 발을 봐주는 일을 하죠."

"오늘 입으신 옷, 정말 멋지네요." 매키 부인이 감탄했다. "너무 예뻐요."

윌슨 부인은 경멸스럽다는 듯 눈썹을 치켜세우며 칭찬을 묵살했다.

"이딴 걸 옷이라고 할 수 있나요. 유행 다 지난 건데." 그녀가 말했다. "대충 입어도 되는 날에나 편하게 걸치는 거지."

"잘 어울리시는데요, 무슨 말인지 아시죠?" 매키 부인의 말이 이어졌다. "체스터가 이 포즈를 잡아낼 수만 있다면 정말 멋진 그림이 나올 거예요."

우리는 모두 말없이 윌슨 부인을 바라보았다. 그녀는 두 눈을 덮은 머리카락을 쓸어올리고는 우리 쪽을 돌아보며 활짝 웃었다. 매키 씨는 한쪽으로 고개를 기울인 채 그녀를 응시하더니 손을 얼굴 앞에서 뻗어 앞뒤로 천천히 움직였다.

"조명을 좀 바꿔야겠어요." 잠시 후 그가 말했다. "모델에 입체감을 좀 주고, 뒤쪽 머리카락까지 다 잡아내려면……"

"조명은 안 바꿔도 될 것 같은데요." 매키의 아내가 소리쳤다. "내 생각에는요……"

그녀의 남편이 "쉿!" 하고 말을 끊었고, 우리는 다시 모델 쪽을 쳐다보았다. 그러자 톰은 소리내어 하품하며 자리에서 일어났다.

"매키네가 마실 만한 게 뭐 있을 텐데." 톰이 말했다. "얼음하고 물 좀 가져오지, 머틀. 다들 자러 가기 전에."

"얼음 가져오라고 아까 그 꼬맹일 보냈어요." 머틀은 하층계급 특유의 게으름에 지쳤다는 듯 눈썹을 치켜세웠다. "하여간 아랫것들은 정말! 하루종일 잔소리를 해야 된다니까요."

그녀는 나를 보더니 애매하게 웃었다. 그리고 나서 깅아지에게 달려가 열정적으로 입을 맞추더니 마치 열두 명의 요리사가 기다리고 있기라도 한 것처럼 부엌을 향해 당당하게 나아갔다.

"롱아일랜드에서 쓸 만한 걸 좀 건졌습니다." 매키가 주장했다.

톰은 무심히 그를 바라보았다.

"그중에서 두 개를 골라 액자로 만들어 아래층에 걸어놓았습니다."

"뭐가 두 개라는 거요?"

"작품 말입니다. 하나는 '몬터크 포인트─갈매기떼', 다른 하나는 '몬터크 포인트─바다'라고 제목을 붙였죠."

머틀의 여동생 캐서린이 내 옆으로 와 앉았다.

"댁도 롱아일랜드에 사시나요?" 그녀가 물었다.

"웨스트에그에 살아요."

"정말요? 한 달 전 파티에 갔었는데. 개츠비라는 분 집이었어요. 혹시 아세요?"

"제 옆집입니다."

"그런데 그분, 빌헬름 황제의 사촌인가 조카인가 그렇다던데. 돈이 다 거기서 나온다더군요."

"그래요?"

그녀는 고개를 끄덕였다.

"그분 좀 무서워요. 저한테 관심 안 가져주셨으면 좋겠어요."

매키의 아내가 갑자기 캐서린을 가리키는 바람에 내 이웃에 대한 흥미로운 이야기는 허공으로 날아가버렸다.

"여보, 내 생각엔 이분하고 작업하는 것도 좋을 것 같아요." 그녀가 불쑥 말을 꺼냈지만 매키는 귀찮다는 듯 고개를 끄덕이고는 톰 쪽으로 몸을 돌렸다.

"저는 할 수만 있다면 롱아일랜드에서 좀더 작업을 했으면 합니다. 그저 시작만 하게 해주신다면……"

"머틀한테 부탁해봐요." 톰은 윌슨 부인이 쟁반을 들고 들어오자 웃음을 터뜨렸다. "저 여자가 소개장을 써줄 거요. 안 그래, 머틀?"

"뭘 써요?" 그녀가 놀라서 물었다.

"매키한테 소개장을 써주라구. 당신 남편 앞으로 말이야. 그러면 매키가 멋진 작품을 만들 거야." 제목을 짓는 잠시 동안 그의 입술이 소리 없이 실룩거렸다. "'주유기 앞의 조지 B. 윌슨'이나 뭐 그런 비슷한 걸로."

캐서린은 내 쪽으로 몸을 기울이더니 귓속말로 속삭였다.

"두 사람 다 자기 배우자를 못 견뎌하죠."

"그래요?"

"못 견뎌요." 그녀는 머틀을, 그리고 톰을 차례로 쳐다보았다. "제 말은요. 서로 안 맞는 사람끼리 왜 같이 사냐는 거예요. 내가 저들이라면, 당장 이혼하고 재혼할 거예요."

"머틀도 윌슨을 좋아하지 않는단 말입니까?"

대답은 예상치 않은 곳에서 왔다. 우리 말을 엿듣고 있던 머틀이 직접 '그렇다'고 대답한 것이다. 그 태도는 공격적이고 음탕했다.

"보셨죠?" 캐서린은 의기양양했다. 그녀는 목소리를 낮추었다. "두 사람을 갈라놓고 있는 건 톰의 부인이에요. 천주교 신자인데, 천주교에서는 이혼을 허용하지 않잖아요."

데이지는 천주교 신자가 아니었다. 나는 그 치밀한 거짓말에 조금 충격을 받았다.

"둘이 결혼을 하면요." 캐서린이 말을 이었다. "잠잠해질 때까지 서부에 가서 살 거래요."

"아예 유럽으로 가는 게 더 깔끔하겠죠."

"아, 유럽 좋아하세요?" 그녀가 호들갑을 떨었다. "얼마 전에 몬테카를로에서 돌아왔거든요."

"그랬군요."

"바로 작년인데. 친구하고 갔었어요."

"오래 계셨어요?"

"아뇨. 그냥 몬테카를로에만 들렀다가 바로 돌아왔어요. 마르세유를 경유해서 갔어요. 1200달러 넘게 가지고 갔는데 특실에서 이틀 만에 몽땅 날렸죠. 돌아오면서 얼마나 고생을 했는지, 맙소사, 그 도시만 생각하면 정말 진절머리가 난다니까요."

늦은 오후, 잠시 창문으로 비쳐든 하늘은 지중해의 푸른 꿀 빛깔이었다. 그때 매키 부인의 날카로운 목소리가 들려와 다시 방안으로 시선을 돌렸다.

"저도 하마터면 큰 실수를 할 뻔했어요." 그녀가 신이 나서 말했다. "몇 년 동안 나를 따라다니던 키 작은 유대인 새끼하고 결혼할 뻔했던 거예요. 물론 제 발끝도 못 따라올 인간이라는 걸 잘 알고 있었어요. 사람들이 그러더군요. '루실, 그 남자한테 가기엔 너무 아까워.' 하지만 체스터를 안 만났으면 그 인간이 날 데려갔을 거예요."

"맞아. 하지만," 머틀 윌슨이 고개를 위아래로 끄덕거리며 덧붙였다. "적어도 그 사람하고 결혼은 안 했잖아요."

"안 했죠."

"음, 난 했어요." 머틀이 애매하게 말했다. "그게 당신하고 나의 차이예요."

"근데 도대체 왜 결혼했던 거야?" 캐서린이 물었다. "누가 시킨 것도 아니잖아."

머틀은 곰곰이 생각했다.

"신사라고 생각했었거든." 마침내 그녀가 입을 열었다. "교양 있는 인간이라고 생각했었는데 알고 보니 내 신발을 핥을 자격도 없는 자식이었어."

"그래도 한때는 미쳐 있었잖아?" 캐서린이 물었다.

"내가 미쳐 있었다고?" 머틀은 도저히 믿을 수 없다는 듯 소리를 빽 질렀다. "누가 그래? 엉? 나는 절대로, 그래, 저기 앉아 있는 저 양반한 테만큼도 그 인간한테 마음을 준 적이 없어."

그녀가 갑자기 나를 가리키는 바람에 모두 비난의 눈초리로 나를 쏘아보았다. 나는 과거에 그녀와 아무 관계도 없었다는 제스처를 해 보여야만 했다.

"설령 내가 미쳐 있었더라도 막 결혼했을 때뿐이었어. 하지만 곧 실수를 깨달았지. 결혼식 때 그 인간은 누군가의 제일 좋은 양복을 빌려 입고 와놓고는 나한테는 입도 벙긋 안 했어. 며칠 후 그 인간 없을 때, 옷 주인이 찾으러 온 거야." 그녀는 다들 자기 말을 귀기울여 듣고 있는지 죽 둘러보았다. "'아니 이게 댁의 양복이라구요?' 내가 물었지. '그런 말 처음 듣는데요.' 그 옷 돌려주고 나서 드러누워 오후 내내 엉엉 울었어."

"헤어질 만하죠." 캐서린이 내게 말했다. "그 정비소에서 십일 년이나 같이 살았대요. 톰이 언니의 첫사랑이라죠."

방안에 있는 사람들은 계속 위스키를 찾았고, 벌써 두 병째였다. '안 마셔도 마신 거나 다름없이 취한다'는 캐서린만 예외였다. 톰은 벨을 눌러 심부름하는 사람을 부르더니 저녁식사거리로 거뜬하다는 유명한 샌드위치를 사오라고 시켰다. 나는 밖으로 나가 부드러운 석양을 받으며 공원이 있는 동쪽으로 산책이나 하려고 했지만, 그때마다 거칠고 자극적인 이야기들이 내 목덜미를 잡아채는 바람에 밧줄로 묶이기라도 한 듯 꼼짝없이 의자에 붙들려 앉아 있었다. 지금도 도시의 하늘을 장식하는 이 방의 노란 창문들은 땅거미 내려앉는 거리를 지나다 무심코 위를 올려다보는 사람들에게 인간의 비밀을 나누어주고 있으리라. 나 역시 그들 중 하나였다. 올려다보고 궁금해하는 자였다. 나는 안에 있으면서 동시에 밖에 있었다. 놀랍도록 다양한 인간사에 매혹당하는 한편으로 진절머리를 내면서.

머틀은 자기 의자를 내 쪽으로 끌고 오더니 갑자기 더운 김을 내뿜으며 톰을 처음 만났을 때 이야기를 꺼냈다.

"기차를 타면 꼭 마지막까지 남는 자리가 있는데 서로 마주보는 비좁은 자리죠. 일은 거기서 시작됐어요. 나는 뉴욕으로 동생을 만나러 가는 길이었고 자고 올 생각이었어요. 저이는 멋진 양복을 입고 에나멜 구두를 신고 있었는데 눈을 뗄 수가 없었죠. 저이가 나를 쳐다볼 때마다 저는 저이 머리 위에 있는 광고를 쳐다보는 척했죠. 역에 도착했을 때 저이는 내 옆에 서서 흰 셔츠를 입은 앞가슴으로 내 팔을 지그시 눌렀어요. 경찰을 부르겠다고 말했지만 공갈이라는 거, 저이도 잘 알고 있었죠. 함께 택시를 타고 가는데도 너무 흥분해서 지하철 안이 아니라는 것도 모를 정도였어요. 나는 계속 생각하고 또 생각했어요. '영원히 살 것도 아니잖아. 영원히 살 것도 아니잖아.'"

그녀는 매키의 아내 쪽으로 몸을 돌리며 가식적인 웃음을 터뜨렸다. 방이 울릴 정도였다.

"이봐요." 머틀이 소리쳤다. "오늘 이 옷 벗자마자 당신한테 줄게요. 나는 내일 또 사면 되니까. 할일 좀 적어놔야겠어. 마사지 받구 파마하구, 개목걸이랑 스프링 달린 예쁜 재떨이 하나 사구, 그리고 여름 내내 엄마 무덤을 장식할 까만 실크 리본 화환도. 잊어버리기 전에 목록을 만들어놔야겠어."

아홉시였다. 그리고 얼마 지나지 않아 시계를 보니 벌써 열시였다. 매키는 꽉 쥔 두 주먹을 무릎 위에 올려놓고 잠들어 있었는데, 그 모습이 마치 전투중인 군인을 찍은 사진 같았다. 나는 내내 신경쓰이던, 그의 뺨에 말라붙은 비누거품을 손수건으로 닦아주었다.

강아지는 탁자에 앉아 담배 연기에 잘 보이지 않는 눈으로 방안을 두리번거리며 이따금 작은 소리로 끙끙거렸다. 사람들은 사라졌다가 다시 나타났으며, 어디론가 떠날 계획을 세우다가 서로를 잃어버렸고, 그러면 찾으러 다니다 몇 걸음 안 가 서로를 찾아냈다. 자정이 가까울 무렵 톰 뷰캐넌과 머틀 윌슨은 얼굴을 맞대고 서서 그녀가 데이지의 이름을 언급할 권리가 있는가 없는가에 대해 열띤 목소리로 말다툼을 벌였다.

"데이지! 데이지! 데이지!" 윌슨 부인이 소리를 질렀다. "부르고 싶을 땐 언제든지 부른다구. 데이지! 데이……"

톰 뷰캐넌이 빠르고 능숙하게 손바닥으로 그녀의 코를 후려쳤다.

화장실 바닥의 피 묻은 타월들, 여자들의 비난, 이 모든 소란보다 더 요란하게 고통을 호소하는 울부짖음이 있었다. 매키는 잠에서 깨어나 어리벙벙한 얼굴로 문 쪽으로 뛰어가다가 멈춰 서서 주위를 둘러보았다. 그의 아내와 캐서린은 구급약을 들고 비좁은 가구 사이에서 비틀거리며 비난과 위로를 번갈아 해대고 있었다. 의자에 앉아 망연자실한 표정으로 꽤 많은 피를 흘리면서도 베르사유의 풍경이 그려진 태피스트리 장식을 더럽히지 않으려고 그 위에 〈타운 태틀〉 과월호를 펼치고 있는 머틀의 모습이 보였다. 매키가 몸을 돌려 문 쪽으로 나갔고, 나도 샹들리에에 걸려 있던 모자를 들고 따라갔다.

"언제 점심 같이 할까요?" 엘리베이터에서 숨을 고르고 있는 사이 그가 말했다.

"어디서요?"

"어디든지요."

"레버에서 손 좀 떼주세요." 엘리베이터 보이가 끼어들었다.

"미안하오." 매키가 위엄 있게 대꾸했다. "만지고 있는 줄 몰랐어요."

"좋아요." 나는 동의했다. "기꺼이."

……나는 그의 침대 옆에 서 있었고, 그는 시트로 속옷만 입은 자기 몸을 가린 채 침대 위에 앉아 자신의 커다란 포트폴리오를 들고 있었다.

"〈미녀와 야수〉…… 〈고독〉…… 〈식료품점의 늙은 말〉…… 〈브루클린 다리〉……"

그러고 나서 나는 펜실베이니아역의 추운 지하 대합실에 반쯤 잠든 상태로 누워 조간 〈트리뷴〉을 보며 새벽 네시 기차를 기다리고 있었다.

3

 여름 내내 밤이면 밤마다 옆집에선 음악소리가 들려왔다. 개츠비의 푸른 정원은 속삭임과 샴페인 그리고 별빛으로 가득찼고, 남자들과 여자들이 그 사이를 부나비처럼 오갔다. 오후 만조 때가 되면 나는 그의 손님들이 잔교 꼭대기에서 바다로 다이빙을 하거나 해변의 뜨거운 모래사장에서 일광욕하는 모습을 지켜봤다. 그럴 때면 그의 모터보트 두 대가 물거품 위로 수상스키를 끌고 다니며 해협의 물살을 갈랐다. 주말마다 그의 롤스로이스는 셔틀버스가 되어 아침 아홉시부터 자정이 넘도록 시내에서 파티 손님들을 실어날랐고, 그의 스테이션왜건은 기차로 오는 손님들을 태우고 노란 딱정벌레처럼 부지런히 돌아다녔다. 그리고 월요일에는 특별 채용한 정원사를 포함한 여덟 명의 하인이 하루종일 걸레, 솔, 망치, 전지가위 등을 들고 지난밤 부서져나간 것들을 손보았다.

  매주 금요일에는 뉴욕의 과일 가게에서 다섯 상자의 오렌지와 레몬이 배달되었다. 월요일이 되면 알맹이 없는 반쪽짜리 껍질들만 뒷문 앞에 잔뜩 쌓여 피라미드를 이루었다. 주방에 있는 기계는 집사가 작은 버튼을 이백 번만 누르면 삼십 분 안에 이백 잔의 오렌지주스를 뽑아냈다.

  적어도 이 주에 한 번은 파티를 준비하는 사람들이 수백 피트에 달하는 천막과 개츠비의 거대한 정원을 크리스마스트리로 만들기에 충분한 색색가지 전구를 가지고 몰려왔다. 뷔페 테이블에는 반짝이는 전채요리와 양념구이 햄, 알록달록 색깔 맞춰 늘어놓은 샐러드, 돼지고기 페이스트리, 어두운 황금색으로 빛나는 칠면조 요리가 지천으로 차려져 있었다. 메인 홀의 바는 청동 레일로 꾸며져 있었고, 진을 비롯한 독주와 리큐어로 가득했다. 워낙 오랫동안 잊혔던 것들이라 대부분의 젊은 여자 손님들은 제대로 구별해내기도 어려웠다.

  일곱시에는 오케스트라가 와 있다. 그렇고 그런 5인조 편성이 아니라 오보에, 트롬본, 색소폰, 비올, 코넷, 피콜로, 큰북, 작은북까지 포함된 완벽한 구성이다. 끝까지 해변에서 수영을 즐기던 사람들이 돌아와 위층에서 옷을 갈아입었다. 뉴욕에서 온 차들은 다섯 겹으로 주차되어 있고, 홀과 응접실과 베란다는 화려한 원색으로 가득찼고, 최신 유행의 기묘한 헤어스타일, 카스티야의 최상품도 울고 갈 최고급 숄이 넘쳐난다. 바가 흥청거리고 칵테일 쟁반이 둥둥 떠 바깥 정원까지 전달되면 마침내 잡담과 웃음 그리고 가벼운 놀림으로 분위기는 최고조에 달한다. 소개를 받고는 금방 잊어버리는가 하면, 서로 이름도 모르는 여자들이 끼리끼리 신나게 떠들어댄다.

지축이 기울어지고 태양이 그 빛을 잃으면 불빛은 더욱 밝아진다. 오케스트라가 옐로 칵테일 뮤직을 연주하기 시작하면 군중의 합창도 음정을 높인다. 시간이 흐를수록 웃음은 점점 더 쉽사리 터져나와 방탕하게 흘러넘치고 기분좋은 말 한마디에 술을 따라주듯 건네진다. 그룹들은 더욱 빨리 바뀌고, 새로운 손님들이 도착하면서 순식간에 흩어졌다 모이기를 반복한다. 여기저기 돌아다니는 자신만만한 여자들이 한곳에 자리잡은 사람들 사이를 비집고 다닌다. 그들은 어느새 그룹의 중심이 되어 즐거움의 극치를 만끽하기도 하고, 쉴새없이 반짝이는 불빛 아래, 그 못잖게 다채롭게 변화하는 사람들의 표정과 목소리 사이를 승리감에 취해 미끄러지기도 한다.

찰랑거리는 오팔 드레스로 차려입은 집시들 중 한 명이 갑자기 팔을 뻗어 허공으로 전달되던 칵테일 잔을 낚아채더니 용기를 북돋우려는 듯 단숨에 들이켜고 나서 팔을 프리스코처럼 움직이며 천막 무대 위에서 홀로 춤을 춘다. 모두 잠시 침묵하지만, 오케스트라의 지휘자가 그녀의 춤에 맞춰 박자를 바꾸고, 그녀가 '폴리스' 쇼에 등장하는 길다 그레이의 대역이라는 엉뚱한 이야기가 퍼지자 여기저기서 술렁대기 시작한다. 파티가 시작된 것이다.

개츠비의 집을 처음 방문한 날, 아마 나는 정식으로 초대받은 몇 안 되는 손님 중 하나였을 것이다. 사람들은 초대받지 않고도 왔다. 그냥 롱아일랜드행 자동차만 타면, 어찌어찌 개츠비 집 앞에 도착하게 되는 것이다. 거기서 일단 개츠비를 아는 누군가에 의해 소개되고, 그뒤엔 놀이공원에서처럼 행동하면 되는 것이다. 가끔 그들은 개츠비를 아예

위대한 개츠비 55

만나지도 않고 돌아가기도 했는데, 그런 단순함이 곧 초대장이나 다름없었다.

나는 정식으로 초대를 받았다. 개똥지빠귀 알처럼 푸른색의 제복을 입은 운전기사가 토요일 아침 의외로 형식을 갖춘 자기 주인의 초대장을 들고 우리집 잔디밭을 가로질러 나타났던 것이다. 내용인즉, 그날 저녁 그의 집에서 열리는 '자그마한 파티'에 왕림해주신다면 그보다 더한 영광이 없겠다, 나를 이미 여러 번 보았고 또 오래전부터 방문하고 싶었으나 유난히 이런저런 사정이 겹쳐 그러지 못했다는 것이었다. 초대장의 끝에는 위엄 있는 필치로 제이 개츠비라는 서명이 붙어 있었다.

나는 흰 플란넬 양복을 차려입고, 일곱시가 조금 넘은 시각에 그의 잔디밭으로 건너가 낯선 사람들의 소용돌이 속에서 불편한 기분으로 서성거렸다. 간혹 통근 열차에서 본 듯한 얼굴이 전혀 없는 것은 아니었다. 무엇보다 이곳저곳의 젊은 영국인들에게 눈길이 이끌렸다. 잘 차려입었지만 어딘가 굶주린 듯한 표정이었고, 건실하고 부유해 뵈는 미국인들과 낮고 진지한 목소리로 이야기를 나누고 있었다. 아마도 그들은 뭔가를 팔고 있었을 것이다. 채권 혹은 보험 또는 자동차였으리라. 최소한 그들은 주위에 눈먼 돈이 넘쳐나고 있다는 것쯤은 고통스러우리만큼 알고 있었고, 말만 몇 마디 잘하면 그 돈이 자기 수중으로 떨어지리라 확신하고 있었다.

파티장에 들어서자마자 나는 주인을 찾으려 했다. 두세 사람 붙잡고 그의 소재를 물었지만, 놀란 얼굴로 나를 보면서 그의 소재에 대해 아는 바가 없다고 하도 격렬하게 부인하기에 하는 수 없이 칵테일 테이블 쪽으로 슬금슬금 자리를 옮겨갈 수밖에 없었는데, 그곳은 외톨이가 혼자임을 들키거나 할일 없어 보이지도 않으면서 얼쩡거릴 수 있는 유일한 장소였다.

한잔 마시고 확 취해서 어색함을 날려버리려던 참에 조던 베이커가 나타났다. 그녀는 저택에서 나와 대리석 계단 꼭대기에 서서 몸을 약간 뒤로 젖힌 채, 경멸과 흥미가 뒤섞인 눈초리로 정원을 내려다보고 있었다.

누가 지나갈 때마다 친절한 인사를 건네야만 하는 상황을 피하려면 환영을 받든 아니든 누군가와 함께 있어야 한다는 생각이 들었다.

"안녕하세요!" 나는 그녀 쪽으로 다가가면서 외쳤다. 정원을 가로지르는 부자연스러울 정도로 큰 목소리로.

"역시 계실지도 모른다고 생각했어요." 다가가는 내게 그녀가 멍한 얼굴로 대꾸했다. "옆집 사신다 그러셨잖아요."

그녀는 마치 지금부터는 나를 살뜰하게 돌봐주겠노라 약속이라도 하듯 무심히 내 손을 잡고는 똑같이 노란색 드레스를 입고 계단의 발치에 서 있는 두 여자의 말에 귀를 기울였다.

"안녕하세요." 두 여자가 동시에 소리쳤다. "이기지 못하셨다니 유감이에요."

골프 토너먼트를 두고 하는 얘기였다. 그녀는 일주일 전의 결승전에서 패했던 것이다.

"우리가 누군지 모르시죠?" 노란 드레스를 입은 두 여자 중 하나가 말했다. "한 달쯤 전에 여기서 뵈었는데."

"그뒤로 머리를 염색하셨네요." 조던의 말에 나는 움찔했지만 이미 두 여자가 별생각 없이 자리를 떠버려서 그녀의 언급은 음식 바구니에서 꺼내기가 무섭게 사라져버리는 야식처럼 때이르게 떠오른 달을 향해 날아가버렸다. 나는 금빛으로 그을린 날씬한 팔을 내 팔에 걸친 조던과 함께 계단을 내려가 정원 주위를 산책했다. 칵테일 쟁반이 황혼을 가로질러 우리에게 전달되었고, 우리는 노란 드레스를 입은 그 두 여자와 세 명의 남자와 함께 테이블에 자리를 잡았다. 세 남자의 성은 같았는데, 모두 '멈블'이었다.

"이런 파티 자주 와요?" 조던이 옆자리에 앉은 여자에게 물었다.

"그때, 당신 만났을 때가 마지막이었어요." 그녀는 경쾌하고 자신 있는 목소리로 대답했다. 그녀는 친구 쪽으로 고개를 돌렸다. "그렇지 않니, 루실?"

루실도 그렇다고 했다.

"나는 이런 데 오는 거 좋아해요." 루실이 말했다. "행동에 신경을 안 써도 되니까 언제나 기분이 좋아요. 지난번에 여기서 의자에 드레스가 걸려 찢어졌는데 그분이 내 이름하고 주소를 묻더니 일주일도 안 돼서 소포를 보내셨어요. 크루아리에의 새 이브닝드레스가 들어 있더라구요."

"그걸 받았어요?" 조던이 물었다.

"그럼요. 오늘 입고 오려고 했는데 가슴께가 너무 커서 좀 줄여야 해서요. 보라색 구슬이 달린 연푸른색 드레스예요. 265달러짜리."

"그렇게까지, 좀 웃기지 않아요?" 또다른 여자가 신나게 말했다. "그 사람은 누구와도 틀어지고 싶지 않은 거라구요."

"근데 누가 그렇다는 거죠?" 내가 물었다.

"개츠비죠. 어떤 사람이 그러는데……"

두 여자와 조던은 비밀 얘기를 하려는 듯 가까이 다가앉았다.

"누가 그러는데, 그가 예전에 사람을 죽였대요."

전율이 우리 모두를 스쳐지나갔다. 세 명의 멈블도 몸을 앞으로 기울이고 열심히 들었다.

"그랬을 것 같지는 않은데." 루실은 회의적이었다. "그보다는 전쟁 때 독일 스파이였다는 말이 더 그럴듯해."

세 남자 중 하나가 확신에 차서 고개를 끄덕였다.

"그 사람하고 독일에서 같이 자라서 서로 모르는 게 없는 사람한테 들었습니다." 그는 단정적으로 말했다.

"아니에요." 첫번째 여자가 말했다. "그럴 리는 없어요. 왜냐하면 그 사람은 전쟁중에 미군이었거든요." 우리가 다시 자기 말을 믿으려 한다고 생각한 그녀는 신이 나서 몸을 앞으로 숙이며 말했다. "아무도 자기를 보지 않고 있다고 생각하는 순간의 개츠비를 한번 보시라구요. 나는 그가 사람을 죽였다고 확신해요."

그녀는 눈살을 찌푸리며 몸서리를 쳤다. 루실도 몸서리쳤다. 우리는 모두 몸을 돌려 개츠비를 찾았다. 쑥덕거릴 만한 것도 별로 없는 사람들조차 개츠비에 대해서는 열심히 수군댄다는 것, 이것이야말로 개츠비가 세상 사람들에게 낭만적 추측을 불러일으키고 있다는 증거였다.

첫번째 저녁식사―자정이 지나면 또 한번의 식사가 나올 예정이었다―가 제공되고 있었고, 조던은 정원의 다른 쪽 테이블에 자리잡은 자기 일행과 함께하자고 나를 불렀다. 결혼한 커플이 셋이었고, 조던을 에스코트하겠다고 따라온 남자가 하나 있었는데, 과격한 빈정거림이 입에 붙은 고집 센 대학생으로, 조던이 조만간 어떤 식으로든 자기에게 굴복하리라 믿고 있는 듯 보였다. 이들은 여기저기 어슬렁거리는 대신, 자기들만의 고귀한 동질성을 유지하면서 동네의 우아한 품격을 대표하는 역할을 떠맡고 있었다. 웨스트에그 사람들을 아래로 보면서 그들의 휘황한 쾌락에는 조심스럽게 거리를 두는 이스트에그 사람들이었다.

"밖으로 나가요." 조던이 속삭였다. 어울리지 않게 쓸데없이 삼십 분을 뭉그적거리고 난 후였다. "너무 근엄한 자리네요."

우리는 자리에서 일어났다. 조던은 일행에게 이 집의 주인을 만나러 간다고 말했다. 그러면서 개츠비를 한 번도 만난 적이 없어서 내 마음이 편치 않기 때문이라는 말도 덧붙였다. 대학생은 고개를 끄덕였다. 냉소적이면서도 침울해 보이는 태도로.

제일 먼저 살펴본 바는 사람들로 붐비고 있었지만 개츠비는 없었다. 층계 위에도 베란다에도 그는 없었다. 어쩌다가 우리는 그럴듯하게 장식된 문을 열고 천장이 높은 고딕 양식 서재로 걸어들어가게 되었다. 영국산 참나무를 두른 서재는 해외의 무슨 유적을 통째로 옮겨놓은 듯했다.

커다란 올빼미 안경을 쓴 덩치 큰 중년 남자가 조금 취한 채 널찍한 테이블 모서리 위에 앉아 불안정한 눈빛으로 책꽂이들을 노려보고 있었다. 우리가 들어가자 그는 몸을 휙 돌리더니 조던을 머리부터 발끝까지 훑어보았다.

"어떻게 생각하시오?" 그가 갑자기 물었다.

"뭐 말씀이세요?"

그가 서가를 향해 손을 흔들어댔다.

"저것들 말이오. 사실 확인해보고 자시고 할 필요도 없어요. 내가 벌써 다 했으니까. 저것들은 다 진짜요."

"저 책들 말씀이세요?"

그가 고개를 끄덕였다.

"완벽한 진짜요. 안에 책장도 있고 있을 건 다 있어요. 난 혹시 마분지로 만든 가짜가 아닐까 생각했었거든. 그런데 저것들은 완벽한 진짭니다. 책장도 있고…… 여기! 한번 보시오."

우리의 의심을 당연하게 여긴 그가 서가로 달려가 『스토다드 강연』 제1권을 가지고 돌아왔다.

"자, 보시오." 그가 의기양양하게 소리쳤다. "이건 진짜 책이오. 바보가 된 기분이오. 이 집 주인은 거의 벨라스코급이라구. 정말 대단해. 이렇게 완벽할 수가! 놀라운 리얼리즘입니다. 어디쯤이 적정선인지까지도 알고 있어요. 붙어 있는 책장들을 칼로 자르지도 않았다니까요. 아, 근데 뭘 찾으세요? 왜 여기 들어오신 거예요?"

그는 내 손에서 책을 낚아채더니 하나라도 빠지면 서가 전체가 무너질지도 모른다고 투덜거리며 급히 서가에 도로 꽂아놓았다.

"여기 어떻게들 온 거예요?" 그가 따져 물었다. "혹시 그냥들 온 거요? 나는 누구 따라왔는데, 다들 그렇게들 오던데."

조던은 아무 대답도 하지 않고 그를 바라보았다. 재미있다는 듯, 그러나 경계심을 늦추지는 않은 채.

"나는 루스벨트라는 여자하고 왔어요." 그는 계속 떠들어댔다. "클로드 루스벨트. 그 여자 압니까? 어젯밤 어디서 만났더라. 하여간 나는 일주일 내내 취해 있었습니다. 서재에 오면 좀 깨지 않을까 생각했었는데……"

"그래, 좀 깨던가요?"

"조금, 그런 것 같기도 하고. 아직 잘 모르겠어요. 여기 온 지 한 시간밖에 안 됐으니까. 내가 저 책들 얘기 했던가요? 저것들은 진짜요! 저건……"

"벌써 말씀하셨어요."

우리는 정중하게 악수를 한 후 다시 밖으로 나왔다.

정원의 천막에선 춤판이 벌어져 있었다. 늙은이들은 끝없이 원을 그리며 젊은 여자들을 무례하게 뒤로 밀어내고 있었고, 춤깨나 추는 커플들은 구석에서 우아하게 서로 껴안은 채 몸을 비비꼬고 있었다. 그리고 파트너가 없는 수많은 여자가 자기 스타일대로 춤을 추거나 오케스트라에 잠시 끼어들어 밴조나 타악기 주자의 손을 덜어주었다. 자정이 되자 더욱 흥이 올랐다. 유명한 테너 가수가 이탈리아 가곡을 불렀고, 악명 높은 콘트랄토 가수는 재즈를 노래했다. 곡과 곡 사이, 희희낙락 얼빠진 폭소가 여름 하늘로 솟아오르는 사이, 사람들은 정원 곳곳에서 '묘기'를 부렸다. 무대에 오른 '쌍둥이'들은—알고 보니 노란 드레스를 입고 있던 그 아가씨들이었다—무대의상을 입고 애들 시늉을 하고 있었다. 핑거볼보다 더 큰 잔에 담긴 샴페인이 돌았다. 달은 더 높이 떠올랐다. 해협 위에 둥둥 뜬 세모꼴의 은빛 비늘이 잔디밭에서 두들겨대는 밴조의 탄탄한 쇳소리 리듬에 따라 조금씩 흔들리고 있었다.

나는 여전히 조던 베이커와 함께 있었다. 우리는 내 또래의 남자 하나와, 작은 체구에 별것 아닌 얘기에도 엄청난 폭소를 터뜨리는 시끄러운 여자와 같은 테이블에 앉아 있었다. 이제 나는 기분이 좋아졌다. 핑거볼 두 잔 분량의 샴페인을 들이켠 상태라서 눈앞의 광경이 뭔가 의미 있고 중요하면서도 심오한 것으로 보였다.

공연의 막간에 내 또래의 그 남자가 나를 쳐다보며 미소를 지었다.

"구면인 것 같은데요." 그가 정중히 말했다. "혹시 전쟁 때 3사단에 있지 않으셨나요?"

"아, 네. 저는 제9기관총대대에 있었습니다."

"저는 1918년 6월까지 제7보병연대에 있었거든요. 어쩐지 전에 어디선가 뵌 분 같았습니다."

우리는 잠시 프랑스의, 축축하고 칙칙한 작은 마을들에 대해 이야기했다. 다음날 아침 새로 산 수상비행기를 타볼 생각이라는 얘기로 미루어볼 때, 이 근처에 사는 사람임이 틀림없었다.

"어이 친구, 언제 한번 같이 안 타볼래? 저기 해협 쪽 바닷가에서 말이야."

"언제?"

"언제든 그쪽 좋을 때."

막 그의 이름을 물으려는 찰나, 조던이 주위를 둘러보며 미소를 지었다.

"기분좋아 보이네요?" 그녀가 물었다.

"좀 나아졌어요." 나는 다시 새 친구 쪽으로 고개를 돌렸다. "이런 자리는 영 편치가 않네. 아직 여기 주인도 못 만나봤다니까. 난 바로 요 옆에 살고 있는데." 나는 손을 들어 잘 보이지 않는 울타리를 가리켰다. "개츠비라는 사람이 운전사를 시켜 초대장을 보내왔더라구."

위대한 개츠비 63

그는 이해가 안 된다는 듯이 한동안 나를 바라보았다.

"내가 개츠비야." 그가 불쑥 말했다.

"뭐?" 나는 소리를 질렀다. "아, 이런, 미안."

"알고 있는 줄 알았는데, 친구. 다 내가 주인 노릇을 잘못한 탓이지."

그가 사려 깊은 미소를 지었다. 아니 사려 깊다는 것 이상의 의미가 담긴 미소였다. 그것은 변치 않을 안도감을 주는, 일생에 네다섯 번쯤 밖에 마주치지 못할 드문 성질의 것이었다. 잠깐 전 우주를 직면한 뒤 (혹은 직면한 듯), 이제는 불가항력적으로 편애하지 않을 수 없는 당신에게 집중하고 있노라는, 그런 미소였다. 당신이 이해받고 싶은 바로 그만큼을 이해하고 있고, 당신이 스스로에 대해 갖고 있는 믿음만큼 당신을 믿고 있으며, 당신이 전달하고 싶어하는 호의적 인상의 최대치를 분명히 전달받았노라 확신시켜주는 미소였다. 그리고 바로 그 순간, 그 미소는 홀연 사라져버렸다. 내 앞에는 그저 서른한두 살 먹은, 젊고 잘 차려입은 덩치가 있을 뿐이었다. 지나치게 공들여 격식을 차린 그의 말투는 우스꽝스러움을 간신히 면할 정도였다. 자기소개를 하기 전 얼마 동안 그가 조심스럽게 말을 고르고 있다는 인상을 강하게 받았다.

개츠비가 정체를 밝힌 직후, 집사가 달려와 시카고에서 전화가 와 있다고 전했다. 그는 고개를 살짝 숙여가며 우리 모두에게 차례차례 실례하겠다고 말했다.

"어이 친구, 필요한 거 있으면 뭐든지 말해." 그는 내게 말했다. "미안. 곧 돌아올게."

그가 가버린 후, 나는 바로 조던에게 몸을 돌렸다. 내가 얼마나 놀랐는지 보여줘야 한다는 생각이 들어서였다. 나는 개츠비가 얼굴이 벌겋고 뚱뚱한 중년일 거라고 생각하고 있었다.

"저 사람 도대체 뭐예요?" 나는 물었다. "좀 아세요?"

"그냥 개츠비죠."

"내 말은 어디 출신이냐구요. 그리고 도대체 뭘 하는 사람이죠?"

"당신도 드디어 이 문제에 끼어드는군요." 그녀는 희미하게 미소지었다. "글쎄요, 자기 말로는 옥스퍼드 나왔다고 하더군요."

드디어 모습을 드러내려던 개츠비의 희미한 과거는 그녀의 그다음 말 때문에 다시 사라져버렸다.

"난 안 믿어요."

"왜요?"

"모르겠어요." 그녀는 굽히지 않았다. "어쩐지 거기 다녔을 것 같지가 않아요."

그녀의 말투는 "나는 그가 사람을 죽였다고 생각해요"라고 말했던 다른 여자의 그것과 비슷했다. 그리고 바로 그 점이 내 흥미를 자극하기 시작했다. 만일 개츠비가 루이지애나주의 습지 출신이거나 뉴욕의 이스트사이드 아래쪽에서 왔다고 했다면 나는 아무 의심 없이 믿었을 것이다. 그 정도면 이해해줄 만하다. 그렇지만—최소한 시골 출신인 내 일천한 경험에 비추어보면—어디서 왔는지도 모르는 젊은이가 롱아일랜드해협의 궁궐 같은 저택을 사들인다는 것은 있을 수 없는 일이었다.

"어쨌든 파티는 끝내주잖아요?" 도시인답게 딱딱한 얘기는 질색이라는 듯, 조던은 화제를 돌렸다. "나는 이런 큰 파티들이 좋아요. 아늑

한 데가 있잖아요. 작은 파티는 도무지 프라이버시라는 게 없어요."
 베이스드럼이 쾅하고 울리더니 오케스트라 지휘자의 목소리가 정원의 메아리 위로 울려퍼졌다.
 "신사 숙녀 여러분." 그가 외쳤다. "개츠비 씨의 요청에 따라 블라디미르 토스토프의 최신작을 연주하겠습니다. 이 작품은 지난 5월 카네기홀에서 공연되어 엄청난 주목을 받은 바 있습니다. 신문을 보신 분들이라면 얼마나 대단한 센세이션이었는지 이미 알고 계시리라 생각합니다." 그는 쾌활한 우월감이 드러나는 미소를 지으며 덧붙였다. "실로 엄청난 센세이션이었지요!" 그러자 모두가 웃음을 터뜨렸다.
 "이 곡의 제목은," 그는 힘차게 결론지었다. "〈블라디미르 토스토프의 세계 재즈사〉입니다."
 토스토프의 음악은 귀에 잘 들어오지 않았다. 내가 개츠비를 바라보고 있었기 때문이다. 그는 대리석 계단에 홀로 서서 흐뭇한 시선으로 청중 무리를 하나하나 굽어보고 있었다. 그을린 살갖은 보기 좋게 팽팽했고 짧게 올려친 머리 모양은 매일 다듬는지 단정했다. 그에게서 어떤 사악함을 발견하기는 어려웠다. 손님들과 동떨어져 보이는 이유는 그가 술을 안 마시기 때문인 것 같았고, 그래서인지 좌중의 흥이 더해갈수록 그는 더욱 단정해 보였다. 〈세계 재즈사〉가 끝나자 여자들은 들뜬 기분으로 애교스럽게 남자 어깨에 머리를 기대는가 하면, 기절이라도 하듯이 남자들의 팔에 갑자기 몸을 맡기기도 하고, 심지어 누가 잡아주겠거니 생각하고 사람들 무리 속으로 몸을 던지기도 했다. 그러나 개츠비한테는 그 누구도 그러지 않았고, 프랑스식 단발머리 여자들 중 누구도 개츠비의 어깨에 손을 대지 않았고, 또한 노래하는 무리들 중 그 누구도 개츠비와 함께 노래하지 않았다.

"실례합니다."

개츠비의 집사가 갑자기 우리 옆에 나타났다.

"베이커 양?" 그가 물었다. "죄송합니다만 개츠비 씨께서 조용히 좀 뵙고 싶어하십니다."

"저를요?" 그녀가 놀라서 소리쳤다.

"네."

그녀는 천천히 일어났다. 놀라움의 표시로 나를 향해 눈썹을 치켜세우면서 집사를 따라 저택 쪽으로 걸어갔다. 나는 이브닝드레스를 입은 그녀의 뒷모습을 바라보았다. 그녀가 입으면 뭘 입어도 꼭 운동복 같았다. 맑고 상쾌한 아침 골프장에서 걷는 법을 처음 배운 사람처럼 그녀의 움직임에는 경쾌함이 깃들어 있었다.

나는 혼자 남았다. 시간은 벌써 두시가 다 되어가고 있었다. 테라스 위, 창을 많이 낸 길쭉한 방에서는 수상쩍고도 흥미로운 소리가 한동안 흘러나왔다. 조던을 에스코트하겠다며 따라온 대학생은 코러스걸 두 명과 음담패설을 하면서 나보고도 끼어달라고 애원하고 있었다. 나는 그 친구를 피해 저택 안으로 들어갔다.

큰방은 사람들로 가득차 있었다. 노란 드레스를 입은 여자들 중 하나가 피아노를 연주하고 있었고, 곁에선 유명 코러스 출신의 키가 큰 붉은 머리 아가씨가 노래를 부르고 있었다. 그녀는 샴페인을 퍼마시고 취해 있었다. 노래를 부르면서 터무니없게도 세상만사가 슬프고 또 슬프다고 결론을 내린 모양이었다. 그녀는 흐느끼며 노래하고 있었다. 노래가 잠시 멈출 때마다 숨을 헐떡이며 울음을 삼키고는 다시 불안정한 소프라노로 노래를 계속했다. 그녀의 뺨을 따라 눈물이 흐르고 있었다. 주르륵, 은 아니었고 엄청나게 떡칠한 잉크빛 속눈썹을 지나 검은 실개천처럼 천천히. 아마 얼굴에 그려진 악보에 따라 노래하는 모양이라고 누군가 농담을 하자 그녀는 손을 번쩍 들어올리며 의자에 몸을 파묻은 뒤 깊은 잠에 빠져들었다.

"자기가 남편이라고 주장하는 남자하고 싸운 모양이에요." 내 곁의 한 여자가 말해주었다.

나는 주위를 둘러보았다. 남아 있는 여자들 대부분은 남편임을 주장하는 남자들과 싸우고 있는 중이었다. 조던과 함께 이스트에그에서 온 두 부부조차 싸움 끝에 서로 떨어져 있었다. 남자 중 하나가 젊은 여자 배우와 호기심에 찬 대화를 나누는 사이, 그의 아내는 품위 있게 무관심을 가장하며 웃어넘기려다가 돌연 평정을 잃고 측면공격을 감행했다. 말이 끊어진 틈을 타 갑자기 나타난 그녀는 최대한 분노를 억누르며 남편의 귓전에 "안 그러기로 했잖아!" 하고 말했다.

집에 가기 싫어하는 것은 노느라 정신 팔린 남자들뿐만이 아니었다. 홀은 유감스럽게도 술에 취하지 않은 두 남자와 그들의 열받은 아내들이 차지하고 있었다. 여자들은 살짝 격앙된 어조로 서로를 위로하고 있었다.

"이이는 내가 재밌게 노는 꼴을 못 봐. 좀 흥이 난다 싶으면 집에 가자고 보챈다니까."

"그렇게 이기적인 사람은 보다보다 처음이네요."

"아마 우리처럼 집에 빨리 가는 사람은 없을 거예요."

"우리도 마찬가지예요."

"글쎄, 오늘은 우리가 마지막 손님 같은데?" 남편 중 하나가 너까렸다. "오케스트라도 벌써 삼십 분 전에 가버렸다구."

자기 남편들이 도무지 믿을 수 없을 정도로 못돼먹었다는 데에는 의견이 일치했지만 언쟁은 가벼운 몸싸움으로 끝났고 두 여자는 번쩍 들려나가며 어둠 속에 발길질을 해댔다.

홀에서 내 모자를 갖다주기를 기다리고 있는 사이, 서재의 문이 열리고 조던 베이커와 개츠비가 함께 걸어나왔다. 개츠비는 그녀에게 몇 마디 더 전하려던 참이었지만, 몇몇 사람이 그에게 작별인사를 하러 다가오자 그의 태도 속에 숨어 있던 어떤 열의는 모습을 감추고 딱딱한 격식만 남았다.

조던의 일행이 포치에서 그녀를 재촉하고 있었지만, 그녀는 악수를 하느라 잠시 머뭇거렸다.

"놀라운 얘기를 들었어요." 그녀가 속삭였다. "내가 저기 얼마나 들어가 있었나요?"

"왜요? 아마 한 시간쯤?"

"정말…… 놀라운 얘기예요." 그녀가 멍한 표정으로 다시 한번 말했다. "감질나게 하는 것 같지만 아무한테도 말하지 않기로 약속했어요." 그녀는 내 얼굴을 향해 우아하게 하품을 했다. "연락 좀 주세요…… 전화번호부…… 시고니 하워드 부인 이름을 찾아보세요…… 우리 이모세요……" 그녀는 이렇게 말하면서 서둘러 걸어나갔다. 그녀는 갈색 손을 흔들어 유쾌하게 인사를 하고는 현관에 서 있는 일행에 합류했다.

처음 온 주제에 너무 오랫동안 남아 있는 게 조금 멋쩍긴 했지만, 나는 개츠비를 둘러싼 마지막 손님들과 계속 어울렸다. 나는 개츠비에게, 사실 초저녁부터 인사를 하려고 찾아다녔으며 아까 정원에서 알아보지 못해 미안하다고 말하고 싶었다.

"그런 말 하지 마." 그가 힘주어 말했다. "뭘 그런 걸 가지고 그래, 친구." 나를 부르는 그 표현도 친근했지만 다정히 내 어깨를 쓰다듬는 그의 태도가 더 친근감을 불러일으켰다. "내일 아침 아홉시, 수상비행기 같이 타기로 한 거 잊지 말라구."

그때 집사가 그의 등뒤에 나타났다.

"필라델피아에서 전화 왔습니다."

"어, 알았어. 금방 간다고 전해…… 자, 그럼 잘 가."

"잘 자."

"잘 가." 그는 웃으며 말했다. 그리고 그 미소에는, 내가 늦게까지 가지 않고 남아 그의 마지막 손님이 되기를 오랫동안 기다려왔다는 듯, 어떤 유쾌한 의미심장함이 담겨 있었다. "잘 가, 친구…… 잘 자."

그러나 계단을 내려오자마자 나는 이 밤이 이대로 끝나지 않으리라는 것을 알게 되었다. 문에서 50피트쯤 떨어진 곳에서 한 다스나 되는 헤드라이트가 기괴하고 요란스러운 장면을 비추고 있었다. 개츠비 저택의 진입로를 나온 지 채 이 분도 안 된 신형 쿠페가 바퀴 하나가 달아난 채 도랑에 처박혀 있었다. 튀어나온 담벼락의 뾰족한 부분에 걸려 바퀴가 빠진 듯했고, 대여섯 명의 운전기사가 호기심 어린 눈길로 이 광경을 살펴보고 있었다. 어쨌든 이들이 길을 막고 있었기 때문에 뒤에 있는 차들은 신경질적으로 클랙슨을 울려댔고, 그 덕분에 혼란이 가중되었다.

긴 먼지막이 외투를 입은 남자가 망가진 차에서 내려 길 한가운데 선 채 차와 타이어, 타이어와 구경꾼들을 유쾌하면서도 당혹스러운 표정으로 쳐다보았다.

"보라구요!" 그가 설명했다. "차가 도랑에 빠졌네요."

그 사실이 꽤나 놀라웠던 모양이었다. 별걸 가지고 다 놀라는군, 하는 생각으로 보고 있노라니 아는 얼굴이었다. 아까 개츠비의 서재에 있던 사람이었다.

"어떻게 된 겁니까?"

그가 어깨를 으쓱했다.

"난 기계에 대해선 완전 깡통입니다." 그는 단호하게 말했다.

"어쩌다 이렇게 된 겁니까? 벽을 들이받은 건가요?"

"나한테 묻지 마세요." 아는 게 전혀 없다는 듯 올빼미 안경이 대답했다. "난 운전은 기의 초보나 다름없다구요. 아니 사실 진혀 모른다고 할 수 있지요. 그냥, 이렇게 된 거예요. 그게 내가 아는 전부라구요."

"음, 운전할 줄도 모른다면서 왜 한밤중에 차를 모세요?"

"운전하려던 게 아닙니다." 그는 버럭 화를 냈다. "운전하려던 게 아니라니까요."

구경꾼들은 경악해 입을 다물었다.

"그럼 자살하려던 거요?"

"바퀴 하나 나간 걸로 끝난 게 다행인 줄 아시오. 운전도 못하는 양반이 뭐, 운전하려던 게 아니라고?"

"이해를 못하시는구만." 범인이 해명했다. "내가 운전한 게 아닙니다. 차 안에 누가 더 있어요."

위대한 개츠비 71

이 말에 모두 놀랐다. "아, 아, 아" 소리와 함께 쿠페의 문이 천천히 열렸다. 군중—이제는 정말 군중이라 불러도 좋을 정도였다—은 자기도 모르게 뒤로 물러섰고, 자동차 문이 활짝 열리자 유령이라도 본 듯 조용해졌다. 그러자 아주 천천히, 창백한 얼굴로 비틀거리며 누군가가 부서진 차에서 잘 맞지도 않는 커다란 댄스 슈즈를 한 짝만 신은 채 천천히 땅에 발을 디뎠다.

헤드라이트 불빛 때문에 잘 보이지도 않고, 잇따라 빵빵거리는 클랙슨소리 때문에 얼이 빠져버린 이 허깨비는 먼지막이 외투 입은 남자를 알아보기 전까지 비틀거리며 그대로 서 있었다.

"무슨 일이야아?" 그가 조용히 물었다. "기름, 떨어진 고야?"

"보라구!"

여섯 개의 손가락이 빠진 바퀴를 가리켰다. 그는 잠시 그것을 응시하다가 혹시 하늘에서 떨어진 게 아닌가 의심하듯 위를 올려다보았다.

"바퀴가 빠졌어요." 누군가 알려주었다.

그는 고개를 끄덕였다.

"차가 서버어린 줄도 몰랐네."

잠시 침묵. 이어 그가 긴 한숨을 푹 쉬더니 두 어깨를 펴고 결연한 목소리로 말했다.

"주유소오 어딨는지 누구우 아는 사라암?"

거의 한 다스는 되는 사람들이, 그중에는 차에서 기어나온 그 허깨비보다 나을 게 없는 사람도 있었지만, 그에게 바퀴가 차에 더이상 붙어 있지 않다고 말해주었다.

"뒤로 끌어냅시다." 그가 제안했다. "후진으로 놔봐요."

"바퀴가 빠졌다니까!"

그가 멈칫거렸다.

"해봐서 나쁠 거 없잖아요?" 그는 대꾸했다.

빵빵대는 클랙슨소리는 크레셴도로 커져만 가고, 나는 몸을 돌려 잔디밭을 가로질러 집으로 향했다. 나는 뒤를 힐끗 돌아다보았다. 웨이퍼 같은 달이 개츠비 저택을 비추고 있었다. 달빛은 아직 훤한 개츠비네 정원의 소음과 웃음소리보다 더 오래 살아남아 밤을 밝히고 있었다. 갑자기 창문과 커다란 문에서부터 공허함이 넘쳐나, 포치에 선 채 정중히 손을 흔들며 인사하는 집주인의 실루엣에 완벽한 고독을 더했다.

지금까지 쓴 것을 읽어보니 몇 주 간격을 두고 일어난 그 세 번의 밤의 일들에 내가 완전히 빠져 있었다는 인상을 풍긴다. 그러나 사실 그때까지만 해도 그 일들은 소란한 여름날에 벌어질 법한 가벼운 사건들에 불과했고, 그후로 한참의 시간이 흐를 때까지도 그 사건들은 내 개인적 관심사에 한없이 밀려나 있었다.

대부분의 시간은 일하며 보냈다. 이른 아침 태양이 내 그림자를 서쪽으로 드리울 때면, 나는 서둘러 뉴욕 프로비티 신탁회사를 향해 뉴욕 남쪽의 흰 건물들 사이를 뛰어내려갔다. 나는 직원들과 증권 판매인들과 격의 없이 지냈고, 어둡고 혼잡한 식당에서 함께 점심을 먹었다. 돼지고기로 만든 작은 소시지와 으깬 감자, 그리고 커피였다. 저지시티에 사는, 경리 부서에서 일하는 여자와 잠깐 연애를 하기도 했는데, 나중에 그 여자 오빠가 자꾸만 나를 못마땅한 눈으로 흘겨보더니

만 7월에 훌쩍 휴가를 떠난다기에 나는 그냥 그렇게 조용히 흘러가버리도록 내버려두었다.

나는 주로 예일 클럽에서 저녁을 먹었다. 여러 가지 이유로 나로서는 하루 중 가장 우울한 순간이었다. 저녁을 먹고는 그 위에 있는 도서실에 올라가 투자니 증권이니 하는 것들을 공부하며 나름 성실한 시간을 보냈다. 시끄러운 녀석도 몇 있었지만 그것들은 여간해서 도서실까지 올라오지 않았고, 그래서 공부하기에는 딱 좋은 곳이었다. 그런 후에 밤공기가 달콤하면 매디슨 애비뉴를 따라 머리 힐 호텔을 지나서 33번가 너머 펜실베이니아역까지 걸어가곤 했다.

나는 뉴욕이라는 도시, 밤이면 역동적이고 모험적인 분위기로 충만한, 남자와 여자, 자동차들이 쉴새없이 몰려들며 눈을 어지럽히는 이 도시를 사랑하기 시작했다. 나는 5번 애비뉴를 걸어올라가 군중 속에서 신비로운 여자 하나를 찾아내 아무도 모르게, 그 누구의 제지도 받지 않고 그 여자의 삶으로 들어가는 나만의 공상을 즐겼다. 때로는 상상 속에서 그녀들의 집까지 뒤쫓아가고, 그러면 그녀들은 어두운 거리 모퉁이에서 몸을 돌려 나를 향해 미소를 짓고는 문을 열고 따뜻한 어둠 속으로 몸을 감추어버렸다. 마법이 내려앉은 대도시의 어스름 속에서 나는 간혹 헤어나기 힘든 외로움을 느끼고, 그것을 타인들—해질 무렵, 혼자 식사할 수 있는 시간이 될 때까지 레스토랑 창문 앞을 서성이며 밤과 인생의 가장 쓰라린 한순간을 그대로 낭비하고 있는 젊고 가난한 점원들—에게서도 발견하였던 것이다.

다시 여덟시, 40번대 거리 언저리의 어두운 골목에 극장들로 향하는 택시가 다섯 겹으로 늘어선 것을 볼 때면 내 마음은 더 깊숙한 곳으로 가라앉는다. 신호 대기중인 택시 속의 형체들은 서로 기댄 채 즐겁게 떠들어대며, 들리지 않는 농담에 폭소를 터뜨리고, 불을 붙인 담배로 그들의 해독할 수 없는 제스처에 윤곽을 그린다. 즐거움 속으로 바삐 들어가 그들의 화기애애한 흥분에 동참하는 내 모습을 상상하면서, 나는 그들이 행복하기를 마음속으로 기원했다.

한동안 나는 미스 베이커를 만나지 못했다가 한여름에야 만날 수 있었다. 처음엔 그녀와 이런저런 자리에 다니는 게 꽤나 즐거웠다. 그녀는 모두가 알아보는 골프 챔피언이었으니까. 그런데 그 이상의 뭔가가 있었다. 사랑에 빠졌다거나 하는 것은 아니고 일종의 다정한 호기심이랄까 하는 것이 생겼던 것이다. 겉으로 내보이는 무심하고 거만한 표정 너머에 뭔가가 감추어져 있었다. 허세라는 게, 처음부터는 아니겠지만 결국 뭔가를 은폐하기 마련이다. 어느 날 나는 그게 무엇인지 알게 되었다. 위러이 어느 집에선가 열린 파티에 함께 갔을 때, 그녀는 빌린 차를 덮개를 열어놓은 채 빗속에 세워놓고는 그것에 대해 거짓말을 했다. 갑자기 나는 데이지네 집에서는 미처 깨닫지 못했던 이야기 하나를 떠올리게 되었다. 그녀가 처음으로 참가한 메이저 골프 대회에서 하마터면 신문에 날 뻔한 사건이 벌어졌다고 한다. 준결승전에서 그녀가 나쁜 자리에 놓여 있던 공을 슬쩍 옮겼다는 의혹이 있었던 것이다. 일종의 스캔들로 비화될 뻔했지만 흐지부지 사그라들었다. 캐디가 진술을 뒤집었고 또다른 유일한 목격자가 자기가 잘못 본 모양이라고 물러섰다. 그러나 그 사건과 이름은 내 뇌리에 남아 있었다.

조던 베이커는 본능적으로 영리하고 똑똑한 사람을 피했다. 이제 와 생각해보면 그것은 규범을 일탈할 기회를 전혀 찾을 수 없는 곳에서만

비로소 편안함을 느끼는 종류의 인간이기 때문이었다. 그녀는 교정이 불가능한 거짓말쟁이였다. 그녀는 작은 손해도 견디지 못했고, 따라서 처한 상황이 마음에 들지 않으면 세상을 향해 냉담하고 거만한 미소를 짓는 동시에 그 단단하고 활기찬 몸을 만족시키기 위해 상당히 어렸을 때부터 속임수를 쓰기 시작했을 것이다.

그러거나 말거나 나에게는 별 상관이 없었다. 여자의 거짓말이 심하게 탓할 일은 아니다. 약간 실망이었지만 곧 잊어버렸다. 우리가 차를 모는 것에 대해서 묘한 이야기를 나눈 것도 같은 파티에서였다. 그녀가 일하던 사람들에게 너무 가까이 차를 몰다가 우리 차의 펜더가 한 남자의 상의 단추를 살짝 건드리면서 이야기는 시작되었다.

"차 험하게 모시네요." 나는 항의했다. "좀 조심하든가 아니면 아예 몰지 마세요."

"조심하고 있어요."

"당신이? 아닌데요."

"나 말고요. 다른 사람들." 그녀가 대수롭지 않게 말했다.

"그게 무슨 소리죠?"

"다른 사람들이 비킬 거라는 거죠." 그녀가 우겼다. "사고가 나려면 최소한 둘이 있어야 되잖아요."

"당신같이 부주의한 사람을 만나면 어떡하지요?"

"그러지 않기를 바라야지요." 그녀가 대답했다. "나는 부주의한 사람들을 싫어해요. 그래서 내가 당신을 좋아하는 거예요."

햇빛에 바랜 듯한 그녀의 회색 눈동자는 앞만 보고 있었다. 그러나 조금 전 그녀는 슬쩍 우리 관계를 격상시킨 것이었고, 나는 잠깐 동안 그녀를 사랑한다고 믿었다. 그러나 나는 생각이 느리고 욕망에 브레이크를 거는 내면의 규칙이 많은 사람이다. 나는 우선 고향에 팽개치고 온 애매한 관계에서 확실히 빠져나와야 한다고 생각했다. 나는 일주일에 한 번은 편지를 썼고, 그때마다 "사랑하는 닉이"라고 적었지만, 내가 떠올릴 수 있었던 것은 오직 그녀가 테니스를 칠 때면 마치 콧수염처럼 윗입술 위에 땀이 어리는 모습뿐이었다. 그럼에도 불구하고 자유의 몸이 되자면, 요령껏 잘 정리해야 하는 막연한 협정 같은 것이 우리 사이에는 있었다.

모든 사람은 여러 주요한 미덕 중에서 스스로 최소한 한 가지쯤은 가졌다고 믿지 않나 싶은데, 내 경우에는 이것이다. 나는 내가 알고 있는 몇 안 되는 정직한 사람들 중 하나다.

4

 일요일 아침, 교회 종소리가 해변가의 동네들로 울려퍼질 때, 온 세상의 이름난 치들이 자기 짝을 데리고 개츠비의 집으로 몰려와서 유쾌하게 웃어대고 있었다.
 "개츠비는 밀주업자예요." 젊은 여자들이 개츠비가 제공한 칵테일 잔들과 늘어놓은 꽃들 사이를 오가며 말했다. "자기가 폰 힌덴부르크의 조카일 뿐 아니라 악마와 육촌지간이라는 걸 알아낸 남자를 죽였대요. 자기, 거기 장미 좀 줄래요? 그리고 이 크리스털 잔에 마지막 한 방울까지 좀 따라봐요."
 한번은 다이어리의 빈칸에다 그 여름 개츠비 집에 온 사람들의 이름을 적은 일이 있었다. 지금 보면 오래되어 바래고, 접은 부분들도 찢겨 나간 다이어리의 한 페이지에는 '1922년 7월 5일의 일정'이라는 제목이 적혀 있다. 회색빛으로 남은 그들의 이름은 아직도 알아볼 수 있다. 그 이름들은, 개츠비의 초대를 받고 실은 그에 대해 아무것도 모르는 채 영악하게 아부한 자들에 대해 내 입으로 개괄하는 것보다 훨씬 뚜렷한 인상을 전할 수 있으리라.

이스트에그에서는 체스터 베커 부부와 리치 부부, 내가 예일대학 시절에 알던 번슨이라는 친구, 그리고 지난여름 메인주에서 이사한 웹스터 치벳 박사가 왔다. 혼빔네, 윌리 볼테어 부부 그리고 늘 구석에 모여서 누구든 가까이 오기만 하면 염소처럼 코를 치켜들던 블랙벅 일당이 있었다. 그리고 이스메이 부부와 크리스티 부부(라기보다는 허버트 아워바흐와 크리스티의 아내) 그리고 사람들 말로는 어느 겨울 오후에 아무 이유도 없이 갑자기 머리가 온통 하얗게 세어버렸다는 에드거 비버도 있었다.

내 기억으로는 클래런스 인디이브도 이스트에그 출신이었다. 그는 딱 한 번 왔는데, 헐렁한 흰색 니커보커 반바지 차림으로 에티라는 이름의 건달과 정원에서 다툼을 벌였다. 롱아일랜드에서 좀 떨어진 곳에서는 치들스 부부와 O. R. P. 슈레더 부부, 그리고 조지아의 스톤월 잭슨 에이브럼, 피시가드 부부, 그리고 리플리 스넬 부부가 왔다. 스넬은 교도소로 가기 사흘 전에 왔는데, 완전히 취해 자갈길에 뻗어 있다가 율리시즈 스웨트 부인의 자동차에 오른팔을 깔리고 말았다. 댄시 부부 역시 왔고, 예순이 훌쩍 넘은 S. B. 화이트베이트, 그리고 모리스 A. 플린크, 해머헤드 부부와 담배 수입상 벨루가와 그 딸들도 나타났다.

웨스트에그에서는 폴 부부와 멀레디 부부, 그리고 세실 로벅, 세실 숀, 주 상원의원 굴릭, 그리고 '최고의 영화'를 경영하는 뉴턴 오키드,

에크호스트와 클라이드 코언 그리고 돈 S. 슈워츠(아들 쪽) 거기에 아서 매카티. 이들은 모두 영화 관련으로 이렇게 저렇게 얽혀 있었다. 그리고 캐틀립 부부와 벰버그 부부, 나중에 아내를 목졸라 죽이게 되는 물둔의 동생 G. 얼 물둔이 있었다. 프로모터인 다 폰타노와 에드 리그로스와 제임스 B.(라는 본명 대신 '썩은 내장'이라는 별명으로 통하는) 페레와 더용 부부, 어니스트 릴리, 이들은 도박을 하러 왔다. 페레가 정원을 어슬렁거린다는 것은 몽땅 털렸다는 것, 다음날 '연합운송' 주가가 갑자기 올라야 한다는 것을 의미했다.

클립스프링어라는 이름의 남자는 하도 자주 오고 오래 머물러서 '하숙생'으로 불렸다. 집이라는 게 원래 있는지조차 의심스러운 작자였다. 연극 쪽 인물로는 거스 와이즈와 호레이스 오도너번, 그리고 레스터 마이어와 조지 덕위드 그리고 프랜시스 불이 있었다. 또 뉴욕에서 온 인사로는 크롬 부부와 배키슨 부부, 그리고 데니커 부부와 러셀 베티, 코리건 부부, 켈러허 부부, 듀어 부부, 스컬리 부부, S. W. 벨처와 스머크 부부 그리고 지금은 이혼한 젊은 퀸 부부, 타임스퀘어에서 달리는 지하철 앞으로 뛰어들어 자살하게 될 헨리 L. 팔메토가 있었다.

베니 매클리너핸은 언제나 네 명의 젊은 여자를 데리고 왔다. 매번 각기 다른 사람들임에도 그녀들은 서로서로 너무 비슷해, 예전에도 한 번 왔던 것 같은 인상을 불러일으켰다. 그들의 이름은 잊어버렸다. 재클린, 아마도, 컨수엘라 또는 글로리아 혹은 주디나 준이었던 것 같고, 성은 꽃 또는 달에서 따온 예쁘장한 것 아니면 미국의 엄청난 부호들에게서나 볼 수 있을 딱딱한 것이었다. 아마 좀 다그쳐 물었더라면 누구네 사촌인지도 털어놓았을 것이다.

이들 말고도 나는 포스티나 오브라이언이 한 번 이상 왔다는 것, 베더커가의 딸들과 전쟁중에 자기 코를 쏜 브루어가의 아들과 올브룩스 버거와 그의 약혼녀인 헤이그, 그리고 아디타 피츠피터스와 한때 미국 재향군인회 회장이었던 P. 주이트, 클로디아 힙과 그녀의 운전기사로 알려진 남자, 이름을 들었는지는 모르겠지만 만약 그랬다면 그 이름을 잊어버린, 우리가 공작이라 부르곤 했던 그 어딘가의 왕자도 하나 있었다.

이 모든 사람이 그 여름 개츠비의 저택에 찾아왔었다.

7월 말의 어느 날 아침 아홉시경, 으리으리한 개츠비의 차가 울퉁불퉁한 진입로를 따라 올라와 우리집 문 앞까지 들이닥치더니 3음계의 화음으로 클랙슨을 눌러댔다. 그의 파티에 두 번이나 참석하고, 그가 제공한 수상비행기를 타고, 집직스러운 초대에 따라 그의 해변을 자주 이용하긴 했지만, 그쪽에서 나를 찾아온 것은 그때가 처음이었다.

"어이 친구, 잘 지냈어? 이따 나하고 점심을 같이 먹는 거야. 그리고 지금 같이 드라이브나 좀 할까 하는데."

그는 자기 차의 대시보드 위에서 미국인 특유의 다채로운 동작으로 균형을 잡고 있었다. 내 생각에 그런 행동은 어릴 때 무거운 것을 들어올리거나 의자에 똑바로 앉아본 적이 없어서이고, 더 나아가 미국인들이 즐기는 신경질적이고 즉흥적인 게임들은 정해진 형태의 기품이 없기 때문인 것 같았다. 이런 특성은 꼼꼼하게 격식을 차리는 그의 매너 사이를 끊임없이 비집고 참을성 부족이라는 형태로 드러났다. 그는 한시도 가만히 있는 법이 없었다. 언제나 다리를 떨거나 불안하게 손을 쥐었다 폈다 했다.

그는 내가 자기 차를 감탄하며 보는 걸 눈치챘다.

"이봐, 친구, 멋지지 않아? 응?" 그는 차를 좀더 제대로 보여주기 위해 훌쩍 뛰어내렸다. "전에 본 적이 있던가?"

봤다. 모두가 봤다. 고급스러운 크림색의, 니켈 장식이 번쩍이고, 여기저기가 불룩불룩 솟아 있고, 엄청나게 길고, 모자상자와 도시락상자와 공구함이 완비된, 거기에 한 다스의 태양을 반사하는 윈드실드의 미로. 여러 겹의 창과 초록색 가죽 시트에 앉아 우리는 시내로 떠났다.

그 전달에 나는 그와 여섯 번쯤 대화를 나눴는데, 실망스럽게도 그와는 별로 할 얘기가 없다는 것을 알게 되었다. 그 덕분에 어떤 신비로운 거물일 거라는 첫인상은 점점 사라지고 이제는 그저 한동네의 호화로운 여관집 주인 정도로 여기고 있었다.

그러던 참에 이렇게 난데없는 드라이브가 시작된 것이다. 웨스트에그로 가는 길에 개츠비는 힘을 잔뜩 준 말을 늘어놓다가 채 끝맺지도 않고 갈색 양복을 입은 자기 무릎을 불안하게 두드리기 시작했다.

"이봐, 친구." 그가 불쑥 말했다. "나에 대해 어떻게 생각해?"

약간 당황하여 나는 그런 질문에 합당한 일반적인 말들을 늘어놓기 시작했다.

"음, 내가 살아온 인생에 대해서 얘기를 해줄까 하는데." 내 말을 자르며 그가 말했다. "나를 둘러싸고 이러쿵저러쿵 떠드는 이야기들 때문에 자네가 나를 오해할까봐 그래."

그는 자기 집에서 떠도는 별의별 황당한 험담들을 염두에 두고 있었던 것이다.

"맹세코 진실만 말해줄게." 그는 선서라도 하듯 오른손을 치켜들었다. "나는 중서부의 부유한 집안의 아들이야. 양친은 모두 돌아가셨지. 자라기는 미국에서 자랐지만 공부는 옥스퍼드에서 했어. 선조들이 다 거기서 배웠거든. 가문의 전통이야."

그는 나를 슬쩍 곁눈질했다. 그제야 나는 왜 조던 베이커가 그가 거짓말을 하고 있다고 생각했는지 알 것 같았다. 그는 "공부는 옥스퍼드에서"라는 대목을 아주 서둘러, 아니 거의 내뱉자마자 되삼키려는 듯이, 혹은 그 말이 목에 걸린다는 듯이 말했던 것이다. 전에 그 말 때문에 괴로웠던 적이 있는 것처럼. 이렇게 의심을 하기 시작하자 그의 전체 논지가 허물어졌고, 혹시 음흉한 뭔가가 있지 않을까 살피게 되었다.

"중서부 어디인데?" 내가 가볍게 물었다.

"샌프란시스코."

"응."

"가족이 모두 세상을 떠나는 바람에 한재산이 생긴 거야."

일족의 돌연한 멸문에 대한 기억이 아직도 자신을 괴롭힌다는 듯 엄숙한 목소리였다. 잠깐 동안 나는 그가 나를 놀리고 있는 게 아닌가 의심했지만, 그를 흘끗 보고는 그렇지는 않으리라 생각을 고쳐먹었다.

"그후로는 유럽의 모든 수도를 떠돌며 인도의 젊은 왕처럼 살았어. 파리, 베네치아, 로마에서 말이야. 보석, 주로 루비를 수집하고, 사냥을 하고, 그림도 좀 그리고, 오로지 나 자신만을 위한 일들이랄까, 그러면서 오래전에 벌어진 그 슬픈 일을 잊으려고 노력했던 거야."

나는 터져나오는 웃음을 참으려고 애를 써야만 했다. 그 옛날의 낡고 낡은 구닥다리 구절이었다. 내 머릿속에는 오직 온 땀구멍으로 톱

밥을 흘리며 불로뉴숲을 가로질러 호랑이를 쫓는 터번 두른 '캐릭터' 이미지 같은 것만 떠오를 뿐이었다.

"그러고는 전쟁이 시작됐지, 친구. 나로서는 오히려 휴식이었어. 죽으려고 무던히도 애를 썼지만 축복받은 운명을 타고난 모양이야. 처음부터 중위로 참전을 했지. 아르곤숲* 전투에서 기관총부대 둘을 이끌고 전진하다가 아군의 보병 주력으로부터 반 마일이나 떨어지게 된 거야. 우리는 거기에서 이틀 낮밤을 고립됐는데, 고작 루이스 기관총 열여섯 정에 병력은 백삼십 명이 전부였어. 나중에 보병들이 와서 보니까, 산처럼 쌓인 시체 사이에 독일군 3개 사단의 휘장이 있는 거야. 나는 소령으로 특진을 했고 연합군의 모든 정부로부터 훈장을 받았지. 심지어 몬테네그로까지, 아드리아해에 면한 그 작은 몬테네그로 말이야."

그 작은 몬테네그로! 그 단어들을 말할 때 그는 미소를 지으며 고개를 끄덕였다. 그 미소는 몬테네그로의 굴곡진 역사를 이해하고 있으며 몬테네그로 인민들의 영웅적 투쟁에 깊이 공감하는 것이었다. 그 미소로 몬테네그로가 처한 일련의 국가적 사정, 작지만 따뜻한 가슴에서 우러나는 이 경의의 원천에 깊은 감사를 표하는 것이었다. 나의 불신은 매혹에 가려 수면 아래로 가라앉아버리고 말았다. 한 다스의 잡지를 대충 뒤적일 때 일어나는 것과 비슷한 현상이다.

그는 주머니에 손을 넣더니 리본에 매달린 쇳덩이 하나를 꺼내 내 손바닥 위에 올려놓았다.

"이게 바로 몬테네그로에서 받은 거야."

---

* 프랑스 동북부에 위치한 1차세계대전 당시의 유명한 격전지.

놀랍게도 그건 진짜처럼 보였다. '오르데리 디 다닐로, 몬테네그로, 니콜라 렉스'라는 문장이 원을 따라 둥글게 새겨져 있었다.

"뒤를 봐."

제이 개츠비 소령. 나는 소리내어 읽었다. 놀라운 용기를 기리며.

"내가 늘 갖고 다니는 게 하나 더 있어. 옥스퍼드 시절의 기념품이지. 트리니티 쿼드에서 찍은 건데, 내 왼쪽에 있는 사람이 지금의 돈카스터 백작이야."

블레이저를 입은 여섯 명의 남자가 멀리 첨탑이 내다보이는 아치 아래에 한 덩어리로 모여 있는 사진이었다. 많이는 아니고 지금보다 약간 젊어 보이는 개츠비가 크리켓 배트를 든 채 서 있었다.

그러니까 모두 사실이었던 것이다. 갑자기 카날 그란데*의 대저택에 걸려 있는 화려한 호랑이 가죽들이 보였고, 자신의 상처받은 마음을 위무하고자 강렬한 진홍빛 루비를 금고에서 꺼내는 개츠비의 모습이 떠올랐다.

"오늘 어려운 부탁을 하나 하려고 해." 기분좋은 얼굴로 기념품들을 주머니에 집어넣으면서 그가 말했다. "그러자면 나에 대해서 좀 알아야 될 것 같아서 말이야. 나를 별 볼일 없는 놈으로 생각하면 곤란하잖아. 너도 알다시피 나는 과거의 아픈 기억을 잊기 위해 여기저기 떠돌아다니는 이방인이니까." 그는 잠깐 주저하다가 덧붙였다. "이따 오후에 알게 될 거야."

"점심때?"

---

* 베네치아의 주 운하.

"아니. 점심 먹고 오후에. 오늘 베이커하고 차 마시기로 했다면서?"
"혹시 베이커하고 사귀는 거야?"
"아아니, 친구. 베이커가 고맙게도 나 대신 이 문제를 말해줄 거라는 뜻이야."

나는 '이 문제'가 도대체 무엇인지 감도 잡을 수 없었다. 그렇지만 흥미가 생긴다기보다는 좀 귀찮았다. 나는 개츠비 얘기를 하려고 베이커에게 차 마시자고 한 것은 아니었다. 꽤나 황당한 부탁일 것이라는 생각이 들었고, 때문에 나는 사람들로 붐비는 그의 정원에 발을 들였던 것을 잠깐이나마 후회했다.

그는 다른 말은 하지 않았다. 시내에 가까워지자 자세를 단정하게 가다듬었다. 루스벨트 부두를 지나는데, 붉은 띠를 두른 큰 배가 한 척 보였다. 그리고 1900년대풍의 빛바랜 장식으로 치장한 어둡고 사람 많은 술집들이 줄지어 있는 자갈 깔린 슬럼가를 속도를 내어 지나갔다. 그러자 양쪽으로 잿더미 계곡이 나타났다. 윌슨 부인이 기운차게 숨을 몰아쉬며 주유기의 펌프를 잡아당기는 모습이 흘끗 보였다.

펜더를 날개처럼 펼치고 빛을 튕겨내며 애스토리아 지역을 반쯤 지났을 때 — 딱 절반쯤이었다. 고가도로 교각 사이를 달리고 있을 때였으니까 — "끼익 끼익 척" 하는 귀에 익은 오토바이소리가 들려왔다. 한 성미 급한 경찰관이 우리 옆으로 따라붙고 있었다.

"알았다고, 이 친구야." 개츠비가 소리를 질렀다. 우리는 속도를 늦추었다. 개츠비는 지갑에서 흰 카드를 꺼내 경찰의 눈앞에다 흔들어댔다.

"좋습니다." 경찰관이 모자에 손을 갖다대며 인사했다. "개츠비 씨, 다음에는 알아 모시겠습니다. 실례 많았습니다."

"그게 뭔데?" 내가 물었다. "옥스퍼드에서 찍은 사진이야?"

"경찰서장을 좀 도와준 일이 있거든. 그랬더니 그 친구가 크리스마스 때마다 카드를 보내더라고."

멋진 다리를 통과하는 동안, 대들보 사이를 통과한 햇빛이 지나가는 자동차들 위에서 쉴새없이 번쩍거렸고, 다리 건너로는 흰 각설탕 더미처럼 생긴 도시가 솟아오르고 있었다. 냄새 없는 돈을 향한 소망으로 빚어진 도시가. 퀸스버러 다리 위에서 보이는 뉴욕은 언제나 처음 보는 도시다. 세상의 모든 신비와 아름다움, 그것에 대한 최초의 담대한 예언처럼 느껴진다.

꽃으로 장식한 영구차가 시신을 싣고 우리를 지나쳐가고, 이어 블라인드를 내린 두 대의 차, 그리고 친구들을 태운 좀더 밝은 분위기의 차들이 뒤따랐다. 차에 탄, 남동부 유럽 출신 특유의 짧은 윗입술의 소유자들이 처량한 눈빛으로 우리 쪽을 바라보고 있었다. 개츠비의 눈부신 차가 그들의 음울한 휴일에 남길 잔상을 생각하자 기분이 좋았다. 우리가 블랙웰스섬을 지나갈 때, 리무진 한 대가 우리 옆을 지나갔는데, 백인 운전자가 쫙 빼입은 남자 둘에 여자 하나인 검둥이 셋을 태우고 있었다. 그들의 눈동자가 오만한 경쟁의식에 사로잡혀 우리 쪽을 곁눈질하는 순간 나는 큰 소리로 웃었다.

'이 다리를 넘어왔으니 이제 무슨 일이든 일어날 수가 있어.' 나는 생각했다. '무슨 일이든……'

개츠비 같은 인물도 전혀 놀라울 게 없는 마당이었다.

뜨거운 오후. 팬이 돌아가는 42번가의 지하에서 나는 개츠비와 점심을 먹기 위해 만났다. 눈을 깜빡여 거리의 빛을 털어내자 대기실의 다른 누군가와 이야기를 나누는 개츠비의 모습이 희미하게 보였다.
"캐러웨이 씨, 이쪽은 내 친구 울프심 씨입니다."
키 작은 납작코 유대인이 큰 머리를 치켜들고 나를 쳐다보았다. 양 콧구멍에서 긴 털이 비어져나와 있었다. 약간의 시간이 흐른 뒤에야 나는 어둠 속에서 그의 작은 눈을 찾아낼 수 있었다.
"……그래서 내가 그 자식을 봤는데……" 울프심이 굳게 악수를 하며 말했다. "……내가 그래 어떻게 했을 것 같아?"
"무슨 말씀이신지?" 나는 정중하게 되물었다.
알고 보니 나한테 하는 말이 아니었다. 내 손을 놓자마자 그의 인상적인 코는 다시 개츠비에게로 향했다.
"카츠포에게 돈을 주면서 내가 말했지. '좋아, 카츠포. 그 녀석이 입을 다물 때까지는 한 푼도 주지 말라구.' 결국 녀석은 입을 다물었지."
개츠비는 우리 둘의 팔을 잡고는 레스토랑 안으로 데리고 들어갔다. 울프심은 다른 말을 막 꺼내려다가 도로 삼켰고, 이미 나온 말은 잠꼬대처럼 사그라들었다.
"하이볼 드릴까요?" 수석 웨이터가 물었다.
"여기도 괜찮은 식당이네." 울프심이 천장에 그려진 천사들을 올려다보며 말했다. "하지만 나는 길 건너가 더 좋아."
"하이볼 좋지요." 개츠비가 동의했다. 그다음 울프심에게 말했다. "건너편은 너무 더워요."
"덥고 비좁지, 응." 울프심이 말했다. "그렇지만 추억이 많거든."
"어디 말씀하시는 거예요?" 내가 물었다.

"그 옛날의 메트로폴."

"옛날 메트로폴." 울프심은 울적하게 생각에 잠겼다. "죽은 이들의 얼굴로 가득하지. 영영 가버린 친구들의 얼굴. 그놈들이 로지 로젠달을 총으로 쏘았던 그 밤은 아마 영원히 못 잊을 거야. 우리 여섯이 테이블에 앉아 있었는데 말이야. 로지 로젠달은 그날 저녁 내내 많이 먹고 마셨어. 누가 밖에 와서 얘기 좀 하고 싶어한다고 웨이터가, 어쩐지 뭔가 재미있다는 듯한 표정으로 와서 말을 하더라구. 거의 아침이 다 됐을 무렵이었는데 말이야. 로지는 '알았어' 하고는 일어나려고 했지. 내가 팔을 잡아서 의자에 도로 앉혔어.

'하고 싶은 말이 있으면 여기 와서 하라고 해, 로지. 절대 네가 나가지 말구.'

새벽 네시쯤 됐을 때였어. 아마 블라인드 올렸으면 밖이 벌써 훤했을길."

"그 사람은 그래서 나갔나요?" 나는 바보처럼 물었다.

"그럼. 나갔지." 울프심의 코가 화난 듯 벌렁거렸다. "문 앞에서 돌아서서 그러는 거야, '웨이터보고 내 커피 치우지 말라고 해!' 인도로 나가자마자 놈들이 그의 꽉 찬 아랫배에다 총을 세 발 갈겨대고는 차를 몰고 달아나버렸지."

"그중 넷은 전기의자에서 죽었죠." 나도 기억이 났다.

"베커를 포함해서 모두 다섯이었지." 그의 두 콧구멍이 사심을 드러내기 시작했다. "사업 건수를 찾고 계시다면서?"

그 두 문장이 이렇게 병치될 수도 있다니 놀라웠다. 개츠비가 나 대신 대답해주었다.

"아, 아니에요." 그가 딱 잘라 말했다. "그 친구 아니에요."

"아니야?" 울프심은 실망한 눈치였다.

"그냥 친구예요. 그 문제는 나중에 얘기하자고 했잖아요."

"어이구, 실례." 울프심이 말했다. "사람을 착각했네."

즙이 흐르는 고기 요리가 나오자 울프심은 그 옛날 메트로폴에 대한 감상적인 추억은 싹 잊어버리고는 놀라운 식욕으로 먹어치우기 시작했다. 동시에 그는 아주 천천히 눈을 굴리며 식당 안을 살폈다. 그의 눈길은 바로 뒤에 있는 사람들에게까지 도달하면서 마침내 완벽한 아치를 그렸다. 내가 자리에 없었다면 테이블 아래도 살펴봤을 것이다.

"이봐, 친구." 개츠비가 내 쪽으로 몸을 기대며 말했다. "아침에 차 타고 올 때, 나 때문에 화난 거 아니야?"

예의 그 미소를 지었지만 나는 무시해버렸다.

"나는 미스터리는 질색이야." 내가 대답했다. "게다가 네가 왜 솔직하게 탁 까놓고 원하는 걸 말하지 않는지 이해가 안 돼. 도대체 왜 베이커한테 들어야 되는데?"

"꿍꿍이가 있는 건 아니야." 그는 분명히 말했다. "알다시피 베이커야 대단한 스포츠 선수고, 그런 여자가 수상쩍은 일을 할 리 없잖아."

갑자기 손목시계를 보더니 그는 벌떡 일어나 나하고 울프심만 남겨두고는 밖으로 나갔다.

"전화하러 가는 거야." 개츠비의 동선을 눈으로 좇으며 울프심이 말했다. "대단한 친구야. 안 그렇소? 잘생긴 얼굴에 완벽한 신사지."

"네."

"오그스포드 나왔잖아."

"아!"

"그 유명한 영국의 오그스포드 말입니다. 오그스포드라고 혹시 들어보셨나?"

"들어봤습니다."

"세계적으로다가 유명한 대학이지."

"개츠비 알고 지낸 지 오래되셨나요?" 내가 물었다.

"몇 년 됐지." 그가 환한 얼굴로 대답했다. "운좋게도 전쟁 직후에 저 친구를 만났지. 딱 한 시간 얘기하니까 괜찮은 집안 출신이라는 게 바로 감이 오더구만. 말하자면 이런 거지. '야, 집에 데려가서 엄마하고 여동생한테 소개시켜주면 딱 좋을 친구구만.'" 그는 잠깐 말을 멈추었다. "아, 내 커프스버튼 보시는구만."

아니었지만 그제야 내려다보니 이상하게 낯익은 구석이 있는 상아 키프스버튼이었다.

"최상급 사람 어금니로 만든 거요." 그가 알려주었다.

"네?" 나는 자세히 들여다보았다. "재미있는 발상이로군요."

"그럼." 그는 팔을 상의 속으로 집어넣었다. "개츠비는 여자 문제에 아주 조심스러워. 남의 마누라나 넘볼 사람이 절대 아니지."

그의 본능적인 신뢰의 대상이 돌아와 테이블에 앉자마자 울프심은 커피를 한입에 마셔버리고는 자리에서 일어났다.

"점심 잘 얻어먹었네." 그가 말했다. "두 젊은 양반들한테 눈치 없다고 한소리 듣기 전에 가야 되겠다."

"아니 벌써 가시게요, 마이어?" 개츠비가 말렸지만 진심으로 보이지는 않았다. 울프심은 축복이라도 하듯 손을 들어올렸다.

"대단히 친절한 말씀이십니다만 세대차라는 게 있으니까." 그가 정중하게 말했다. "일어나실 것 없고, 자, 계속하시라고. 스포츠 얘기, 여자 얘기 그리고······" 그는 손짓으로 상상의 단어를 대신했다. "나야 뭐, 올해 오십이고, 있어봐야 주책이고······"

악수를 하고 돌아설 때, 그의 비극적 코가 부르르 떨렸다. 내가 무슨 말이라도 잘못한 게 아닌가 싶었다.

"가끔 저렇게 감상적으로 군다니까." 개츠비가 말했다. "오늘따라 유난히 더 그러네. 뉴욕 일대에선 유명한 괴짜야. 브로드웨이에서 먹고살지."

"근데 도대체 뭐하는 사람이야? 배우야?"

"아니."

"치과의사야?"

"마이어 울프심이? 아니. 저 양반, 도박사야." 개츠비가 약간 주저하더니 담담하게 말했다. "1919년 월드시리즈 승부를 조작한 바로 그 사람이야."

"월드시리즈 승부를 조작해?" 나는 개츠비의 말을 반복했다. 발상 자체가 충격이었다. 물론 나는 1919년의 월드시리즈 승부 조작 사건은 기억하고 있었다. 그렇지만 나 같은 사람에게 그런 사건은 그냥 어떤 피할 수 없는 일들의 결과로 발생한 일일 뿐이었다. 도둑질을 하기 위해 금고를 날려버리는 것 같은 무식한 마음으로 한 사람이 5천만 명의 신뢰를 갖고 놀 수 있다는 생각은 한 번도 해본 적이 없었다.

"어쩌다 그랬대?" 족히 일 분은 지난 후에 나는 개츠비에게 물었다.

"그냥 찬스를 잡은 거지."

"근데 감옥에 안 갔어?"

"잡아넣기 힘들지, 친구. 똑똑한 양반이거든."

계산은 내가 하겠다고 우겼다. 웨이터가 잔돈을 가져왔을 때, 붐비는 실내의 맞은편에 톰 뷰캐넌이 보였다.

"잠깐만 같이 가지 않을래?" 내가 말했다. "인사해야 될 사람이 있어서."

우리를 보자마자 톰은 벌떡 일어나 대여섯 걸음 다가왔다.

"도대체 어디 있었던 거야?" 톰이 반가워하며 물었다. "네가 전화 안 한다고 데이지가 얼마나 화가 났는지 알아?"

"여기는 뷰캐넌이고 이쪽은 개츠비야."

그들은 짧게 악수를 나누었다. 개츠비는 긴장하고, 드물게 당황한 기색이었다.

"그래, 뭐하고 지낸 거야?" 톰은 다시 나를 다그쳤다. "아니, 그런데, 밥 한 끼 먹으러 이렇게 멀리 나온 거야?"

"난 그냥 개츠비가 같이 점심이나 하자고 해서……"

나는 개츠비 쪽으로 몸을 돌렸다. 그러나 그는 어느새 사라지고 없었다.

1917년 10월의 어느 날―

(그날 오후 플라자호텔 찻집의 딱딱한 의자에 똑바로 앉아서 조던 베이커가 해준 말이다.)

―그날 저는 보도를 따라서 여기로 또 저기로 왔다갔다하고 있었어요. 반쯤은 길로, 또 반쯤은 잔디로. 전 잔디 위로 걸어가는 게 더 좋았

어요. 밑창에 고무 돌기를 댄 영국제 신발을 신고 있어서 바닥에 닿는 느낌이 아주 부드러웠거든요. 바람 불면 적당히 날리는 새로 산 체크무늬 스커트를 입고 있었어요. 스커트가 이렇게 바람에 날리는 날이면 집 앞에들 걸어놓은 그 빨갛고 파랗고 하얀 현수막이 팽팽하게 당겨져서는 툿툿툿툿 하는 기분 나쁜 소리를 내지요.

그중에서 제일 큰 현수막을 달고 제일 넓은 잔디밭이 있는 데가 바로 데이지 페이네 집이었답니다. 저보다 두 살이 많으니까 그때 겨우 열여덟 살이었죠. 루이빌의 모든 여자애 중에서 제일 유명했고요. 데이지는 하얀 옷을 차려입고 흰색 로드스터를 몰고 다녔죠. 온종일 집에 그애 찾는 전화벨이 울려대고 흥분한 캠프 테일러의 젊은 장교들이 저녁에 그녀를 독차지하겠다고 "제발 한 시간만 내주세요!" 애걸하곤 했죠.

그날 아침 데이지네 집 맞은편에 도착해서 보니까, 데이지의 흰색 로드스터가 인도 옆에 세워져 있었고, 본 적도 없는 웬 중위 하나랑 앉아 있더라구요. 서로 푹 빠져가지고선 5피트 정도 다가갈 때까지도 제가 온 줄을 전혀 모르더라구요.

"조던 안녕." 기대도 안 했는데 갑자기 절 부르더군요. "이쪽으로 좀 와볼래?"

동네 언니들 중에서 제일 좋아하는 언니가 저를 부르니 기분이 너무 좋더라구요. 저보고 적십자사에 가서 붕대 만들 거냐고 묻더군요. 그렇다고 했죠. 그랬더니 자기는 못 간다고 좀 전해줄 수 있느냐는 거예요. 그 장교는 데이지가 말하는 모습을 지그시, 그 또래 여자들이 한 번만 받아봤으면 하는 그런 시선으로 보고 있더라구요. 너무 로맨틱해서 지금까지도 기억하고 있을 정도예요. 그 사람이 바로 제이 개츠비였어요. 그러고는 사 년 정도 그 사람을 못 봤어요. 나중에 롱아일랜드에서 만났을 때도 저는 그 사람이 그 사람이라는 걸 못 알아봤어요.

하여간 그때가 1917년이었어요. 저도 그 다음해부터는 남자친구들을 사귀기 시작했죠. 토너먼트에도 나가기 시작하면서 데이지는 자주 못 봤어요. 데이지는 나이 많은 축들하고 자주 어울리거나 아니면 아무도 안 만났어요. 이상한 소문들이 떠돌기 시작했어요. 어느 겨울밤에 데이지가 해외로 파병되는 군인한테 작별인사를 하러 뉴욕 간다고 가방을 싸다가 엄마한테 딱 걸린 거예요. 실제로 못 가게 되니까 집에서 몇 주 동안 말도 안 했어요. 그뒤로는 군인들은 안 만나고 군대 못 가는 평발이나 근시들하고만 어울리게 된 거예요.

그다음 가을이 되니까 다시 명랑해졌어요. 아니, 전에 없이 명랑했다고 하는 게 맞을 거예요. 전쟁 끝난 후 사교계에 데뷔하고 2월에 뉴올리언스 출신의 남자하고 약혼을 했던 것 같아요. 그런데 6월에 시카고의 톰 뷰캐넌하고 결혼했죠. 루이빌에서는 본 적도 없는 화려한 결혼식이었어요. 남자가 기차 특실칸 네 량을 빌려서는 백 명이나 되는 하객을 데리고 왔고 실바크호텔 한 층을 다 빌렸죠. 결혼식 전날에는 35만 달러짜리 진주 목걸이를 선물했고요.

저는 신부들러리였어요. 결혼식 전날 하는 파티 삼십 분 전에 데이지 방으로 올라갔거든요. 꽃무늬 드레스를 입은 채로 마치 6월의 여름밤처럼 사랑스러운 모습으로 침대에 누워 있는 거예요. 고주망태가 돼 있었지요. 한 손에는 소테른 와인 병을 들고 다른 한 손에는 편지를 들고서요.

"축하해줘." 그녀가 중얼거리더군요. "술 마셔본 건 태어나서 처음이지만, 그치만 너무 좋은데."

"무슨 문제 있어요, 데이지?"

좀 무섭더라구요. 정말이지 그렇게 취한 여자는 처음 봤거든요.

"이거 말이야." 침대 주변을 더듬거리며 쓰레기통을 찾더니만 거기서 그 진주 목걸이를 꺼내는 거예요. "이거 갖구 가서 누구든지 간에 이거 자기 거라는 사라암 있으면 줘버려. 그리고 사람들한테, 응, 데이지가 마음이 바뀌었다고 말해. 데이지가 마음을 바꿨다고!"

그녀는 울기 시작했어요. 울고 또 울었어요. 저는 뛰쳐나와서 데이지네 가정부를 찾아서는 문을 잠그고 같이 데이지를 차가운 욕조에 집어넣었어요. 그래도 끝내 그 편지는 놓으려고 하지 않더라구요. 그걸 욕조 속에 집어넣어서 손으로 쥐어짜 젖은 공처럼 만들더니만 그게 눈처럼 조각조각 풀어지는 걸 보고야 비누 받침 위에 올려놓게 해주더라고요.

아무 말도 안 하더군요. 우리는 암모니아냄새를 맡게 해서 정신을 차리게 만든 다음 얼음을 이마에 갖다대고 드레스를 입혀 삼십 분 후에 진주 목걸이를 목에 걸게 해서 아래로 데리고 내려갔어요. 사건은 그렇게 끝났어요. 다음날 다섯시에 톰 뷰캐넌하고 눈 하나 깜짝 안 하고 결혼을 하고는 남태평양으로 석 달짜리 신혼여행을 떠났어요.

그 부부가 돌아온 뒤에 샌터바버라에서 만났는데요. 그렇게 남편한테 집착하는 여자는 처음 봤어요. 남편이 잠깐이라도 방을 비우면 데이지는 안절부절못하며 찾으러 돌아다녀요. "톰 어디 간 거야?" 그러고는 톰이 나타날 때까지 넋 나간 듯이 앉아 있는 거예요. 자기 무릎에 그 사람 머리를 올려놓고 몇 시간씩 모래사장에 앉아 있곤 했어요. 손가락으로는 그의 눈 주위를 어루만지면서 행복에 겨워 그를 내려다보고 있는 거예요. 그런 모습 참 감동적이죠. 슬며시, 빠져들 듯이 미소 짓게 되잖아요. 그때가 8월이었어요. 제가 샌터바버라를 떠난 지 일주일 후에 톰이 밤에 벤투라 로드를 달리다가 왜건을 들이받고 그만 앞바퀴가 빠져버린 거예요. 같이 있던 여자도 팔이 부러지는 바람에 신문에 났어요. 샌터바버라호텔에서 객실 청소하는 여자였어요.

이듬해 4월, 데이지는 딸을 출산하고는 일 년 동안 프랑스로 떠났어요. 저는 그 부부를 칸에서 한 번, 도빌에서 한 번 만났어요. 그들은 나중에 정착하러 시카고로 돌아왔지요. 당신도 알다시피 시카고에서 데이지는 인기가 대단했어요. 젊고 부유하고 제멋대로인 친구들을 몰고 다녔죠. 그렇지만 데이지에 대한 평판은 아주 좋았어요. 아마 술을 안 마셔서였을 거예요. 늘 술에 취해 있는 사람들 사이에서 혼자 맨정신이면 유리한 게 많지요. 쓸데없는 말도 안 하게 되고, 게다가 다른 사람들은 모두 만취해서 제대로 보지도 신경쓰지도 않으니 혼자 좀 이상한 짓을 해도 괜찮은 거죠. 바람을 피운 것은 절대 아니었지만, 데이지의 목소리에는 분명 뭔가가 있었어요……

그런데 육 주 전에, 데이지가 몇 년 만에 처음으로 개츠비의 이름을 듣게 된 거예요. 제가 당신한테 물어봤는데, 혹시 기억나요? 웨스트에 그 사는 개츠비 아느냐고. 당신이 집으로 돌아간 후에 데이지가 제 방에 들어오더니 저를 깨웠어요. "어떤 개츠비?" 그래서 제가 설명을 했죠. 아직 잠도 덜 깬 상태였는데, 데이지는 이상한 목소리로 자기가 아는 그가 분명하다는 거예요. 저도 그제야 일전의 그 흰 차에 타고 있던 장교와 개츠비를 연결시킬 수가 있었죠.

플라자호텔을 떠나 관광용 마차를 타고 삼십 분에 걸쳐 센트럴파크를 달리는 사이 조던 베이커의 모든 얘기가 끝났다. 해는 영화계 스타들이 살고 있는 웨스트 50번대 거리의 고층 아파트들 너머로 지고, 풀밭 위에 모인 어린 소녀들의 귀뚜라미 같은 맑은 목소리가 뜨거운 석양을 뚫고 솟아올랐다.

나는야 아라비아의 족장
너의 사랑 나를 향하고
어두운 밤 네가 잠들 때
너의 천막 속으로 기어들 거야

"대단한 우연인데요." 내가 말했다.
"우연 절대 아니에요."
"왜요?"
"개츠비는 일부러 데이지네가 보이는 만 반대쪽 집을 산 거니까요."
6월의 밤에 그가 원했던 것은 별들만이 아니었던 것이다. 그는 무의미한 화려함의 자궁에서 벗어나, 드디어 살아 있는 한 인간으로 내 앞에 나타났다.
"그는 알고 싶어해요." 조던이 말을 이었다. "당신이 데이지를 오후에 당신 집으로 초대를 하고 자기도 놀러오라고 해줄 수 있는지를요."
요청 한번 겸손했다. 오 년을 기다린 끝에, 고작 잘 알지도 못하는 남자네 정원에 잠깐 '놀러가기' 위해 불빛으로 나방들이나 끌어모을 대저택을 산 것이다.

"겨우 그거 부탁하려고 이 모든 얘기를 시킨 건가요?"

"그는 좀 겁먹고 있어요. 너무 오래 기다렸으니까요. 그도 당신이 기분 나빠할 것은 알아요. 알고 보면 그 사람도 예민한 구석이 없지 않거든요."

뭔가가 마음에 걸렸다.

"왜 당신한테 주선을 맡기지 않는 거죠?"

"자기 집을 데이지에게 보여줬으면 하더라구요." 그녀가 설명했다. "당신 집이 바로 옆집이잖아요."

"이런!"

"내 생각엔 그가 어느 정도는 데이지가 자기 파티에 좀 와줬으면 했던 것 같아요." 조딘은 계속했다. "그렇지만 데이지는 그러질 않있어요. 그뒤로 만나는 사람마다 데이지를 아느냐고 물어본 거예요. 제가 안다고 대답한 첫번째였고요. 댄스파티에 초대한 그날 밤이었죠. 그 사람이 정말 얼마나 공들여 계획을 짜던지 당신도 봤어야 해요. 물론, 저도 그 즉시로 뉴욕에서 점심 한번 먹자고 했죠. 근데 그 사람 갑자기 화를 내는 거예요.

'조금이라도 이상해 보여선 안 돼요!' 그의 말이 이어졌어요. '바로 옆집에서 그녀를 보고 싶단 말입니다.'

내가 당신이 톰의 아주 가까운 친구라고 말해주니까 그 생각을 포기하려고도 했어요. 개츠비는 톰에 대해서는 잘 몰라요. 여러 해 동안 시카고 신문에 데이지의 이름이라도 나올까 싶어 찾아봤다는데도요."

마차가 작은 다리 아래로 내려갔을 때는 이미 어둠이 내려 있었다. 나는 그녀의 금빛 어깨에 팔을 두르고 그녀를 내 쪽으로 끌어당겼다. 그리고 저녁을 같이 하지 않겠느냐고 물었다. 갑자기 데이지와 개츠비에 대한 생각이 완전히 사라지면서 이 깨끗하고 강건하고 상상력이 결여돼 있고 세상만사를 회의적으로 접근하는, 내 팔에 안겨 당당하게 어깨를 펴고 있는 이 여성에게로 온 정신이 쏠렸다. 어지러운 흥분과 함께 문득 하나의 경구가 내 머릿속을 때리기 시작했다. '세상에는 쫓는 자와 쫓기는 자, 바쁜 사람과 피곤한 사람뿐이다.'

"데이지도 자기 인생에서 뭔가 있어야죠." 조던이 내게 속삭였다.

"개츠비를 만나려고 할까요?"

"모르게 해야죠. 개츠비도 데이지가 알기를 바라지 않고요. 당신은 그냥 데이지한테 와서 차 한잔 하자고 하면 되는 거예요."

우리는 어두운 나무울타리와 59번가의 정면과 공원을 비추는 희미한 불빛들 사이를 지났다. 개츠비나 톰 뷰캐넌과 달리, 나는 어두운 처마 밑이나 눈부신 간판들 밑을 떠도는 여자의 얼굴 같은 것은 그려볼 수가 없었다. 그래서 나는 팔에 힘주어 내 곁에 있는 여자를 끌어당겼다. 그녀의 맥없이 비웃는 듯한 입술이 보였다. 나는 그녀를 다시 한번 끌어당겼다. 이번에는 내 얼굴 쪽으로였다.

5

 그날 밤 웨스트에그의 집으로 들어오던 나는 집에 불이 난 줄 알았다. 새벽 두시, 반도의 한쪽 모퉁이가 관목숲 위로 쏟아지는 비현실적인 빛과 길가를 따라 늘어선 전선을 따라 흔들리며 반짝이는 눈부신 섬광으로 환히 불타고 있었다. 모퉁이를 돌자 개츠비의 저택이 보였다. 탑 꼭대기부터 지하실까지 불을 밝히고 있었다.
 처음에는 또 파티를 하나보다 생각했었다. 숨바꼭질이나 '상자 속의 정어리' 같은 게임을 하며 온 집안을 난장판으로 만들고 있는 거라고. 그러나 너무 조용했다. 나무들 사이를 지나며 전선을 흔드는 바람, 그 바람 때문에 켜졌다 꺼졌다 하는 전깃불로 저택은 마치 저 깊은 어둠을 향해 윙크라도 하는 것처럼 보였고, 그게 전부였다. 택시가 요란한 소리를 내며 사라지자 개츠비가 잔디밭을 가로질러 내 쪽으로 걸어왔다.

"무슨 만국박람회라도 하는 것 같은데." 내가 말했다.

"그래?" 그는 자기 집 쪽으로 공허한 눈길을 던졌다. "방들 좀 둘러보고 있었을 뿐인데. 참, 친구, 코니아일랜드 가지 않을래? 내 차로 말이야."

"너무 늦었어."

"음, 그럼 수영장에서 몸 좀 풀면 어떨까? 여름 내내 한 번도 안 했거든."

"난 자야 될 것 같은데."

"그럼 할 수 없지."

그는 잠깐 머뭇거리면서 뭔가를 기다리는 듯한 눈초리로 나를 바라보았다.

"베이커하고 얘기했어." 잠시 후에 내가 말했다. "내일 데이지한테 전화해서 차 마시러 오라고 할게."

"아, 좋아좋아." 그가 무심한 듯 대꾸했다. "너한테 부담 주고 싶지는 않은데."

"넌 언제면 좋겠어?"

"내가 언제면 좋겠냐고?" 그가 내 말을 바로잡았다. "말했잖아. 너한테 부담 주고 싶지 않다니까."

"그럼 모레 어때?"

그는 잠깐 생각을 했다. 그러고는 주저하면서 말했다.

"잔디를 좀 깎아야 되겠는데." 그가 말했다.

우리 둘은 잠시 잔디를 내려다보았다. 귀신이라도 나올 것같이 어수선한 내 쪽 잔디밭과 색이 짙고 잘 관리된 깔끔한 그의 잔디밭 사이에는 누가 봐도 선명한 경계가 그어져 있었다. 혹시 우리집 잔디를 깎겠다는 걸까.

"그것 말고도 작은 문제가 한 가지 더 있는데." 그가 애매하게, 머뭇거리며 말했다.

"그럼 며칠 미룰까?" 내가 물었다.

"아, 그런 얘기가 아니야. 최소한……" 그는 말을 어떻게 꺼내야 할지 몰라 왔다갔다했다. "왜, 내 말은 그러니까, 저기, 친구, 요새 형편은 좀 어때? 돈 좀 만져? 아니지?"

"뭐 그닥."

그러자 안심이 되는지 그는 좀더 자신 있게 말하기 시작했다.

"그럴 것 같았어. 기분 나쁘게 듣지는 말고, 너도 알다시피 내가 작은 사업을 하나 하는데 말이야, 그냥 부업 같은 건데, 음, 무슨 얘긴지 알 거야. 내 생각엔 말이야, 만일 너 요즘 실적이 좀 그렇다면, 그러니까 너 증권 쪽에서 일하잖아, 친구, 맞지?"

"하고 있기는 하지."

"그럼 너도 구미가 좀 당길 거야. 시간 많이 뺏기지 않고도 꽤 많은 돈을 벌 수 있어. 아주 확실한 건이야."

지금이야 그 대화가 다른 상황에서였다면 내 인생 최대의 위기로 귀결될 수도 있었다는 걸 안다. 그러나 그의 제의가 내 서비스에 대한 대가임이 명백한데다 그 방식도 서툴렀으므로 거절하는 수밖에 없었다.

"요즘 너무 바빠서 말이야." 내가 말했다. "하면 정말 좋겠지만 짬을 내기가 좀 어려울 것 같아."

"울프심하고 하라는 건 아니야." 내가 지난번 점심때 들은 이른바

'사업 껀수'로 의심하고 있다고 개츠비는 생각하는 것 같았다. 나는 아니라고 말해줬다. 그는 내 입에서 뭔가 다른 말이 나오기를 기대하며 잠시 기다렸지만, 나는 그의 기대에 부응할 정신이 아니었다. 그는 내키지 않는 발걸음으로 집으로 향했다.

그날 밤은 어리둥절하면서도 행복한 기분이었다. 나는 집으로 들어서자마자 깊은 잠에 빠져들었다. 그래서 개츠비가 코니아일랜드에 갔는지, '방들 좀 둘러보느라' 몇 시간이나 온 집안을 눈부시도록 밝혔는지 알지 못한다. 나는 다음날 아침 회사에서 데이지에게 전화를 걸어 차 마시러 오라고 말했다.

"톰은 데리고 오지 마." 내가 주의를 주었다.

"뭐?"

"톰은 데리고 오지 말라고."

"어떤 톰 말이야?" 그녀는 순진하게 되물었다.

약속한 날에는 비가 퍼부었다. 열한시에 비옷을 입은 남자가 잔디깎이를 들고 나타나 개츠비 씨가 보냈다며 앞마당의 잔디를 좀 깎겠다고 했다. 그제야 나는 그 핀란드인 가정부에게 다시 오라고 하는 것을 잊어버렸다는 것을 깨달았다. 그래서 나는 차를 몰고 웨스트에그 빌리지에 나가 벽마다 석회가 발린 축축한 골목들을 돌아다니며 그녀를 찾아낸 뒤, 컵 몇 개와 레몬, 그리고 꽃을 좀 샀다.

꽃은 살 필요도 없었다. 두시가 되자 개츠비가 보낸 온실 하나가 통째로 도착했다. 화분이 셀 수도 없이 많았다. 한 시간이 지나자 문이 거칠게 열리더니 하얀 플란넬 양복에 은색 셔츠, 금빛 타이를 한 개츠비가 허겁지겁 나타났다. 창백한 얼굴에 잠을 못 잤는지 눈 밑으로는 다크서클이 져 있었다.

"별문제 없지?" 만나자마자 그가 물었다.

"잔디는 됐어. 그거 말하는 거라면."

"무슨 잔디?" 그가 멍하니 물었다. "아, 잔디밭 말이군." 그는 창밖을 슬쩍 내다봤지만 그 표정으로 봐서는 눈에 아무것도 들어오지 않는 듯했다.

"근사한데." 그가 심드렁하게 말했다. "어느 신문에 보니까 네시쯤 비가 그칠 거라는군. 〈더 저널〉일 거야. 참, 차 마실 때 필요한 건 다 있어?"

식료품 저장고로 데리고 갔더니 개츠비는 핀란드인 가정부를 못마땅한 얼굴로 노려보았다. 우리는 함께 가게에서 사온 레몬케이크 열두 개를 품평했다.

"이거면 될까?" 내가 물었다.

"그럼, 그럼! 이세 됐어!" 그러고는 들릴 듯 말 듯 덧붙였다. "……친구."

세시 반이 되자 비는 짙은 안개로 변했고 이슬비도 간간이 뿌렸다. 개츠비는 멍한 눈으로 클레이의 『경제학 원론』을 들여다보다가 부엌을 오가는 핀란드인 가정부의 발소리에 움찔하기도 하고, 마치 보이지는 않지만 앞으로 일어날 일을 경고하는 무언가가 밖에서 연달아 일어나고 있다는 듯 흐릿한 창문 밖을 연신 내다보았다. 마침내 그는 벌떡 일어나더니 힘없는 목소리로 집에 가야겠다고 말했다.

"왜?"

"아무도 차 마시러 안 올 거야. 너무 늦었잖아!" 어디 급한 볼일이라도 있는 사람처럼 그는 시계를 들여다보았다. "하루종일 기다릴 수는 없다고."

"왜 이래? 바보같이. 겨우 네시 이 분 전이야."

그는 내가 내리누르기라도 한 듯 맥없이 자리에 앉았다. 동시에 자동차가 우리집 앞 골목으로 들어서는 소리가 들렸다. 우리는 동시에 벌떡 일어났다. 나는 약간 난처해하며 길로 나갔다.

꽃잎이 분분히 떨어져내리는 라일락 나무들 아래로 대형 오픈카 한 대가 올라오더니 멈추었다. 삼각형의 라벤더빛 모자 아래로 데이지의 갸웃한 얼굴이 보였다. 데이지는 나를 향해 기쁨에 찬 밝은 미소를 지어 보였다.

"자기 진짜 여기서 살아?"

그녀의 목소리가 만들어낸 유쾌한 파장이 내리는 비와 뒤섞여 생생한 활기를 불러일으키고 있었다. 입을 열기 전까지, 나는 그 목소리의 음조에 잠자코 귀기울이는 수밖에 없었다. 그녀의 볼에는 누군가 푸른색 붓질을 한 것처럼 한 줄기 젖은 머리카락이 달라붙어 있었고, 손은 반짝이는 물방울로 촉촉했다. 나는 차에서 내리는 그녀의 손을 잡아주었다.

"자기 나 사랑하는구나?" 그녀가 내 귀에 속삭였다. "아니면 왜 나 혼자 오라고 한 거야?"

"라크렌트성의 비밀이야. 운전사더러 어디 멀리 갔다가 한 시간쯤 후에 오라고 해."

"퍼디, 한 시간 후에 올래?" 그러고는 은근한 목소리로 말했다. "운전사 이름이 퍼디야."

"저 사람도 휘발유 때문에 코에 문제가 생겼어?"

"아닐걸." 그녀가 무슨 말인지 전혀 모르겠다는 얼굴로 말했다. "왜 그렇게 생각해?"

우리는 안으로 들어갔다. 놀랍게도 거실에는 아무도 없었다.

"어, 이거 웃기는데!" 내가 큰 소리로 말했다.

"뭐가 웃겨?"

현관문에서 가볍지만 정중한 노크소리가 들리자 그녀는 고개를 돌렸다. 내가 나가 문을 열었다. 개츠비가 시체처럼 창백한 얼굴에, 양손을 쑤셔넣어 상의 주머니가 아령이라도 든 듯이 처진 채, 빗물이 고인 자리에 서서 나를 침울하게 바라보고 있었다.

나를 따라 복도로 들어오면서도 그는 손을 주머니에서 빼지 않았다. 그는 마치 무슨 줄에라도 매달린 것처럼 홱 하고 코너를 돌더니 거실로 사라져버렸다. 더는 웃기지 않았다. 내 심장의 고동소리를 들으며 나는 현관문을 닫았다. 밖에는 빗줄기가 점점 더 거세지고 있었다.

삼십 초 정도 아무 소리도 들리지 않았다. 그러더니 거실에서 목이 멘 듯한 중얼거림, 약간의 웃음소리가 났다가, 곧이어 데이지의 지어낸 듯한 맑은 음성이 들려오기 시작했다.

"당신을 다시 만나게 되다니 정말이지 반갑기 이를 데가 없군요."

견디기 어려운 잠깐의 침묵. 복도에 더이상 서 있기도 뭣해서 나도 모습을 드러냈다.

여전히 주머니에 손을 넣은 개츠비는 벽난로에 몸을 기댄 채, 무척이나 여유 있는 척하느라 애쓰고 있었고, 그 때문에 심지어 지루해하는 것처럼 보였다. 머리는 뒤로 최대한 젖혀 벽난로 위의 고장난 시계에 닿을 정도였다. 이런 자세로 그의 달뜬 눈동자는 딱딱한 의자 끝에 약간 겁먹은, 그러나 우아한 자세로 앉아 있는 데이지를 강렬히 응시하고 있었다.

"우리 둘은 전에 만난 적이 있어." 개츠비가 중얼거렸다. 그가 나를 힐끔 보았는데, 애써 웃음 지으려던 입은 그대로 벌어져 있었다. 다행히도 시계가 그의 머리 때문에 위험할 정도로 기우는 바람에 그는 돌아서서 떨리는 손으로 그것을 제자리에 돌려놓았다. 그러고는 경직된 자세로 자리에 앉아서 팔꿈치를 소파에 올려놓고는 손으로 턱을 고였다.

"시계 때문에 미안해." 그가 말했다.

얼굴이 빨갛게 달아오른 것은 오히려 내 쪽이었다. 머릿속에 있는 수많은 말 중에서 공통의 화제가 될 어떤 것도 끄집어낼 수가 없었다.

"괜찮아. 오래된 건데 뭐." 나는 바보처럼 말했다.

아주 잠시, 우리 셋 모두 그 시계가 바닥에 떨어져 산산이 부서지기라도 한 것처럼 굴고 있었다.

"몇 년 동안 못 뵈었죠." 데이지가 말했다. 그녀의 목소리는 최대한 사실 그대로를 전하려고 애쓰고 있었다.

"11월이면 오 년이 되지요."

개츠비의 기계적인 대꾸 탓에 분위기는 다시 나빠졌다. 겨우 그들을 일으켜세워 차나 내리자며 부엌으로 데리고 가려는 순간, 마귀 같은 핀란드인 가정부가 쟁반을 들고 나타났다.

컵과 케이크가 어지럽게 오가는 가운데 어떤 예절 같은 것이 자연스럽게 생겨났다. 개츠비는 어둑한 곳에 도사리고 데이지와 내가 얘기하는 동안 우리 둘을 긴장되고 서글픈 눈빛으로 진지하게 번갈아 바라보았다. 그러나 평온이 목적이 아니기에 나는 부러 양해를 구하고 자리에서 일어났다.

"어디 가는 거야?" 개츠비가 깜짝 놀라 물었다.

"금방 올 거야."

"가기 전에 내가 할 얘기가 좀 있는데."

그는 부엌까지 거칠게 따라들어오더니 문을 닫고 속삭였다. "세상에." 절망적인 목소리였다.

"무슨 문제 있어?"

"끔찍한 실수였어." 그가 머리를 세차게 저으며 말했다. "끔찍한, 끔찍한 실수였어."

"당황해서 그래. 괜찮아." 그리고 다행히도 이렇게 덧붙일 수 있었다. "데이지도 마찬가지야."

"그녀가 당황했다고?" 그가 믿을 수 없다는 듯이 덧붙였다.

"너만큼이나."

"너무 큰 소리로 말하지는 마."

"무슨 어린애처럼 구네." 나는 참지 못하고 말했다. "이건 예의도 아니잖아. 데이지는 저기 혼자 두고 말이야."

그는 손을 들어 내 말을 막더니, 한번 보면 잊기 어려울 질책의 표정으로 나를 노려보고는 조용히 문을 열고 거실로 돌아갔다.

나는 뒷길로 나왔다. 삼십 분 전 초조한 개츠비가 앞문으로 돌아나오기 위해 그랬듯이. 그러고는 빽빽한 이파리들이 비를 막아주는 검게 옹이진 거대한 나무 아래로 뛰었다. 비가 한차례 더 쏟아지면서, 원래는 엉망이었지만 개츠비네 정원사가 잘 다듬어준 우리집 잔디밭은 진흙 웅덩이와 선사시대의 늪으로 뒤덮여버렸다. 나무 아래에서는 개츠비의 엄청난 집 말고는 볼 게 없어서 나는 교회 종탑을 바라보는 칸트처럼 삼십 분간 그것을 응시했다. 십 년 전, '복고' 열풍 초기에 한 양조업자가 그 집을 지었는데, 그가 만약 근처의 집들이 모두 지붕을 초가로 바꾸는 데 동의만 해준다면 오 년 치 세금을 다 부담하겠다고 제안했다는 이야기가 떠돌았었다. 제의를 거절당하면서 대가문 건설의 의욕도 잃은 모양이었고, 그러면서 그도 내리막길로 들어섰다. 자녀들은 상이 채 끝나기도 전에 그 집을 팔아버렸다. 미국인들이란 어쩌다 아예 농노가 되고 싶어하는 경우는 있어도 절대로 소농은 되고 싶어하지 않는 법이다.

삼십 분 후 다시 해가 모습을 드러내고, 식료품상 자동차가 개츠비네 집에서 일하는 사람들의 저녁거리를 싣고 올라오고 있었다. 아마 개츠비는 한술도 뜨지 못할 거라고 생각했다. 가정부가 위층의 창문들을 열어젖히기 시작했다. 창문이 열릴 때마다 그녀의 모습이 나타났다가 또 사라졌다. 중앙 베란다에 기대어 정원을 향하여 조심스레 침을 뱉기도 했다. 이제는 나도 돌아가야 할 시간이었다. 비가 내리는 동안에는 빗줄기가 그들의 속삭임처럼 감정의 기복에 맞춰 때때로 굵어졌다 가늘어졌다를 반복했다. 그러다 날이 고요해지자 집에도 고요가 찾아왔다.

나는 부엌에서 레인지를 밀어 넘어뜨리지만 않았다 뿐, 낼 수 있는 거의 모든 소음을 낸 후에 안으로 들어갔다. 그러나 그들은 그 소리를 들은 것 같지 않았다. 그들은 소파의 양끝에 앉아서 마치 어떤 질문 하나가 던져졌거나, 아니면 던져진 질문이 아직 상대방에게 도달하지 않고 허공에 떠 있기라도 한 것처럼 서로를 응시하고 있었다. 아까의 당황한 모습은 어디에도 남아 있지 않았다. 데이지의 얼굴은 눈물로 엉망이 돼 있었다. 내가 들어서자 그녀는 자리에서 벌떡 일어나더니 거울 앞으로 달려가 손수건으로 얼굴을 급히 닦았다. 놀라운 것은 개츠비의 변화였다. 그는 문자 그대로 타오르고 있었다. 환희의 말 한 마디, 몸짓 하나 없이도, 그로부터 뻗어나온 새로운 행복의 광휘가 작은 방을 가득 비추고 있었다.

"아, 안녕, 친구." 마치 한 몇 년은 못 만난 친구를 부르듯 그가 말했다. 그가 악수를 청해올지도 모른다는 생각이 잠시 들 정도였다.

"비가 그쳤네."

"그래?" 내가 무슨 말을 하는지 그가 비로소 알아차렸을 때, 햇빛이 방안 곳곳에서 반짝였다. 그는 일기예보관, 혹은 날마다 보는 햇빛에도 언제나 열정적으로 감탄하고 마는 태양의 숭배자처럼 미소 짓고는 그 소식을 데이지에게 전했다. "이떻게 생각해? 비가 그쳤대."

"좋아, 제이." 고통과 비탄에 잠긴 그녀의 아름다운 목소리는 오직 예기치 않은 기쁨만을 드러내고 있었다.

"너하고 데이지를 집으로 초대하고 싶은데." 그가 말했다. "데이지한테 집 구경 좀 시켜줄까 해서."

"나도 가도 되는 거야?"

"물론이지, 친구."

데이지는 세수를 하러 위층으로 올라갔다. 그때야 나는 수건들의 상태를 생각해내고는 부끄러움에 몸을 떨었다. 개츠비와 나는 정원에서 그녀를 기다렸다.

"우리집 근사하지? 안 그래?" 그가 물었다. "정면에 저 햇빛 떨어지는 것 좀 보라고."

나는 그의 집이 대단하다고 인정해주었다.

"그렇지." 그의 눈이 자기 집 구석구석을 살피고 있었다. 모든 아치와 사각탑을. "저 집을 살 돈을 모으는 데 삼 년이나 걸렸어."

"상속받은 돈이 꽤 되는 줄 알았는데?"

"그랬지, 친구." 그는 바로 대답했다. "그렇지만 충격에 빠져서 그 큰돈을 다 날려먹은 거야. 전쟁의 충격 말이야."

그는 자신이 무슨 말을 하고 있는지도 잘 몰랐던 것 같다. 왜냐하면 내가 그에게 어떤 사업을 하고 있느냐고 물었을 때, "그건 내 문제야"라는 대답이, 그 부적절함을 미처 스스로 깨닫기도 전에 그의 입에서 불쑥 튀어나왔기 때문이었다.

"아, 사업? 몇 가지가 있지." 뒤늦게 그는 앞의 발언을 수정했다. "드러그스토어 사업을 좀 하다가 석유 쪽에도 손을 댔어. 지금은 둘 다 손을 털었지." 그는 나를 유심히 쳐다보았다. "지난번에 내가 제안한 거, 관심 있는 거야?"

내가 대답을 하기도 전에 데이지가 집에서 나왔다. 드레스에 붙은 두 줄의 청동 단추들이 햇빛에 빛나고 있었다.

"저 엄청난 거 말하는 거야?" 그녀가 소리치며 가리켰다.

"맘에 들어?"

"맘에 들어. 근데 어떻게 저렇게 큰 집에서 혼자 살 수 있는지 이해가 안 돼."

"재미있는 사람들이 낮이나 밤이나 드나들지. 재미있는 일을 하는 사람들. 유명인사들."

해협을 따라 걸어가는 지름길 대신에 우리는 큰길로 내려가 큼지막한 후문을 통해 그의 집으로 들어갔다. 황홀경에 빠진 데이지는 중세 봉건영주의 저택을 연상시키는 건물의 실루엣과 정원을 찬미하고, 코끝을 찌르는 수선화와 그윽한 산사나무와 자두꽃의 향에 취하고, 마침내는 인동덩굴꽃의 은은한 금빛 향기에 도취되었다. 참으로 신기하게도 대리석 계단에 다다를 때까지 문들을 드나드는 동안, 그녀의 화사한 드레스는 한 번도 어디 걸리지 않았고 어떤 소리도 내지 않았다. 나무 위의 새들만 내내 지저귀고 있을 뿐이었다.

안으로 들어가 마리 앙투아네트 풍의 음악실과 왕정복고 시대의 살롱들을 지나갈 때, 나는 불현듯 모든 소파와 테이블 뒤에, 우리가 다 지나갈 때까지 숨소리도 내지 말라는 명령을 받은 손님들이 숨어 있는 것 같은 느낌을 받았다. 개츠비가 '머튼 칼리지 도서관'*의 문을 닫는 순간, 나는 그 올빼미 안경을 쓴 남자가 유령 같은 웃음을 터뜨리는 것을 분명히 들었다고 말할 수 있다.

우리는 위층으로 올라갔다. 장밋빛 라벤더빛 실크와 온갖 싱싱한 꽃들로 장식된 고풍스러운 침실들을 지나, 드레스룸들과 당구장들, 움푹 파인 욕조들이 딸린 욕실들을 지나 어느 방으로 들어가니 몰골이 엉망인 파자마 차림의 남자가 바닥에서 간에 좋다는 운동을 하고 있었다. '하숙생' 클립스프링어였다. 그날 아침에 굶주린 듯 해변을 방황하는 모습을 보았던 참이었다. 우리는 마지막으로 개츠비 자신의 공간에 도착했다. 침실 하나에 화장실 하나, 애덤 양식의 서재가 딸려 있었는데,

---

* 1373년에 건립된, 현존하는 세계에서 가장 오래된 도서관 중 하나. 머튼 칼리지는 옥스퍼드대학교 소속의 한 단과대학으로 T. S. 엘리엇, J. R. R. 톨킨 등이 다녔다.

우리는 그 서재에 앉아 벽장에서 꺼낸 샤르트뢰즈를 한 잔씩 마셨다.

그는 한시도 데이지에게서 시선을 떼지 못했다. 내 생각에 그녀의 사랑스러운 눈동자가 보이는 반응에 따라 그 집의 모든 것의 가치를 재산정할 작정인 것 같았다. 가끔씩 그는, 그녀라는 놀라운 존재의 출현으로 말미암아 자신이 가진 모든 것이 더이상 실재하지 않는 그 무엇이 되어버렸다는 듯, 멍한 눈초리로 자신의 소유물들을 둘러보곤 했다. 한번은 계단에서 거의 굴러떨어질 뻔하기도 했다.

그의 침실이 제일 소박했다. 화장대 위의 순금 화장 도구를 제외하면. 데이지는 환희에 찬 얼굴로 그중 브러시를 집어들더니 머리를 빗었다. 개츠비는 자리에 앉아 눈을 가리고는 웃기 시작했다.

"제일 재밌는 건 말이야, 친구." 그는 유쾌하게 말했다. "아, 말을 할 수가, 그러니까 내가 말하려던 건……"

그의 정신은 확연히 두 단계를 지나 이제 새로운 단계로 접어들려 하고 있었다. 최초의 당황과 놀라운 기쁨이 지나고, 그는 그녀의 출현이라는 기적에 사로잡혀 있었다. 그는 너무도 오랫동안 이 순간을 계획했고, 내내 이를 악문 채, 말하자면 믿을 수 없는 집중력으로 꿈꾸며 기다려왔던 것이다. 이제 그것에 대한 반작용으로, 너무 많이 감아놓은 시계태엽처럼 서서히 풀려가는 중이었다.

잠시 정신을 차린 후, 그는 두 개의 엄청나게 큰 에나멜 장롱을 열어 보였다. 산더미 같은 양복과 실내복, 넥타이가 걸려 있었고, 셔츠가 한 다스씩 마치 벽돌처럼 차곡차곡 쌓여 있었다.

"영국에서 옷을 사서 보내주는 사람이 있거든. 봄가을 시즌이 시작될 때마다 엄선해서 보내준다고."

그는 셔츠 더미를 끄집어내 우리 앞으로 하나하나 던졌다. 얇은 리넨과 두꺼운 실크, 질 좋은 플란넬 셔츠들이 펼쳐지면서 다채로운 색깔로 뒤엉켜 테이블 위를 가득 채웠다. 우리가 감탄할 때마다 그는 더 많은 셔츠를 가져왔고, 이 부드럽고 사치스러운 언덕은 점점 더 높아만 갔다. 줄무늬 셔츠, 문장이 새겨진 셔츠, 체크무늬 셔츠, 산홋빛 셔츠, 청사과빛 셔츠, 라벤더빛 혹은 연한 오렌지빛의 셔츠, 인디언 블루의 이니셜이 새겨진 셔츠. 그 순간 갑자기 데이지가 이상한 소리를 내며 얼굴을 셔츠 더미에 파묻고 격렬하게 울기 시작했다.

"이렇게 아름다운 셔츠들이라니." 그녀가 흐느꼈다. 잔뜩 쌓인 셔츠 더미에 파묻혀 그녀의 목소리가 띄엄띄엄 들려왔다. "너무 슬퍼. 이렇게, 이렇게 아름다운 셔츠들은 처음이야."

집을 둘러본 후에는 마당과 수영장, 그리고 그의 수상비행기와 여름을 맞아 한창인 꽃밭을 구경할 예정이었다. 그러나 창밖의 하늘은 비를 뿌리기 시작했고, 하는 수 없이 우리는 복도에 서서 해협의 물결치는 수면을 바라보았다.

"안개만 없었다면 만 건너에 있는 당신 집도 보였을 텐데." 개츠비가 말했다. "당신 집 잔교 끝에는 언제나 초록색 등이 밤새도록 켜져 있더군."

데이지가 갑자기 팔짱을 껴왔다. 하지만 개츠비는 조금 전에 자신이 한 말에 푹 빠져 있는 것 같았다. 아마도 그 초록빛의 심대한 의미가 영원히 사라져버렸다고 생각하고 있는지도 모른다. 자신과 데이지 사이를 갈라놓았던 그 광대한 거리에 비하면, 그 초록빛은 거의 데이지를 만지고 있는 거나 마찬가지로 느껴졌을 것이다. 달 주위에서 반짝이는 별처럼 말이다. 이제 그것은 그냥 잔교 끝의 초록색 등으로 돌아와 있었다. 찬탄의 대상 중 하나가 줄어든 것이다.

나는 방안을 돌아다니기 시작했다. 어둠 속에서 서서히 형체를 잃어가는 다양한 사물들을 살펴보았다. 그의 책상 위 벽에 걸린, 요트복 차림을 한 나이든 사내의 큼직한 사진에 시선이 갔다.

"누구야?"

"저분? 저분은 댄 코디야, 친구."

어딘가 귀에 익은 이름 같았다.

"지금은 돌아가셨지. 한때 아주 가깝게 지냈어."

개츠비 자신을 찍은 작은 사진도 있었다. 역시 요트복을 입은 모습으로 장식장 위에 놓여 있었다. 반항적으로 고개를 뒤로 젖히고 있었는데, 열여덟 살 정도 먹은 청년처럼 보였다.

"나 이거 너무 좋아!" 데이지가 소리쳤다. "올백머리 말이야! 이런 모습 처음이야. 요트도."

"이것 좀 봐." 개츠비가 재빨리 말했다. "여기 스크랩해놓은 거야. 데이지, 당신이 나온 기사들이야."

그들은 선 채로 그것들을 하나하나 살폈다. 내가 개츠비한테 루비들을 좀 보여달라고 말하려는 찰나, 전화벨이 울렸다. 개츠비는 수화기를 집어들었다.

"응. 음, 지금은 좀 곤란한데…… 지금은 곤란하다니까, 이 친구야…… 조그만 도시를 말한 거지. 그 친구 '조그만' 도시가 뭔지 모르는 거 아니야? ……뭐, 자꾸 그런 식으로 디트로이트도 작은 도시라고 우긴다면, 그런 친구를 어디다 써먹겠어?"

그는 전화를 끊었다.

"빨리 이쪽으로들 와봐!" 데이지가 창가에서 소리치고 있었다.

비는 여전히 내렸지만 서쪽은 개고 있었다. 수평선 위로 분홍빛과 금빛으로 빛나는 풍성한 구름이 뭉게뭉게 피어오르고 있었다.

"저것 좀 봐." 그녀가 속삭였다. "저 분홍색 구름 하날 가졌으면 좋겠어. 거기다가 당신을 집어넣고 밀고 다닐 거야."

나는 사라져주려고 했지만 그들은 나를 놓아주지 않았다. 아마 내가 거기 있는 게 자신들의 기쁨을 더 고양시킨다고 생각하는 것 같았다.

"왜 그 생각을 못했을까?" 개츠비가 말했다. "클립스프링어한테 피아노 치라고 해야겠다."

그는 방을 나가면서 "유잉!" 하고 외치더니, 몇 분 후에 뿔테 안경을 쓰고 숱이 적은 금발의, 당황하고 약간 지친 듯한 젊은 남자 하나를 데리고 돌아왔다. 클립스프링어는 이제 목단추를 푼 깔끔한 '스포츠 셔츠'에 희미한 색깔의 즈크 바지를 입고 스니커즈를 신고 있었다.

"운동하시는 거 방해한 거 아니에요?" 데이지가 격식을 차려 물었다.

"자고 있었습니다." 당황하여 벌벌 떨면서 클립스프링어는 소리쳤다. "제 말은 그러니까, 잠을 잤었다는 거죠. 그러고는 일어나서……"

"클립스프링어는 피아노를 잘 쳐." 개츠비가 그의 말을 자르며 말했다. "유잉, 안 그래, 친구?"

"잘은 못 칩니다. 못 치는데, 아니, 거의 못 친다고 봐야죠. 하도 오래 연습을……"

"자, 모두 내려가자고." 개츠비가 끼어들었다. 그가 스위치를 켜자

위대한 개츠비 117

잿빛으로 물들어 있던 창들은 일제히 사라지고 온 집안이 빛의 광휘로 가득찼다.

음악실에 들어가자 개츠비는 피아노 옆의 외등을 켰다. 떨리는 손으로 데이지에게 담뱃불을 붙여주고는 홀에서 들어와 마루 위로 반사되는 희미한 빛 말고는 어떤 빛도 없는 방 저편의 어둠 속에 그녀와 함께 앉아 있었다.

클립스프링어는 〈사랑의 둥지〉 연주를 마치고 피아노 의자 위에서 몸을 돌려 서글픈 얼굴로 어둠 속 개츠비의 모습을 찾았다.

"보시다시피, 연습을 통 못해서요. 제가 연주 못한다고 말씀드렸잖아요. 연습을 통……"

"어이 친구, 입다물고." 개츠비가 명령했다. "연주나 해!"

아침에
그리고 저녁에
얼마나 즐거운가

바깥의 바람은 더 거세지고 있었고, 해협에서부터 희미한 천둥소리가 연이어 들려왔다. 웨스트에그의 불빛이 모두 들어오고 있었다. 사람들을 실은 전철이 빗줄기를 뚫고 뉴욕을 떠나 집으로 향하고 있었다. 한 인간이 마음속 깊이 변화하고 대기가 흥분을 자아내는 그런 시간이라고 할 수 있었다.

그 이상 분명할 수 없는 한 가지

부자는 더 부자가 되고 가난한 이들은 아이를 낳는다네
그러는 사이
그러는 동안

작별인사를 하러 간 순간, 나는 개츠비의 얼굴에 다시 돌아온 당혹스러움을 발견했다. 현재의 행복에 대한 희미한 의심이 피어나고 있는 것처럼 보였다. 돌아보면 거의 오 년의 세월이었다! 그날 오후만 해도, 눈앞의 데이지가 그가 꿈꾸어왔던 데이지에 턱없이 못 미치는 순간이 분명히 있었을 것이다. 그녀의 잘못은 아닐 것이다. 오래도록 품어왔던 너무나도 어마어마한, 환상의 생생함 때문이다. 그것은 그녀를 넘어서고, 모든 것을 넘어섰다. 그는 독보적인 열정을 가지고 그 환상 속에 뛰어들어, 하루하루 그것을 부풀리고 자신의 길에 날리는 온갖 밝은 깃털로 장식해왔던 것이다. 아무리 큰 불도, 그 어떤 생생함도, 한 남자가 자신의 고독한 영혼에 쌓아올린 것에 견줄 수 없다.

내가 그를 바라보는 동안 그는 조금이지만 확연히 표정을 수습했다. 그는 그녀의 손을 잡은 채, 그녀가 낮은 목소리로 귓전에 대고 뭔가를 속삭일 때면 감정이 북받치는 듯 그녀 쪽으로 몸을 돌렸다. 뜨거운 열정으로 거세게 요동치는 그녀의 음성이 그를 가장 단단히 사로잡는 것 같았다. 아무리 오래 꿈꾸어도 결코 질리지 않을 그 목소리는 영원히 사라지지 않을 영생불멸의 노래였다.

그들은 나를 완전히 망각하고 있었던 것 같았다. 데이지는 나를 힐끗 올려다보더니 손을 내밀었다. 개츠비는 나라는 존재를 아예 모르는 눈치였다. 나는 그들을 한 번 돌아보았고 그들도 저 멀리서, 인생의 충일함에 사로잡힌 채 내 쪽을 보았다. 나는 방을 나와 대리석 계단을 내려와 그들을 뒤로한 채 빗속으로 걸어들어갔다.

6

 그 무렵 한 야심적인 젊은 기자가 뉴욕에서 외서는 아침부터 개츠비의 집을 찾았다. 그러고는 다짜고짜 뭐 할말이 없느냐고 물었다.
 "할말이라니? 무슨 할말 말입니까?" 개츠비가 정중하게 되물었다.
 "글쎄요…… 무슨 말이든 괜찮은데요."
 그뒤 혼돈의 오 분 동안 밝혀진 바에 따르면 기자가 신문사 편집실에서 개츠비의 이름이, 굳이 밝히고 싶지 않은, 혹은 그 자신도 잘 이해하지 못했던 어떤 커넥션과 관련하여 거론되는 것을 주워들은 모양이었다. 비번이었는데도 불구하고 갸륵한 솔선수범의 정신으로 서둘러 '살펴보러' 달려온 것이다.
 그냥 한번 찔러본 것이었지만 기자의 예감은 적중했다. 개츠비의 악명, 그의 파티에 초대받은 적이 있는 수백 명에게는 이미 널리 퍼져 있으며, 그래서 그의 과거에 어떤 권위까지 드리우게 된 그것은 그 여름 내내 더욱더 파다하게 퍼져 결국은 뉴스거리가 될 지경까지 도달하게 되었다. "캐나다 직송 지하 밀주 파이프 라인" 같은 일종의 괴담 수준의 소문까지 더해졌다. 그가 사는 곳은 아예 집이 아니라 집같이 생긴 거대한 배이고 그 배가 비밀리에 롱아일랜드 해안을 오르내린다는 소문도 끈질기게 나돌고 있었다. 노스다코타의 제임스 개츠가 이런 지어낸 이야기들을 왜 좋아했는지는 사실 설명하기가 쉽지 않다.

제임스 개츠 — 이게 진짜, 적어도 법적인 그의 이름이었다. 그는 열일곱 살에, 최초로 인생의 경력을 쌓기 시작한 특별한 순간에, 즉 댄 코디의 요트가 슈피리어호의 가장 위험한 여울에 닻을 내리는 것을 목격하던 그 순간에 이름을 바꿨다. 찢어진 초록색 저지 상의에 즈크 바지를 입고 호숫가에서 빈둥대던 순간까지는 제임스 개츠였지만, 나룻배를 빌려 툴로미호로 다가가 곧 바람이 거세게 불어와 삼십 분 안에 그 요트를 박살낼 거라고 말하는 순간에는 이미 제이 개츠비였다.

나는 그가 그 이름을 이미 오래전부터 만들어두었을 거라고 생각한다. 그의 부모는 기력 없는, 실패한 농사꾼이었다. 그의 상상 속에 그런 부모를 위한 자리는 마련된 적이 없었다. 롱아일랜드 웨스트에그의 제이 개츠비는 그의 이상화된 자기형상화에서 튀어나온 것이었다. 이런 말에 과연 의미가 있는지는 모르겠지만 만약 있다면, 말 그대로 그는 하느님 아버지의 아들이었고, 따라서 그는 '아버지의 사업' — 거창하면서도 대중적이고 또한 그럴싸해 보이는 아름다움에 봉사해야 한다는 의미에서 — 에 종사해야만 했다. 그래서 그는 열일곱 살짜리 소년이 만들어낼 법한 제이 개츠비란 인물을 창조했고, 끝까지 그 이미지에 충실했다.

그때까지 일 년 넘게 그는 슈피리어호 남단에서 조개를 캐고 연어도 잡고 그 밖에 먹고살기 위한 일들을 닥치는 대로 하고 있었다. 갈색으로 그을린 그의 단단한 육체는 그 원기왕성한 시기의 반쯤은 가혹하고 반쯤은 태평한 노동을 통해 자연스레 단련되었다. 그는 여자를 일찍 알았다. 여자들이 그를 버려놓았고, 때문에 그는 여자들을, 젊은 처녀들은 아무것도 모른다는 이유로, 그 밖의 여자들은 그가 당연히 여기는 과도한 자아도취에 대해 히스테리컬하게 군다는 이유로, 각각 경멸했다.

그러나 그의 마음은 지속적으로 격렬한 폭풍에 휩싸였다. 너무도 기괴하고 터무니없는 발상이 한밤중 그의 머릿속에 떠오르곤 했다. 세면대 위의 시계가 똑딱거리고 달빛이 바다에 어지럽게 엉켜 있는 그의 옷가지 위를 축축하게 적실 때, 차마 말로 표현할 수도 없이 현란한 하나의 세계가 그의 머릿속에서 똬리를 틀기 시작했다. 매일 밤 그는 졸음이 망각의 포옹으로 갖가지 생생한 장면들 위에 막을 내릴 때까지 그 환상에 다양한 무늬들을 더해갔다. 한동안 이런 몽상들은 상상력의 배출구가 되어주었다. 이는 현실성이라는 것이 얼마나 비현실적일 수 있는지를, 그리고 이 세계의 기반이라는 것이 요정의 날개 위에도 든든하게 세워질 수 있다는 것을 보여주는 하나의 보증 같은 것이었다.

희망찬 미래에 대한 어떤 본능과도 같은 것이 그를 몇 달 전, 미네소타 남부 세인트 올라프의 작은 루터파 신학교로 이끈 참이었다. 그는 그곳에 겨우 이 주 동안 머물렀지만, 운명의 북소리, 아니 그보다는 자신의 운명에 대한 대학의 지독한 무심함에 경악했고, 밥벌이인 관리인 일은 경멸했다. 그는 슈피리어호로 다시 흘러들어와 댄 코디가 호수의 얕은 수심에 닻을 내리는 바로 그날까지 여전히 뭔가를 찾아 이리저리 배회하던 중이었다.

당시 코디는 쉰 살이었고, 네바다의 은광과 유콘, 1875년 이래의 그 모든 이런저런 러시로 엄청난 돈을 벌었다. 자신을 몇 번이고 백만장자로 만들어준 몬태나의 구리 거래 덕분에 그는 신체적으로는 강건했지만 마음은 말랑말랑해져버렸고, 이를 눈치챈 무수한 여자들이 그의 돈을 빼앗으려 덤벼들게 되었다. 신문 쪽에서 일하던 엘라 케이가 마담 맹트농처럼 그의 약점을 이용해 그를 요트에 태워 바다로 내보낸 것 역시 코디로서는 결코 달가운 전개가 아니었고, 1902년의 뭐든 과장하는 언론계에선 모르는 사람이 없는 얘기였다. 제임스 개츠의 운명을 바꾸게 될 리틀걸 베이에 나타났을 무렵, 그는 이미 오 년 동안이나 쾌적한 여러 해안가를 항해하고 있던 참이었다.

젊은 개츠가 자기 나룻배의 노에 기대 난간이 있는 갑판을 올려다본 순간, 그 요트는 세상의 모든 아름다움과 화려함을 대표하는 듯 보였다. 그는 코디에게 미소를 지었을 것이다. 그때쯤에는 자기가 미소를 지으면 사람들이 좋아한다는 것을 알고 있었을 것이다. 어쨌든 코디는 그에게 몇 가지 질문을 던졌을 테고(그러느라 갓 지은 이름도 튀어나왔을 것이고), 그사이 그가 꽤 재빠르고 대단히 야심차다는 것도 알게 됐을 것이다. 며칠 후, 코디는 개츠비를 덜루스로 데려가 파란 상의와 여섯 벌의 흰색 즈크 바지, 그리고 요트 모자를 사주었다. 그후, 툴로미호가 서인도제도와 바버리 코스트를 향해 출항할 때는 개츠비도 그 배에 타고 있었다.

그는 코디의 잡다한 개인사를 모두 처리하는 일을 맡았다. 댄 코디 곁에 있는 동안 그는 승무원에, 항해사에, 선장에, 비서에, 심지어 간수의 일까지 돌아가며 해냈다. 멀쩡할 때의 댄 코디는 술에 취한 댄 코디가 얼마나 낭비벽이 심한지를 잘 알고 있었기 때문에 개츠비에게 의지하여 그런 돌발 사태에 대비하고자 했던 것이다. 이런 관계는 그의 요트가 북미 대륙을 세 번을 도는 오 년의 기간 동안 지속되었다. 어느 밤, 엘라 케이가 보스턴에서 승선하고 그 일주일 후, 댄 코디가 불의에 사망하지만 않았더라면 이 관계는 아마 영원히 지속되었을지도 모른다.

나는 개츠비의 침실에 걸려 있던 사진을 기억하고 있다. 은발에 혈색 좋고 냉정해 보이는 공허한 얼굴―그 옛날 서부개척 시대의 매음굴이나 술집의 분위기를 동부 해안에 잠시나마 다시 이끌고 온 방탕한 난봉꾼이 거기 있었다. 개츠비가 술을 거의 마시지 않는 것도 따시고 보면 댄 코디 때문이었다. 가끔 시끌벅적한 파티 중간에 여자들이 그의 머리에 샴페인을 붓곤 했지만, 개츠비 자신은 술에 전혀 손을 대려 하지 않았다.

그리고 댄 코디는 그에게 돈을 남겼다. 2만 5천 달러의 유산. 그러나 그것은 그에게까지 돌아오지 않았다. 그는 법이 어떻게 본인에게 불리하게 적용되는지 이해할 수 없었지만 모든 것이 엘라 케이에게 돌아갔다. 그에게 남은 것이라고는 댄 코디로부터 받은 남다른 교육, 비로소 실체를 갖게 된 제이 개츠비라는 남자의 희미한 윤곽이었다.

그가 내게 이 모든 것을 말해준 건 한참 후의 일이지만, 나는 그의 조상들에 대한 엉뚱한 소문들, 사실 근처에도 못 간 그 소문들을 불식시키고자 여기 이 이야기를 적어둔다. 게다가 그는 이 얘기를 혼란스러운 시기에 해주었다. 내가 그에 관한 이야기를 모두 믿든가, 아니면 모두 부정하든가 해야 하는 바로 그 시점에. 그래서 나는 이 짧은 휴식기를 이용해, 즉 말하자면 개츠비가 한숨 돌렸던 이 시기를 이용해 이 모든 오해를 일소하려는 것이다.

그의 연애사와 관련해서는 나 역시 일종의 휴식기였다. 몇 주 동안 나는 그를 보지도 못했고 전화 통화도 하지 못했다. 나는 대체로 뉴욕에서 조던과 함께 쏘다니거나 그녀의 늙은 이모의 비위를 맞춰주며 시간을 보냈다. 그러던 어느 일요일 오후 그의 집에 들르게 되었다. 내가 들른 지 이 분도 안 돼 누군가가 한잔하자며 톰 뷰캐넌을 데리고 들어왔다. 당연히 나는 깜짝 놀랐는데, 사실 그보다 더 놀라운 것은 그런 일이 진작에 일어나지 않았다는 것이었다.

말을 탄 세 사람의 일행이었다. 톰과 슬론이라는 이름의 남자, 그리고 갈색 승마복을 입은 귀여운 여자였는데 여자는 전에도 왔던 사람이었다.

"만나서 반갑습니다." 개츠비가 포치에 서서 말했다. "들러주셔서 대단히 기쁩니다."

마치 그들이 그런 격식에 반가워하기라도 할 것 같은 태도였다!

"앉아서 담배나 시가 한 대 태우시지요." 그는 방을 서둘러 가로지르며 벨을 울렸다. "조금만 기다리시면 마실 것이 나올 겁니다."

그는 톰이 거기 나타났다는 데 크게 충격받은 모양이었다. 하지만 막연하게나마 그들이 자기 집에 들른 이유가 단지 마실 것 때문임을 깨달았고, 그들에게 뭔가를 대접하기 전까지는 그 불편함을 어떻게든 감수해야만 할 터였다. 슬론은 아무것도 받지 않았다. 레모네이드 드릴까요? 됐습니다. 그럼 샴페인 한잔 드릴까요? 감사합니다만 괜찮습니다…… 죄송합니다……

"승마는 어떻게, 즐거우셨나요?"

"이 주변은 길이 아주 좋더군요."

"제 생각에 자동차들이……"

"네."

자기를 마치 처음 만난다는 듯이 구는 톰에게 개츠비가 더는 참지 못하고 말을 꺼냈다.

"전에 뵌 적이 있습니다만, 뷰캐넌 씨?"

"아, 예." 톰이 말했다. 퉁명스럽지만 그래도 예의를 갖추어 말하고는 있었는데, 실은 진혀 기억을 못하고 있음이 분명했다. "그랬있죠. 아주 잘 기억하고 있습니다."

"이 주 전이었지요."

"그래요. 여기, 닉하고 계셨죠."

"댁의 부인을 압니다." 개츠비가 공격적이다시피 한 어조로 말했다.

"그러세요?"

톰은 내 쪽으로 몸을 돌렸다.

"너 여기 산다며, 닉?"

"옆집이야."

"그러셔?"

슬론은 대화에 끼어들지 않고 의자에 거만하게 앉아 있었다. 여자

역시 아무 말도 하지 않았다. 그러다가 하이볼 두 잔을 마시더니 갑자기 나긋나긋해졌다.
"개츠비 씨, 다음 파티에 우리 모두 올게요." 그녀가 제안했다. "괜찮겠죠?"
"물론이죠. 와주신다면 영광입니다."
"감사합니다." 슬론이 별로 고마워하지도 않으면서 말했다. "이제, 집에 가야 될 것 같은데."
"천천히 놀다 가시죠." 개츠비가 그들을 말렸다. 그는 이제 평정을 되찾은 상태였고 톰을 좀더 살펴보려 하고 있었다. "저녁이라도 들고 가시지 그러세요? 뉴욕에서 다른 사람들이 올지도 모릅니다."
"그러지 말고 저하고 같이 가서 먹어요." 여자가 신이 나서 말했다. "거기 두 분 말이에요."
나를 포함해서 한 말이었다. 슬론은 자리에서 일어났다.
"갑시다." 그가 말했다. 이건 그녀한테만 한 말이었다.
"나 진심인데." 그녀가 버텼다. "같이들 갔으면 좋겠는데요. 자리도 많아요."
개츠비는 의문에 찬 눈초리로 나를 바라보고 있었다. 그는 그들과 정말로 함께 저녁을 먹고 싶어했다. 그런데 슬론이 원치 않는다는 건 눈치채지 못하고 있었다.
"미안하지만 저는 안 될 것 같은데요." 내가 대답했다.
"좋아요. 그럼 당신만 가요." 그녀가 개츠비를 향해 힘주어 말했다.
슬론이 그녀의 귀에 대고 뭔가를 속삭였다.
"지금 떠나면 시간은 충분해요." 그녀가 큰 소리로 주장했다.

"그런데 말이 없습니다." 개츠비가 말했다. "군대에 있을 때는 탔었지만, 지금은 말이 없어서요. 차로 따라가겠습니다. 잠깐만 기다려주세요."

남은 우리는 포치로 걸어나왔다. 슬론과 여자는 한쪽으로 떨어져서 언성을 높이기 시작했다.

"저런. 저 친구 정말 올 것 같은데." 톰이 말했다. "여자가 자기가 안 왔으면 한다는 걸 모르나?"

"여자가 꼭 오라고 했는데."

"엄청난 디너파티인데, 그 친구는 거기 아는 사람이 하나도 없을 거라고." 그가 인상을 찌푸렸다. "그런데 도대체 어디서 데이지를 만났다는 건지 궁금하네. 하늘에 맹세코, 내가 구식이라 그런지는 모르겠지만, 요즘 여자들은 싸돌아다니는 꼴이 도대체 마음에 들지가 않아. 별 미친놈들을 다 만나고 다닌다니까."

갑자기 슬론과 여자가 계단을 내려가더니 말에 올라탔다.

"갑시다." 슬론이 톰에게 말했다. "늦었다고요. 가야 됩니다." 그러고는 나한테 말했다. "저 양반한테 우리가 못 기다리고 그냥 갔다고 전해주세요. 네?"

톰과 나는 악수를 했다. 나머지와는 냉랭하게 목례를 교환했다. 그들이 말을 달려 서둘러 진입로를 내려가 8월의 무성한 신록 사이로 사라지자마자 개츠비가 모자와 얇은 오버코트를 손에 들고 현관에 나타났다.

톰은 데이지가 혼자 돌아다니는 것에 대해 마뜩잖아하고 있었던 게 분명했다. 그래서 그는 그다음 토요일 밤에 개츠비네 집에서 열리는 파티에 데이지와 함께 나타났다. 모르긴 해도 그의 출현 덕분에 그날의 파티는 특별한 긴장에 휩싸이게 되었다. 그 여름 개츠비의 다른 파티들과는 확연히 다르게 내 기억 속에 남아 있다. 같은 사람들, 최소한 비슷한 종류의 인간들, 늘 그렇듯 엄청난 양의 샴페인과 형형색색의 분위기, 다채로운 가락의 소란. 그러나 나는 그날의 공기에서 뭔가 불편함을 느꼈다. 예전에는 감지하지 못했던 어딘가 잔인한 느낌이 퍼져 있었다. 아니면 내가 그저 분위기에 동화되어 웨스트에그를 자체적인 기준이 있고 대단한 유명인사들이 사는, 어디에도 뒤지지 않는다는 의식이 없어 더욱 그러한, 자기완결적인 세계로 받아들이고 있었는지도 몰랐다. 이제 나는 데이지의 시점으로 그것을 다시 보게 되었다. 노력해서 겨우 적응한 것들을 새로운 시각에서 보게 된다는 것은 언제나 슬픈 일이다.

그들은 석양 무렵에 도착했다. 우리가 수백의 화려한 인물들 사이를 돌아다니고 있을 때, 데이지 특유의 목안에서 종알거리는 목소리가 들려왔다.

"이런 데 있으니까 정말 흥분되는데." 그녀가 속삭였다. "오늘밤 나한테 키스하고 싶으면, 닉, 말만 해. 기꺼이 받아줄게. 내 이름만 불러줘. 아니면 초록 카드를 주든가. 내가 그 초록 카드를 어디에 넣어왔는데……"

"한번 둘러보시죠." 개츠비가 권했다.

"둘러보고 있어요. 아주 즐거운 시간을 보내고……"

"말로만 듣던 유명한 분들, 많이 와 계십니다."

톰의 거만한 눈초리가 사람들 사이를 어지럽게 방황하고 있었다.
"아직 구경은 많이 못했습니다." 그가 말했다. "실은 여기 아는 사람이 하나도 없네, 하고 생각하던 참이었습니다."
"설마 저 여자분을 모르시지는 않겠지요?" 개츠비가 눈부신, 그야말로 군계일학이라 할 만한 한 여자를 가리켰다. 그녀는 흰 자두나무 아래 앉아 있었다. 톰과 데이지는 지금껏 유령 같은 존재였던 영화 속 유명인사임을 알아채고 놀라울 정도로 비현실적인 감상에 사로잡혀 멍하니 그녀를 바라보았다.
"저 여자 예쁜데." 데이지가 말했다.
"여자 쪽으로 몸을 숙이고 있는 남자가 감독입니다."
개츠비는 의식이라도 치르듯 그 둘을 데리고 이 그룹 저 그룹을 돌아다녔다.
"뷰캐넌 부인······ 그리고 뷰캐넌 씨입니다······" 잠시 망설인 뒤에 그는 덧붙였다. "폴로 선수시지요."
"아, 아니에요." 톰이 서둘러 부인했다. "아닙니다."
그러나 개츠비는 그 말이 마음에 들었던 모양이었다. 왜냐하면 톰은 그날 저녁 내내 "폴로 선수"로 불렸기 때문이었다.
"이렇게 유명인사를 많이 만나보기는 처음이야!" 데이지가 주장했다. "저 남자 좋아했었는데. 이름이 뭐더라? 코 푸르딩딩한 남자."
개츠비는 그를 알아보고는 저예산 영화를 만드는 제작자라고 말해주었다.
"음, 어쨌든, 좋아했었다구."
"폴로 선수라고 말하지 않았으면 좋았을걸." 톰은 신이 나 있었다.

"정체를 감추고 이 유명인사들을 그냥 훔쳐보는 게 나을 뻔했어."

데이지와 개츠비는 춤을 추었다. 나는 그의 우아하면서도 고전적인 폭스트롯에 깜짝 놀랐던 것을 기억하고 있다. 그때까지는 춤추는 것을 한 번도 본 적이 없었다. 그러고는 그들은 천천히 우리집 쪽으로 걸어와 계단에 삼십 분쯤 앉아 있었다. 나는 그녀의 부탁에 따라 주의깊게 정원을 살피고 있었다. "불이 난다거나 홍수가 난다거나," 그녀의 설명은 이랬다. "뭐든 천재지변이 생긴다거나 할지도 모르니까 말이야……"

우리가 저녁을 먹으러 한데 모여 앉자, 한동안 보이지 않던 톰이 모습을 드러냈다. "나 저쪽에 가서 다른 사람들하고 먹으면 안 될까? 어떤 친구가 재미난 걸 가져왔더라고."

"가봐요." 데이지가 흔쾌히 동의했다. "그리고 혹시 누구 주소 적을 일 있으면 여기 이 작은 금색 연필을 써요." ……그녀는 잠시 후 주위를 둘러본 다음 내게 그 여자가 "저속하지만 귀여운 편"이라고 말했다. 나는 데이지가 개츠비와 단둘이 있었던 그 삼십 분을 제외하고는 별로 즐거운 시간을 보내지 않았다는 것을 알 수 있었다.

우리는 유난히 취한 사람들과 한 테이블에 있었다. 그것은 내 실수였다. 이 주 전, 개츠비가 전화를 받으러 간 사이에 나는 바로 이 사람들과 재미있게 놀았다. 그러나 그때 즐거웠던 것들이 지금은 역겨웠다.

"괜찮아요? 베더커 양?"

거론된 여자는 내 어깨에 기대려 계속 시도했으나 성공하지 못하고 있었다. 이 질문에 그녀는 똑바로 앉아 눈을 떴다.

"뭐라구우?"

자꾸만 데이지에게 내일 동네 클럽에서 골프를 같이 치자고 조르던, 큰 덩치를 가누지 못해 흐느적거리는 여자가 베더커를 대신해 말했다.

"오, 아직 괜찮아요. 칵테일 대여섯 잔 마시면 꼭 저렇게 소리를 질러요. 내가 그만 마시라고 말했는데."

"나 안 마셨어." 당사자가 힘없이 말했다.

"하도 소리지르길래 우리가 여기 시벳 박사님한테 말했어. '의사 선생님, 여기 좀 봐주셔야 될 사람이 하나 있어요.'"

"정말 고마운 일이긴 하지, 그럼." 다른 친구가 별로 고마워하지도 않으면서 말했다. "그런데 네가 쟤 머리를 수영장에 처박는 바람에 드레스가 다 젖어버렸잖아."

"내가 제일 싫어하는 게 내 머릴 수영장에 처박는 거야." 베더커가 중얼거렸다. "뉴저지에서는 거의 익사할 뻔했다구."

"그러니까 술을 마시지 말아야죠." 닥터 시벳이 만박했다.

"남 말 하고 있네!" 베더커가 격렬하게 소리쳤다. "손도 떠는 주제에. 당신한테는 절대로 수술 안 받아!"

그런 식이었다. 내가 기억하는 거의 마지막 장면은 데이지와 나란히 서서 영화감독과 그의 스타를 바라보았던 일이다. 그들은 여전히 흰 자두나무 아래 있었는데 얼굴이 거의 맞닿은 모습이었다. 창백한 한 가닥 달빛만이 둘 사이를 갈라놓고 있었다. 마치 그날 저녁 내내 아주 조금씩 허리를 굽혀 그 정도까지 근접한 것 아닌가 하는 생각이 들었다. 내가 지켜보는 동안에도 그의 숙인 허리는 마지막 단계까지 움직여 그녀의 볼에 키스를 했다.

"나 저 여자 좋아." 데이지가 말했다. "예쁜 것 같아."

그러나 그 외 나머지는 그녀의 마음에 들지 않았다. 그것은 명백히 제스처의 세계가 아닌, 감정의 세계였기 때문이었다. 그녀는 웨스트에그에, 롱아일랜드의 어촌에 브로드웨이를 통째로 옮겨놓은 듯한 이 유례없는 '장소'에 경악하고 있었다. 또한 그녀는 낡은 완곡어법을 경멸하는 날것 그대로의 활기와, 무에서 무로 가는 지름길로 이곳 사람들을 몰아넣는 너무나도 현란한 운명에 경악했다. 그녀는 자신이 이해하지 못하는 그 놀라운 단순성 속에 뭔가 무시무시한 것이 있음을 발견했다.

그들이 차가 도착하길 기다리는 동안 나도 함께 현관 계단에 앉아 있었다. 현관은 어두웠다. 문에서 흘러나온 10제곱피트 정도의 빛만이 거무스름한 새벽을 향해 뻗어나가고 있었다. 간혹 그림자 하나가 위쪽 드레스룸의 블라인드 뒤에 나타났다가 다른 그림자에게 자리를 내주고, 그런 식으로 끝없이 그림자들의 행렬이 이어졌다. 여자들이 보이지 않는 거울 앞에서 루주를 바르고 분을 칠하고 있었다.

"그런데 이 개츠비란 인간은 도대체 뭐하는 인간이야?" 톰이 갑자기 물었다. "거물 밀주업자야?"

"어디서 들었어?" 내가 물었다.

"어디서 듣기는. 그냥 감이지. 요즘 돈깨나 번 졸부들은 다 밀주업자라고. 알잖아?"

"개츠비는 아니야." 내가 잘라 말했다.

그는 잠시 말이 없었다. 그는 발로 진입로의 자갈들을 밟아 자박자박 소리를 냈다.

"음, 이런 잘나가는 인간들 한데 모으느라고 고생깨나 했겠는데."

바람이 불어 데이지의 잿빛 모피 깃이 부드럽게 살랑거렸다.

"최소한 우리 친구들보다는 재밌잖아." 그녀가 힘주어 말했다.
"별로 재밌어하는 것 같지 않던데."
"글쎄, 재밌었는데."
톰은 웃으면서 내 쪽으로 몸을 돌렸다.
"아까 그 여자애가 데이지더러 찬물로 샤워 좀 시켜달라고 할 때, 데이지 얼굴 봤어?"
데이지의 허스키하면서도 리드미컬한 낮은 음성이 단어 하나하나 의미를 담아 노래하기 시작했다. 이전에 가진 적 없고, 앞으로도 절대 가지지 않을 의미를. 멜로디가 높아지면 그녀의 음성도 콘트랄토 음역의 목소리들이 그렇듯 그에 따라 감미롭게 갈라졌고, 그럴 때마다 그녀가 대기 속으로 발산하는 따사롭고 인간적인 마법이 한층 더해갔다.
"초대받지 않은 사람도 많이 와." 그녀가 갑자기 말했다. "그 여자도 초내받시 않고 온 거야. 그냥 들어와. 개츠비같이 정중한 사람이 나시 내보낼 리도 만무하고."
"그 친구가 뭐하는 작자인지 좀 알아야겠어." 톰은 고집스럽게 말했다. "금방 알아볼 수 있을 거야."
"내가 지금 바로 말해줄게." 그녀가 답했다. "그는 드러그스토어 몇 개를, 사실 아주 많이 가지고 있어. 자수성가한 거야."
기다리던 리무진이 진입로를 올라오고 있었다.
"잘 자, 닉." 데이지가 말했다.
그녀의 눈길은 나를 떠나 불 켜진 계단 위쪽으로 향했다. 그곳 열린 문틈으로 서글프면서도 담백한 왈츠곡 〈새벽 세시〉가 흘러나오고 있었다. 개츠비의 그 격의 없는 파티에는, 무엇보다도 그녀의 삶에 완전히 결여돼 있는 낭만적 가능성들이 잠재해 있었다. 안쪽으로 그녀를 다시 불러들이려는 듯한, 저 계단 위에서 들려오는 음악 속에는 과연 무엇이 있는 것일까. 이제 이 어둑신한 무량의 시간 속에서 무슨 일이 벌어질 것인가. 어쩌면 어떤 놀라운 손님이, 정말 보기 힘든 대단한 인물이 나타나, 그 눈부신 젊은 여자가, 개츠비와의 마법과도 같은 조우로, 오 년간 확고하게 견지해온 그의 헌신을 단숨에 무화시킬지도 모를 일이었다.

그날 밤 나는 늦게까지 남아 있었다. 개츠비가 시간이 날 때까지 좀 기다려달라고 부탁했고, 나는 늘 하는 밤바다 수영 파티가 끝나고 손님들이 추위에 떨면서도 떠들썩한 기분으로 올라와 머리 위 손님방들의 불이 꺼질 때까지 정원에 남아 있었다. 마침내 그가 계단을 내려왔다. 그의 그을린 얼굴은 전에 없이 팽팽했고 두 눈은 빛나면서도 피곤해 보였다.

"데이지가 좋아하지 않았어." 그가 불쑥 말했다.

"아냐. 분명히 좋아했어."

"좋아하지 않았어." 그가 우겼다. "전혀 즐거워하지 않더라구."

그는 잠시 말이 없었고, 나는 말로 형언할 수 없을 그의 우울함을 가늠해보았다.

"그녀가 너무 멀게 느껴졌어." 그가 말했다. "도저히 그녀를 이해시킬 수가 없어."

"아까 춤 말하는 거야?"

"춤?" 그는 손가락을 탁 튕겨 지금까지 그가 춘 모든 춤을 일거에 날려버렸다. "친구, 춤 따윈 아무것도 아니야."

그가 원한 것은 데이지가 톰에게 돌아가서 이렇게 말하는 것이었다. "난 당신을 사랑한 적이 없었어." 그녀가 이 선언으로 지난 삼 년을 모두 무화시키고 나면, 그들은 좀더 현실적인 문제들을 고려할 수 있게 되는 것이다. 그중 하나는, 자유로워진 그녀와 함께 루이빌로 돌아가 그녀의 집에서 결혼하는 것이었다. 마치 오 년 전으로 돌아간 것처럼.

"데이지는 이해를 못해." 그가 절망적으로 말했다. "예전에는 안 그랬었는데. 우리는 몇 시간씩 앉아서……"

그는 잠시 말을 멈추고 과일 껍질과 버려진 선물들, 밟힌 꽃들로 어지러운 쓸쓸한 길을 오르락내리락하기 시작했다.

"나라면 데이지한테 너무 많은 걸 요구하지는 않을 거야." 내가 과감하게 말했다. "지나간 일을 돌이킬 수는 없어."

"지나간 일을 돌이킬 수 없다고?" 그가 믿을 수 없다는 듯 소리쳤다. "왜 안 돼? 돼! 된다고!"

그는 자기 주변을 미친듯이 둘러보았다. 마치 과거가 집안 어둠 속에, 그의 손이 닿지 않는 곳에 매복하고 있기라도 한 것처럼.

"모든 것을, 예전 그대로 돌려놓을 거야." 그가 결심한 듯 고개를 끄덕이며 말했다. "데이지도 알게 될 거야."

그는 과거에 대해 떠들어댔고, 나는 그가 어떤 것, 자기 자신에 대한 어떤 생각, 즉 데이지를 사랑하도록 만든 바로 그것을 되찾고 싶어한다는 것을 깨달았다. 그때 이후로 그의 인생은 혼란스러웠고 무질서했다. 그러나 만약 그가 시작점으로 다시 돌아갈 수만 있다면, 그리고 찬찬히 그 모든 것을 다시 할 수 있다면, 그는 그것이 무엇인지 알아낼 수 있을 것이다……

……오 년 전의 어느 가을밤, 그들은 낙엽이 떨어지는 거리를 걷다가 문득 나무 한 그루 없는, 보도가 달빛으로 환히 빛나는 한 지점에 발길이 닿았다. 그들은 거기 멈춰 서서 서로 바라보았다. 일 년에 두 번 찾아오는 변화에서 야기된 묘한 흥분이 감도는 선선한 밤이었다. 집들로부터 뻗어나온 고요한 빛들이 어둠 속에서 콧노래를 부르고 있었고, 별들과 별들 사이에 소란과 동요가 일었다. 개츠비의 눈에 힐끗 보인 보도의 조각들은 마치 사다리 같았고, 나무 위 허공의 비밀스러운 장소로 이어지고 있었다. 그는 그곳으로 올라갈 수도 있으리라. 홀로 그곳에 올라만 간다면, 거기서 생명의 젖꼭지를 입에 물고 비할 데 없이 신비로운 젖을 빨아마실 수 있을 것이다.

데이지의 하얀 얼굴이 가까이 다가오자 그의 심장은 더욱더 빨리 뛰기 시작했다. 그는 이 여자에게 키스하고 나면, 말로 형용할 수 없는 그의 비전들이 곧 사라질 그녀의 호흡에 영원히 결부되고, 그의 마음은 이제 신의 마음처럼 다시는 유희와 장난의 세계에 머물 수 없게 될 것임을 알았다. 그래서 그는 별에 부딪히는 소리굽쇠소리가 들려올 때까지 조금 더 기다렸다. 그러고는 그녀에게 입을 맞추었다. 그의 입술이 가닿자 그녀는 그를 향하여 꽃처럼 피어났고, 상상의 육화肉化가 완성되었다.

그가 말한 모든 것은, 그 과장된 감상성에도 불구하고, 나로 하여금 무언가를 떠올리게 했다. 오래전에 어디선가 들었던 포착하기 어려운 리듬과 잃어버린 단어들의 편린을. 잠깐 동안 하나의 대사가 내 입을 통해 형태를 갖추려고 시도했고, 내 입은 놀란 숨소리 이상의 무언가를 내뱉기 위해 기를 쓰는 벙어리의 입술처럼 벌어졌다. 그러나 결국 그것은 말이 되어 나오지 않았고, 거의 떠올릴 뻔했던 기억 속의 그것은 영원히 소통 불가능한 것으로 남았다.

7

 개츠비에 대한 관심이 최고조에 달한 어느 토요일 밤이었다. 저택은 더이상 환하게 빛나지 않았고, 트리말키오로서의 생활도 시작될 때처럼 조용히 결국 막을 내렸다.
 기대에 차서 그의 집 진입로로 들어온 자동차들이 잠깐 기다리다가 휑하니 가버리는 장면이 점차 눈에 띌 뿐이었다. 혹시 그가 아픈 게 아닌가 싶어서 찾아갔더니 범죄형으로 생긴 낯선 집사가 문 앞에서 나를 의심의 눈길로 노려보았다.
 "개츠비 씨, 어디 편찮으신가요?"
 "아니……" 그는 잠깐 망설이다가 마뜩잖은 듯 덧붙였다. "……요."
 "한동안 못 봐서요. 좀 걱정이 되네요. 캐러웨이가 왔었다고 전해주세요."

"누구라구요?" 그가 무례하게 물었다.

"캐러웨이."

"캐러웨이. 알았어요. 말씀드리죠."

그는 갑자기 쾅하고 문을 닫았다.

우리집 가정부 말로는 일주일 전 개츠비가 모든 하인을 다 해고하고 여섯 명의 새로운 하인을 들였으며, 이들은 웨스트에그 상점가에 가서 뇌물을 받아가며 흥정하는 대신, 전화로 적당한 양을 주문한다고 했다. 식료품상 점원 말로는 부엌은 돼지우리 같고, 동네에 떠도는 말로는 새로 고용한 하인들은 사실 하인이 아니라는 것이었다.

다음날 개츠비가 전화를 걸어왔다.

"어디 가?" 내가 물었다.

"아니, 친구."

"하인들을 나 내보냈나면서?"

"입이 무거운 사람들이 좀 필요해서. 데이지가 자주 오거든. 오후에."

그러니까 손님으로 떠들썩했던 집 전체가 카드로 만든 집처럼 무너져내린 것이다. 불만이 담긴 그녀의 눈빛 한 방에.

"울프심이 도와주고 싶어했던 친구들이야. 형제자매들이라고. 같이들 작은 호텔 하나를 경영한 경험이 있어."

"응."

그는 데이지의 부탁으로 전화한 것이었다. 내일 그녀의 집에서 점심 같이 할 수 있는가 하고. 베이커도 온다고 했다. 삼십 분쯤 후에는 데이지가 직접 전화를 걸어왔는데 내가 간다니까 안심하는 눈치였다. 뭔가가 있었다. 그러나 그때까지도 나는 그들이 어떤 소동, 개츠비가 그의 정원에서 구상해낸 비참한 소동을 위해 일부러 그때를 택했으리라고는 전혀 짐작하지 못했다.

다음날은 펄펄 끓는 날이었다. 막바지 더위가 한창이었고 그 무렵 가장 더운 날이었다. 내가 탄 기차가 터널을 빠져나와 햇빛 속으로 뛰어들자 내셔널 비스킷 컴퍼니 사의 뜨거운 경적소리만이 정오 무렵의 숨막히는 적막을 깨고 있었다. 객차의 밀짚 좌석은 열기로 거의 타버릴 지경이었다. 옆자리에 앉은 여자는 흰 블라우스를 입은 채 우아하게 땀을 흘리고 있다가, 손에 쥔 신문이 척척하게 젖어가기 시작하자 더위를 못 이기고는 절망적으로 처량한 소리를 냈다. 그녀의 지갑이 바닥으로 떨어졌다.

"어머나." 그녀가 헐떡거렸다.

나는 지친 몸을 굽혀 그것을 집어서는, 다른 뜻이 전혀 없다는 것을 보여주기 위해 끄트머리만 살짝 들고 팔을 뻗어 그녀에게 건네주었다. 그러나 그녀를 포함한 근처의 모든 승객이 나를 수상쩍게 여겼다.

"아, 더워!" 차장이 아는 얼굴들을 향해 말했다. "날씨 죽이네! ······더워! ······더워! ······더워! 다들 안 더워요? 덥죠? 덥죠······?"

내 통근 티켓은 차장의 손을 거치면서 조금 더러워진 채로 돌아왔다. 이런 더위에 그가 누구의 붉은 입술에 키스를 하는지, 누가 그의 가슴에 머리를 기대 잠옷 윗주머니를 땀으로 흥건하게 적시는지 신경 쓰겠는가!

······개츠비와 내가 문 앞에서 기다리는 동안 뷰캐넌네 집 복도를 통해 약한 바람이 불어오면서 전화벨소리를 실어왔다.

"주인어른 시체요!" 집사가 수화기를 향해 소리친다. "사모님, 죄송합니다. 한낮이라 너무 뜨거워 손도 못 댑니다!"

그가 실제로 한 말은, "네…… 네…… 알겠습니다"였다.

땀으로 번들거리는 그가 수화기를 내려놓고 우리에게 다가오더니 우리 둘의 밀짚모자를 받아들었다.

"부인께서 응접실에서 기다리고 계십니다!" 그가 불필요하게 방향을 가리키며 외쳤다. 이 정도의 폭염에는 불필요한 동작 하나하나가 생명력을 축낸다.

차양으로 잘 가려진 방은 어둑하고 시원했다. 데이지와 조던은 큼직한 소파에 은제 인형처럼 늘어져, 흰 드레스가 선풍기 바람에 날리지 않도록 누르고 있었다.

"움직일 수가 없어요." 그들이 입을 모아 말했다.

잘 그을린 피부 위에 하얗게 분을 바른 조던의 손이 잠시 내 손 위에 머물렀다.

"토머스 뷰캐넌 선수는?" 내가 물었다.

그와 동시에 한껏 억누른, 퉁명스럽고 허스키한 목소리가 복도 전화기 쪽에서 들려왔다.

개츠비는 진홍색 카펫의 중앙에 서서 매혹된 듯한 시선으로 주변을 둘러보고 있었다. 데이지는 그를 바라보면서 그녀 특유의 감미롭고 흥분을 불러일으키는 웃음을 터뜨렸다. 그녀의 가슴으로부터 소량의 분가루가 공기 중으로 피어올랐다.

"듣자 하니," 조던이 속삭였다. "톰이 자기 정부하고 전화하는 중이래요."

우리는 아무 말도 하지 않았다. 복도의 짜증스러운 목소리는 점점 더 높아져만 갔다. "좋아. 그럼 차는 안 팔 거야…… 꼭 팔아야 될 무슨 의무가 있는 것도 아니고…… 그리고 점심시간에 나를 이렇게 귀찮게 하다니, 정말 참을 수가 없어!"

"전화 끊고서 괜히 저러는 거야." 데이지가 냉소적으로 말했다.

"아니야." 내가 데이지에게 확인해주었다. "저거 진짜야. 어쩌다 알게 됐어."

톰은 문을 활짝 열어젖히더니 잠시 자신의 거구로 문을 막고 서 있다가 서둘러 방안으로 들어왔다.

"개츠비 씨!" 그는 자신의 적의를 세련되게 감추면서 넓적한 손을 쑥 내밀었다. "만나서 반갑습니다. ……그리고, 닉……"

"차가운 거나 좀 갖다줘요." 데이지가 외쳤다.

그가 다시 방에서 나가자 그녀는 몸을 일으켜 개츠비에게 다가왔다. 그리고 그의 얼굴을 가까이 당겨 입에 키스를 했다.

"내가 사랑하는 거 알지?" 그녀가 속삭였다.

"옆에 다른 숙녀분 하나 있는 거 잊어버렸나봐." 조던이 말했다.

데이지가 의심스럽다는 듯 주위를 둘러보았다.

"너도 닉한테 키스하렴."

"정말 막 나가는구나!"

"난 신경 안 써!" 데이지가 소리쳤다. 그녀는 벽난로 앞 벽돌 마루 위에서 탭댄스를 추기 시작했다. 그러다 더워지자 죄라도 지은 것처럼 소파에 걸터앉았다. 바로 그때 산뜻하게 차려입은 보모가 어린 소녀를 데리고 들어왔다.

"예─쁘고 귀여─어운 것." 데이지가 팔을 벌리며 나직하게 얼렀다. "자, 사랑하는 엄마한테 와보렴."

보모에게서 풀려난 아이가 방을 가로질러 달려가 수줍게 데이지의 드레스 자락에 매달렸다.

"예—쁘고 귀여—어우세요! 엄마가 우리 아가 금발에 분 묻혔네? 자, 일어나서 인사해야지. 안녕하세요."

개츠비와 나는 차례대로 쪼그려 앉아 머뭇거리는 작은 손을 잡아주었다. 그후로 개츠비는 놀란 눈으로 어린아이를 계속 지켜보았다. 그는 데이지에게 이런 존재가 있으리라고는 전혀 생각해보지 못한 눈치였다.

"점심 먹기 전에 옷 갈아입었어요." 아이가 데이지 쪽으로 열렬히 돌아서면서 말했다.

"엄마가 우리 이쁜 딸 보여주려고 그랬지요." 데이지는 고개를 숙여 아이의 희고 가는 목에 잡힌 단 하나의 주름에 얼굴을 묻었다. "꿈같이 작고 예쁜 우리 아가."

"응." 아이는 조용히 고개를 끄덕였다. "조던 아줌마도 하얀 드레스 입었네."

"엄마 친구들 어때?" 데이지가 아이의 몸을 개츠비 쪽으로 돌리며 물었다. "멋지지?"

"아빠 어딨어?"

"얘는 아빠 안 닮았어." 데이지가 변명하듯 말했다. "나를 닮았어. 머리카락하고 얼굴형하고가 똑같아."

데이지가 소파에 깊숙이 몸을 기댔다. 보모가 한 걸음 나서 아이 쪽으로 손을 뻗었다.

"패미야, 이리 와."
"아가야, 이따 봐!"
잠깐 머뭇거리며 돌아보기는 했지만 교육 잘 받은 어린 소녀는 보모 손을 잡고 방을 나갔다. 동시에 톰이 얼음을 가득 채워 짤각거리는 진 리키 네 잔을 앞세우고 방으로 돌아왔다.

개츠비는 자기 잔을 받았다.

"시원하겠는데요." 눈에 띄게 긴장하며 개츠비가 말했다.

우리는 게걸스럽게 단숨에 쭉 들이켰다.

"어디서 읽으니까 태양이 매년 더 뜨거워진다던데요." 톰이 상냥하게 말했다. "이러다가 지구가 곧 태양에 빠지고 말 겁니다. 아니 잠깐, 그 반대인가. 태양이 매년 차가워진다는 거였나."

"밖으로 나갈까요?" 그가 개츠비에게 제안했다. "집 구경 좀 시켜드릴 테니."

나는 그들과 함께 베란다로 나갔다. 더위 속에서 움직임 없는 초록 해협 위로 한 척의 작은 요트가 천천히 먼바다로 향하고 있었다. 개츠비는 잠시 그것을 바라보다가 손을 들어 만 건너를 가리켰다.

"제가 바로 건너편에 사네요."

"그러시군."

우리의 시선은 장미 화단과 불볕 아래의 풀밭과 해변가의 죽은 잡초 더미로 향했다. 보트의 흰 돛이 푸르고 서늘한 수평선을 향해 천천히 움직이고 있었다. 부채 모양의 바다와 축복받은 수많은 섬이 그 앞에 펼쳐져 있었다.

"저거 재밌겠는데." 톰이 고개를 끄덕이며 말했다. "한 시간 정도 저기서 보내면 좋겠군."

 열기를 차단하기 위해 어둡게 해놓은 식당에서 우리는 점심을 함께 먹었다. 억지로 유쾌함을 가장하면서 차가운 에일을 들이켰다.

 "우리 이제 오후에 뭐하지?" 데이지가 소리쳤다. "그리고 내일은, 그리고 또 삼십 년 동안은?"

 "암울한 소리 하지 마요." 조던이 말했다. "가을이 되면 시원해지고 그럼 다시 살 만할 거야."

 "그치만 너무 덥단 말이야." 데이지가 막 울음이라도 터뜨릴 듯한 얼굴로 고집을 부렸다. "그리고 모든 게 너무 혼란스러워. 우리 시내 나가자!"

 더위에 맞서 분투하는 그녀의 목소리가 더위에 한 방 먹이고 그 무의미에 형태를 부여했다.

 "마구간을 사고로 개조한다는 얘기 들어봤죠?" 톰이 개츠비에게 말하고 있었다. "하지만 차고를 마구간으로 개조한 건 아마 내가 처음일 거요."

 "누구 시내 나갈 사람?" 데이지는 집요했다. 개츠비의 눈길이 그녀 쪽으로 움직였다. "아." 데이지가 소리쳤다. "당신 너무 멋있어."

 그들의 눈길이 마주쳤고, 마치 주위에 아무도 없다는 듯 서로 얽혔다. 데이지는 애써 눈길을 테이블 아래로 떨구었다.

 "당신은 언제나 멋있어." 그녀는 반복해서 말했다.

 톰 뷰캐넌이 있는 자리에서 개츠비를 사랑한다고 공개적으로 말한 셈이었다. 톰은 깜짝 놀랐다. 입을 살짝 벌린 채 개츠비를 바라보다가 마치 오래전에 알았던 사람을 방금 알아본 듯이 데이지를 돌아보았다.

"당신은 광고에 나오는 그 남자를 닮았어." 그녀는 아무것도 모른 채 이야기를 계속하고 있었다. "당신도 알지? 광고에 나오는 그 남자……"

"좋아." 톰이 갑자기 끼어들었다. "시내로 나가야 되겠어. 자, 자, 모두 시내로 나가자고."

그는 자리에서 일어났다. 그의 눈은 여전히 개츠비와 자기 아내 사이를 오가며 번뜩이고 있었다. 아무도 움직이지 않았다.

"어서!" 그의 절제된 태도에 금이 가고 있었다. "도대체 뭐가 문제야? 시내로 갈 거면 빨리 가자고."

진정하려 애쓰느라 손은 떨렸고, 톰은 그 손으로 얼마 안 남은 에일 잔을 들어 입술을 축였다. 데이지의 목소리에 우리는 자리에서 일어나 불타는 자갈밭으로 나갔다.

"이대로 그냥 가?" 그녀는 이의를 제기했다. "그냥 이렇게? 담배도 한 대 안 태우고 그냥 가?"

"점심 먹는 내내 다들 엄청 피웠잖아?"

"아, 좀 놀자구." 데이지가 졸랐다. "이렇게 더운 날 꼭 잔소리해야 되겠어?"

그는 아무 대꾸도 하지 않았다.

"마음대로 해." 그녀가 말했다. "조던, 가자."

여자들이 위층에 올라가 준비하는 동안 세 남자는 뜨거운 자갈들을 발로 뒤적이면서 기다렸다. 은빛 초승달이 벌써 서쪽 하늘에 걸려 있었다. 개츠비가 뭔가 말을 꺼내려다 그만두었지만 톰은 이미 기다렸다는 듯이 개츠비 쪽으로 몸을 돌린 상태였다.

"뭐라고요?"

"여기 마구간이 있나요?" 개츠비가 마지못해 물었다.

"이 길로 한 4분의 1마일 내려가면 있죠."

"아."

잠시 침묵.

"시내에 나가겠다니." 톰이 사납게 화를 냈다. "여자들 머릿속엔 도대체 무슨 생각들이 들어 있는지."

"뭐 마실 것 좀 가져갈까?" 데이지가 위층 창가에서 물었다.

"내가 위스키 좀 가져갈게." 톰이 대답하고는 안으로 들어갔다.

개츠비가 굳은 얼굴로 나를 향해 몸을 돌렸다.

"이 집에서는 도대체 무슨 말을 해야 할지 모르겠군, 친구."

"데이지의 목소리에는 신중한 구석이 없어." 내가 말했다. "목소리에 가득한 건……"

나는 망설였다.

"돈으로 충만한 목소리야." 개츠비가 불쑥 말했다.

바로 그거였다. 예전에는 몰랐지만 정말 그녀의 목소리는 돈으로 충만했다. 돈, 그 안에서 오르고 내리는 매력은 결코 사라지지 않는다. 짤랑거리다가 때론 심벌즈소리처럼 요란하게 울려대는 돈. 하얀 궁전 저 높은 곳의 공주처럼, 금으로 만든 소녀상처럼……

톰이 1쿼트짜리 병을 수건으로 감싸 밖으로 나왔고, 이어 데이지와 조던이 메탈릭한 천으로 된 작은 모자를 딱 맞게 쓰고 팔에는 가벼운 케이프를 걸친 채로 그 뒤를 따랐다.

"제 차로 가실까요?" 개츠비가 제안했다. 그는 뜨거운 초록색 가죽 시트를 만져보았다. "그늘에 세워놓을 걸 그랬네요."

"변속기어는 표준형이요?" 톰이 물었다.

"그렇습니다만."

"그럼, 당신이 내 쿠페를 몰고, 내가 시내까지 당신 차를 모는 걸로 합시다."

개츠비는 이 제안이 마뜩잖은 눈치였다.

"기름이 충분하지 않을 텐데요." 그가 반대했다.

"기름 천지예요." 톰이 신이 나서 말했다. 그러고는 유량계를 들여다보았다. "뭐, 떨어지면 드러그스토어에서 사서 넣으면 되지요. 요즘 드러그스토어에서는 안 파는 게 없다니까."

이 엉뚱한 말 뒤에 약간의 침묵이 흘렀다. 데이지가 눈살을 찌푸리며 톰을 노려보았다. 개츠비의 얼굴에 형언할 수 없는 표정이, 얼핏 분명 낯선데 어렴풋이 알 것도 같은, 글로만 접해본 듯한 표정이 잠시 나타났다 사라졌다.

"자, 데이지." 톰이 그녀를 개츠비의 차 쪽으로 밀어붙이면서 말했다. "이 서커스 마차에 태워줄게."

그가 차문을 열었다. 그러나 그녀는 그의 팔에서 빠져나왔다.

"당신이 닉하고 조던을 데려가. 우리는 쿠페를 타고 따라갈게."

그녀가 개츠비 쪽으로 걸어가 손으로 그의 상의를 어루만졌다. 조던과 톰, 그리고 내가 개츠비 차의 앞자리에 올라탔다. 톰이 익숙하지 않은 기어를 몇 번 시험 삼아 건드려본 후, 우리는 찌는 듯한 더위 속으로 튕겨져나갔다. 개츠비와 데이지를 뒤에 남겨둔 채.

"봤지?" 톰이 물었다.

"뭘?"

그는 나를 날카롭게 쳐다보았다. 조던과 내가 모든 걸 알고 있었다는 것을 문득 깨달은 듯했다.

"너희 둘 눈엔 내가 바보로 보이나보지? 아니야?" 그가 물었다. "그럴지도 모르지. 하지만 나한텐 통찰력이라는 게 있거든. 가끔은 그게 내가 뭘 해야 하는지를 알려주지. 아마 못 믿겠지만, 그렇지만 과학이라는 건……"

그는 잠시 말을 멈추었다. 곧이어 닥칠 미래에 대한 어떤 예감이 그를 덮쳤고, 이론의 심연 속에서 그를 끌어올렸다.

"내가 이 작자에 대해서 간단히 조사를 해봤거든." 그의 말이 이어졌다. "미리 알았다면 좀더 깊이 파보는 건데……"

"무슨 점쟁이한테라도 가보신 거예요?" 조던이 장난스럽게 물었다.

"뭐?" 그는 우리가 웃자 혼란스러워하며 우리를 쳐다보았다. "점쟁이라니?"

"개츠비에 대해서요!"

"개츠비에 대해서? 아니, 나는 그 작자의 과거를 간단히 조사한 거라니까."

"그럼 그가 옥스퍼드 출신이라는 게 밝혀졌겠군요." 조던이 거들었다.

"옥스퍼드 좋아하시네!" 믿을 수 없다는 얼굴로 그가 말했다. "퍽이나 그렇겠다. 핑크 정장을 입는 녀석이……"

"그래도 옥스퍼드 나온 것은 분명해요."

"뉴멕시코의 옥스퍼드겠지." 톰이 경멸하듯 코웃음을 쳤다. "아니면 그 비슷한 어디든지."

위대한 개츠비 151

"이봐요, 톰. 당신 그런 속물이면서, 왜 개츠비 같은 사람을 점심에 초대한 거예요?" 조던이 뾰로통하게 물었다.

"데이지가 초대한 거지. 우리가 결혼하기 전부터 서로 알았다는군. 어디에서였는지는 누가 알겠어!"

술이 깨면서 우리 모두 점점 짜증이 늘었고, 그것을 의식하게 되자 차 안에는 한동안 침묵이 흘렀다. 잠시 후, T. J. 에클버그 박사의 빛바랜 두 눈이 시야에 들어왔다. 그제야 나는 기름이 없을 거라던 개츠비의 경고가 떠올랐다.

"시내에 갈 만큼은 있어." 톰이 말했다.

"저기 정비소가 보이는데요." 조던이 반대했다. "이런 찌는 날씨에 길에서 오도 가도 못하게 되고 싶지는 않다구요."

톰이 브레이크를 신경질적으로 밟았고, 우리는 갑작스럽게 먼지를 일으키며 윌슨 정비소 간판 아래에 멈춰 섰다. 잠시 후, 주인이 정비소에서 나와 퀭한 눈으로 차를 바라보았다.

"기름 좀 넣어줘!" 톰이 거칠게 소리쳤다. "내가 왜 여기 섰을 것 같아? 경치 감상하러?"

"몸이 안 좋아요." 윌슨이 꼼짝도 안 하면서 대꾸했다. "하루종일 아팠다고요."

"어디가 안 좋은데?"

"완전히 지쳤어요."

"그럼, 내가 직접 해야 돼?" 톰이 물었다. "전화할 때는 멀쩡한 것 같더만."

윌슨은 기대서 있던 문의 그늘을 간신히 떠나 숨쉬기조차 힘들어하며 기름탱크의 뚜껑을 열었다. 햇빛 아래에서 보니 과연 얼굴이 푸르딩딩했다.

"점심시간을 방해하려고 했던 건 아니에요." 그가 말했다. "단지 돈이 너무 필요했거든요. 그 옛날 차 어떻게 하실 건지 궁금해서……"

"이 차는 어때?" 톰이 물었다. "지난주에 샀거든."

"좋은 차네요. 노란색에……" 윌슨이 주유기 핸들로 손을 뻗으면서 말했다.

"사고 싶어?"

"그러면 좋지요." 윌슨이 희미한 미소를 지었다. "하지만 됐습니다. 다른 차도 있으니까요."

"갑자기 돈은 왜 필요한 거야?"

"여기 너무 오래 살았어요. 어디 다른 데로 가볼까 해요. 마누라하고서는 서부로 가려고요."

"당신 마누라가?" 톰이 놀라서 소리를 질렀다.

"마누라는 십 년 동안 그 얘기를 해왔답니다." 그는 주유기에 기대어 손으로 햇빛을 가리며 잠시 쉬었다. "이제는 마누라가 원하든 말든 갈 겁니다. 제가 데리고 갈 겁니다."

개츠비가 탄 쿠페가 먼지를 일으키며 지나갔다. 흔들어대는 손도 보였다.

"얼마야?" 톰이 거칠게 물었다.

"이틀 전에 좀 골때리는 일을 알게 됐어요." 윌슨이 말했다. "실은 그래서 떠나는 거고요. 그래서 차 문제로 귀찮게 해드린 겁니다."

"얼마냐니까."

위대한 개츠비 153

"1달러 20센트입니다."

간단없이 쏟아지는 열기로 정신이 하나도 없었다. 불쾌한 시간들이 잠시 지나간 후에야 나는 윌슨이 톰을 전혀 의심하고 있지 않다는 것을 문득 깨닫게 되었다. 그는 그저 머틀이 자기와 완전히 동떨어진 세상에서 살아가고 있다는 것을 깨달았고, 그 때문에 병이 난 것이었다. 나는 그를, 그러고 나서 톰을 응시했다. 톰 역시 그와 비슷한 발견을 한 지 한 시간도 채 되지 않은 참이었다. 남자의 세계에서 지능이나 인종의 차이는, 건강한 사람과 아픈 사람의 차이에 비하면 아무것도 아니라는 생각이 들었다. 윌슨은 너무 아파서 마치 죄를, 그것도 도저히 용서받을 수 없는 죄를 지은 사람처럼 보였다. 불쌍한 소녀를 임신시키기라도 한 것 같았다.

"그 차를 넘길게." 톰이 말했다. "내일 오후에 보낼게."

그 동네는 햇빛이 찬란하게 빛나는 화창한 오후에도 어딘가 마음을 불편하게 만드는 곳이었다. 누군가 내 뒤에서 경고라도 하는 것 같은 기분이 들어 나는 뒤를 돌아보았다. 잿더미 계곡 위로는 T. J. 에클버그 박사의 거대한 두 눈뿐이었다. 그러나 잠시 후, 20피트도 떨어지지 않은 곳에서 또다른 두 눈이 놀라운 집중력으로 우리를 지켜보고 있다는 것을 알아차릴 수 있었다.

정비소의 위층 창문 중 하나의 커튼이 약간 젖혀져 있었고, 그 사이로 머틀 윌슨이 차를 뚫어지게 내려다보고 있었다. 너무 몰입한 나머지 누가 자신을 보고 있는지조차 전혀 모르고 있었다. 천천히 현상되는 사진에서 떠오르는 피사체처럼 하나의 감정에 이어 또다른 감정이 그녀의 얼굴에 드러나고 있었다. 그녀의 표정은 이상하게도 친숙했다.

여자들의 얼굴에서 흔히 보이는 표정이긴 했지만, 머틀 윌슨의 얼굴에 떠오른 그 표정은 딱히 어떤 의도도 없어 보였고, 뭐라고 단정짓기도 힘들어 보였다. 질투와 놀라움으로 커진 그녀의 두 눈이 톰이 아닌 조던 베이커를 향하고 있다는 것을 발견하기 전까지는. 그녀는 조던을 톰의 아내라고 생각하고 있었다.

단순한 정신은 혼란에 취약하다. 차가 달리는 동안 톰은 공황에 빠져 허우적대고 있었다. 아내와 정부가, 불과 한 시간 전까지만 해도 안전한 곳에 고이 모셔져 있던 그들이, 돌연 그의 통제에서 빠져나가고 있었다. 데이지를 따라잡고 윌슨에게서 멀어지기 위해 그는 본능적으로 액셀을 밟아댔다. 애스토리아 쪽으로 시속 50마일의 속도로 달리자 마침내 고가도로의 거미줄 같은 교각 사이를 느긋하게 달리는 푸른색 쿠페가 보였다.

"50번가 일대의 큰 극장들이 시원하더라고요." 조던이 제안했다. "난 다들 떠나버린 뉴욕의 한여름 오후가 참 좋아요. 뭔가 아주 감각적인 데가 있어요. 무르익었달까. 온갖 별난 과일이 손으로 막 떨어지려고 하는 것 같은 느낌이에요."

'감각적'이라는 단어가 톰의 마음을 더 산란하게 만들었지만, 그가 뭐라고 하기 전에 쿠페가 멈춰 섰다. 데이지가 차를 옆으로 대라고 우리에게 신호를 보냈다.

"우리 어디로 가?" 그녀가 소리쳤다.

"영화 보는 거 어때?"

"너무 덥잖아." 그녀가 투덜거렸다. "댁들은 가세요. 우리는 좀더 돌아다니다가 나중에 합류할게." 그녀가 애써 약간의 재치를 부렸다. "어느 길모퉁이에서 문득 만나. 담배 두 대를 피우는 사람이 있거든 난 줄 알아."

"여기서 이러고 있을 순 없어." 트럭 한 대가 뒤에서 빵빵대자 톰이 못 참고 말했다. "센트럴파크 남쪽, 플라자호텔 앞까지 나를 따라와."

톰은 몇 번이나 고개를 돌려 그들의 차가 잘 따라오는지 살폈고, 다른 차들 때문에 보이지 않으면 그들이 시야에 들어올 때까지 속도를 늦췄다. 그는 그들이 옆길로 빠져나가 그의 인생에서 영원히 사라져버리는 것은 아닌지 걱정하는 것처럼 보였다.

그러나 그들은 그러지 않았다. 그리고 어느새 우리는 플라자호텔의 스위트룸을 잡는다는, 조금 설명하기 어려운 단계로 접어들고 있었다.

결국 그 방으로 몰려들어가는 것으로 끝이 난, 길고 소란스러운 논쟁은 이젠 기억도 잘 나지 않는다. 하지만 그러는 와중에 속옷이 축축한 뱀처럼 다리에 감기고, 간간이 땀방울이 등골을 따라 서늘하게 흘러내렸던 육체적 기억만은 아직도 생생하다. 원래 이 착상은 욕실 다섯 개를 한꺼번에 빌려서 거기서 냉수욕을 하자는 데이지의 제안에서 비롯된 것이었다. 그러고 나서 '민트 줄렙을 한잔 할 장소도 있었으면' 한다는 데 이르러 좀더 구체적으로 굳어졌다. 우리는 모두 '기가 막힌 생각'이라고 떠들어대면서 한꺼번에 호텔 프런트 직원에게 몰려가 이 아이디어에 대해 말해 직원을 당황하게 했는데, 그러면서 우리 자신이 꽤나 재미있는 사람들이라고 생각했다. 혹은 그렇게 생각하는 척했다……

방은 컸지만 숨이 막힐 것 같았다. 벌써 네시였지만 열린 창문으로는 센트럴파크의 관목숲에서 불어오는 뜨거운 바람만 들어오고 있었다. 데이지가 거울로 가서 우리에게 등을 돌리고 선 채 머리를 매만졌다.

"스위트룸 좋네요." 조던이 감탄했다는 듯 속삭이자 모두가 웃었다.

"창문 좀더 열어." 데이지가 돌아서지도 않은 채 명령했다.

"창문은 다 열었는데."

"그럼 인터폰으로 도끼 좀 올려보내라고……"

"더위 생각을 하지 않으면 되잖아." 톰이 못 참고 말했다. "짜증내니까 더 더운 거야."

그는 수건으로 감싼 위스키병을 풀어서 테이블 위에 올려놓았다.

"이봐, 친구, 데이지 좀 내버려두지그래?" 개츠비가 말했다. "시내에 오자고 한 건 당신이잖아."

잠시 침묵이 흘렀다. 못에 걸려 있던 전화번호부가 미끄러져 바닥에 떨어지자 소년이 "죄송합니다"라고 말했지만, 이번에는 아무도 웃지 않았다.

"내가 집을게." 내가 나섰다.

"벌써 집었어." 개츠비가 끊어진 끈을 살펴보더니 재미있다는 듯 "흠!" 하고 중얼거리더니 책을 의자 위에 던져놓았다.

"그게 당신의 그 잘난 말투지, 안 그래?" 톰이 날카롭게 말했다.

"무슨 얘긴지."

"그 말끝마다 '친구' 어쩌고 하는 거 말이야. 도대체 그건 어디서 주워들은 거지?"

"자, 자, 톰." 데이지가 거울에서 돌아서면서 말했다. "인신공격이나 할 거면 난 여기 일 분도 더 안 있을 거야. 인터폰으로 민트 줄렙에 넣을 얼음이나 주문해."

톰이 수화기를 드는 순간 억눌려 있던 열기가 소리로 터져나왔다. 우리는 아래층 무도장에서 올라오는 멘델스존의 〈결혼행진곡〉의 불길한 화음을 듣고 있었다.

"이렇게 더운 날 결혼을 하다니!" 조던이 침울한 어조로 말했다.

"음, 나도 6월 중순에 결혼했는데." 데이지가 기억해냈다. "6월에 루이빌에서! 누가 기절을 했었는데, 그게 누구였지, 톰?"

"빌록시." 톰이 짧게 대답했다.

"빌록시라는 남자였지. 이건 진짠데, 박스를 만든다고 다들 '블록스' 빌록시라고 불렀지. 테네시주의 빌록시 출신이야."

"사람들이 그 사람을 저희 집으로 실어왔었죠." 조던이 끼어들었다. "우리가 교회에서 두 집 건너에 살았으니까요. 그 남자가 삼 주나 머무는 바람에 아빠가 결국 나가달라고 말씀하셨죠. 그런데 그 사람이 떠난 다음날, 아빠가 돌아가셨어요." 잠시 후, 그녀가 뭔가 불경한 말이라도 했다는 듯이 덧붙였다. "물론 두 사건은 아무 관련도 없지만요."

"난 멤피스 출신의 빌 빌록시라는 친구를 아는데." 내가 말했다.

"그가 바로 블록스 빌록시의 사촌이에요. 그 사람 떠나기 전에 그 집 가족사를 나도 다 알게 됐죠. 내가 요즘 사용하는 알루미늄 퍼터도 그 사람이 준 거예요."

예식이 시작되면서 음악도 잦아들었다. 이제는 창가에서 긴 탄성이 들려오더니 단속적으로 "와, 와, 와" 하는 외침이 뒤를 이었다. 춤이 시작되면서는 재즈가 깔렸다.

"우리 늙었어." 데이지가 말했다. "젊었으면 벌써 일어나서 춤췄을 거야."

"빌록시를 생각해서 참아." 조던이 데이지를 말렸다. "근데 어디서 그 사람을 알게 된 거예요, 톰?"

"빌록시?" 톰은 집중하려고 애썼다. "나는 몰라. 데이지 친구였지."

"내 친구 아니야." 데이지가 부인했다. "한 번도 본 적 없어. 열차 특실칸을 타고 내려왔어."

"글쎄, 그 친구는 당신을 안다고 하던데. 루이빌 출신이라고도 하고. 에이서 버드가 마지막 순간에 그를 데리고 와서 이 사람도 초대해줄 수 있느냐고 물어봤었어."

조던이 미소를 지었다.

"아마 무전여행으로 집에 가는 길이었을 거예요. 예일에서 두 분이랑 같은 기수의 학생회장이었다고 하던데요."

톰과 나는 시로를 멍하니 쳐다보았다.

"빌록시가?"

"일단, 우리에게는 학생회장이라는 게 없어."

개츠비가 초조한 듯 발로 바닥을 톡톡 치자 톰이 갑자기 그에게 시선을 돌렸다.

"그런데 말이야, 개츠비 당신 옥스퍼드 나왔다고 한 것 같은데."

"그건 아니고요."

"아, 맞다. 옥스퍼드 다녔다고 했지."

"네, 다녔죠."

잠시 침묵. 그리고 도저히 못 믿겠다는 무례한 톰의 목소리.

"빌록시가 뉴헤이번에 있었을 때쯤에 당신도 옥스퍼드 다녔겠구만."

다시 한번 침묵. 웨이터가 노크를 하고 으깬 민트와 얼음을 가지고 들어와서 "감사합니다"라고 말하고, 조용히 문을 닫고 나간 뒤까지도 그 침묵은 깨지지 않았다. 중요한 진실이 마침내 밝혀지려 하고 있었다.

"제가 말씀드렸지요. 거기 다녔다고." 개츠비가 말했다.

"그랬지, 그런데 그게 언제냐고?"

"1919년에 다섯 달 동안 머물렀습니다. 그래서 옥스퍼드 나왔다고는 말하지 않는 겁니다."

우리도 자기처럼 그를 불신하는지 살피려는 톰의 시선이 우리를 훑었다. 그러나 우리는 모두 개츠비만 바라보고 있었다.

"휴전 이후에 몇몇 장교들에게만 주어졌던 기회였지요." 그의 말이 이어졌다. "영국이나 프랑스의 어느 대학이든 갈 수 있었어요."

나는 일어서서 그의 등을 가볍게 두드려주고 싶었다. 이전에 경험했던 그에 대한 완벽한 신뢰가 다시 살아났다.

데이지가 일어나 희미하게 웃으며 테이블로 갔다.

"위스키나 따. 톰." 그녀가 명령했다. "민트 줄렙을 만들어줄게. 바보 같은 자신이 좀 덜 부끄러울 거야…… 이 민트 좀 봐!"

"잠깐만." 톰이 느닷없이 말했다. "저 친구한테 하나 더 묻고 싶은데."

"얼마든지." 개츠비가 정중하게 받았다.

"도대체 우리 가정에 무슨 분란을 일으키려는 거요?"

마침내 모든 것이 드러나자 개츠비는 만족스러워했다.

"분란을 일으키는 건 그 사람이 아니에요." 데이지가 절망적으로 두 사람을 번갈아가며 바라보았다. "당신이 분란을 일으키고 있어. 제발 자제 좀 해."

"자제라고!" 톰이 믿을 수 없다는 듯이 데이지의 말을 되씹었다. "어디서 굴러먹던 누군지도 모르는 작자가 자기 마누라를 집적거리는 데도 가만히 있으라는 건가? 글쎄, 당신 생각이 그렇더라도 나는 거기서 좀 빼줘…… 요즘 사람들이 가정생활과 가족제도를 우습게 여기기 시작했으니, 이제 다음에는 앞뒤 안 가리고 모든 걸 다 팽개치고 백인이 흑인하고 결혼하는 시대도 곧 오겠구만."

무슨 말인지도 모를 말을 마구 내뱉으며 얼굴을 붉히던 그는 문득 문명의 마지막 보루 앞에 홀로 서 있는 자신의 모습을 떠올린 모양이었다.

"여기 있는 모두 백인인데." 조던이 중얼거렸다.

"그래, 내가 인기가 없다는 거 알아. 성대한 파티를 열지도 않지. 현대사회에서는 친구를 사귀려면 자기 집을 돼지우리로 만들어야 되나 보지."

다른 사람들처럼 나도 화는 났지만, 그가 입을 열 때마다 웃음을 터뜨리고 싶기도 했다. 바람둥이에서 도덕군자로의 변모는 정말이지 완벽했다.

"당신에게 할 말이 있어요, 친구." 개츠비가 말을 꺼냈다. 그러나 데이지가 그 의도를 간파했다.

"제발 하지 마!" 그녀가 당황하며 말허리를 잘랐다. "이제 모두 집에 가자. 그만 집으로 가는 게 어때?"

"좋은 생각이야." 나는 자리에서 일어났다. "자, 톰, 술 마시고 싶어 하는 사람도 없잖아."

"개츠비 씨께서 이 몸한테 하실 말씀이 있으시다잖아."

"당신 부인은 당신을 사랑하지 않습니다." 개츠비가 차분하게 말했다. "데이지는 당신을 사랑하지 않습니다. 날 사랑합니다."

"완전히 돌았구만!" 톰이 반사적으로 소리를 질렀다.

개츠비는 강렬한 흥분에 사로잡혀 자리에서 벌떡 일어났다.

"데이지는 당신을 사랑하지 않는다니까. 내 말 알아들어?" 그가 소리쳤다. "내가 가난했기 때문에, 나를 기다리다 지쳐서, 그래서 당신하고 결혼한 거야. 끔찍한 실수였지. 그렇지만 마음으로는 나 말고 아무도 사랑한 적이 없어!"

이쯤에서 조던과 나는 나가려고 했지만, 톰과 개츠비는 우리가 남아 있어야 한다고 앞다투어 단호하게 주장했다. 마치 그들 둘 모두 감출 것이 하나도 없으며, 자신들의 감정을 직접 맛보는 게 대단한 특권이라도 되는 것처럼 말이다.

"앉아, 데이지." 톰은 마치 부모라도 되는 것처럼 근엄하게 말하려고 했지만 실패로 돌아갔다. "도대체 무슨 일이 있었던 거야? 전부 얘기해봐."

"내가 얘기했잖아." 개츠비가 말했다. "오 년 동안 벌어진 일인데. 당신만 몰랐지."

톰은 데이지를 향해 몸을 홱 돌렸다.

"이 작자를 오 년이나 만났다고?"

"만난 건 아니고," 개츠비가 말했다. "아니, 만날 수가 없었지. 하지만 우리 둘 다 그동안 서로 사랑하고 있었어. 어이, 친구. 그런데 당신만 모르고 있었던 거야. 때때로 나는 웃곤 했지." 그러나 그의 눈에는 웃음기가 없었다. "당신이 아무것도 모르고 있다는 걸 생각하면서 말이야."

"아, 그게 다야?" 톰이 굵은 손가락을 성직자처럼 두드리더니 몸을 의자에 기댔다.

"이 작자는 미쳤어!" 톰은 폭발했다. "오 년 전 일에 대해서는 할말이 없어. 왜냐하면 데이지를 아직 몰랐을 때니까. 뒷문으로 식료품 배달이나 하다가 어떻게 눈이 맞았겠지. 그렇지만 그 밖의 것들은 다 거짓말이야. 데이지는 사랑해서 나와 결혼했고, 지금도 나를 사랑해."

"아니야." 개츠비가 고개를 저으며 말했다.

"아니, 그녀는 날 사랑해. 가끔 바보 같은 생각에 사로잡혀서 자기가 뭘 하는지 모르기는 하지만." 톰은 현자처럼 고개를 끄덕였다. "그리고 더 중요한 건, 나도 데이지를 사랑한다는 거야. 가끔 술독에 빠져서 멍청한 짓을 저지르기도 하지만, 나는 언제나 돌아와. 그리고 내 마음은 언제나 데이지뿐이야."

"당신 역겨워." 데이지가 말했다. 그녀가 내 쪽으로 몸을 돌렸다. 한 옥타브 낮아진 그녀의 목소리가 소름 끼치는 경멸로 방을 가득 채웠다. "우리가 왜 시카고를 떠났는지 알아? 술독에 빠져서 저지른 그 멍청한 짓들, 얘기 못 들었어?"

개츠비가 다가가 데이지 바로 옆에 섰다.

"데이지, 이제 다 끝났어." 그가 진지하게 말했다. "그런 게 다 무슨 상관이야. 그냥 그에게 진실을 말해. 사랑한 적 없다고. 그럼 모든 게 지워지는 거야, 영원히."

그녀가 그를 멍한 눈길로 올려다보았다. "왜…… 아니 어떻게…… 내가 저 사람을 사랑했겠어?"

"당신은 저 사람 사랑한 적 없어."

그녀는 망설이고 있었다. 그녀의 눈길이 호소하듯 조던과 나에게로 향했다. 자신이 무슨 짓을 하고 있는지 마침내 깨달은 모양이었다. 마치 자신은 결코 어떤 일도 벌일 의사가 전혀 없었다는 듯. 그러나 일은 이미 벌어졌고 되돌리기엔 너무 늦어버렸다.

"나, 저 사람 사랑하지 않았어." 그녀가 눈에 띄게 마지못해하며 말했다.

"카피올라니에서도?" 톰이 갑자기 다그쳐 물었다.

"응."

아래층 무도장으로부터 텁텁하고 눅진눅진한 음악이 뜨거운 공기를 타고 올라왔다.

"당신 신발 젖을까봐 내가 펀치볼에서부터 당신 안고 내려오던 그날도?" 허스키한 그의 목소리에는 부드러움이 담겨 있었다. "……데이지?"

"제발 그러지 마." 그녀의 목소리는 차가웠지만 적의는 가셔 있었다. 그녀는 개츠비를 바라보았다. "저기, 제이." 그녀가 말했다. 하지만 담배에 불을 붙이려는 그녀의 손은 떨리고 있었다. 갑자기 그녀는 담배와 불이 붙은 성냥을 카펫 위에 던져버렸다.

"아, 당신은 너무 많은 걸 원해!" 그녀가 개츠비에게 소리를 질렀다. "지금은 당신을 사랑해. 그걸로 충분하지 않아? 지나가버린 일을 어쩌라는 거야……" 그녀는 힘없이 흐느끼기 시작했다. "한때는 톰을 사랑한 적도 있었어. 그렇지만 당신 역시 사랑했어."

개츠비가 눈을 떴다 다시 감았다.

"나 역시 사랑했었다고?" 개츠비가 그녀의 말을 반복했다.
"그것도 거짓말이야." 톰이 잔인하게 말했다. "데이지는 당신이 살아 있다는 것도 몰랐어. 그러니까 데이지와 나 사이에는 당신이 결코 알 수 없는 것들이 있단 말이야. 우리 둘 중 누구도 영원히 잊을 수 없는 것들이지."

그 말들이 개츠비의 몸을 물어뜯고 있는 것 같았다.

"데이지와 단둘이 말하고 싶은데." 개츠비가 고집을 부렸다. "지금은 데이지가 너무 흥분해서⋯⋯"

"단둘이 말한다 해도 내가 톰을 사랑한 적이 없었다고는 말할 수 없어." 그녀가 애처로운 목소리로 인정했다. "그건 사실이 아니니까."

"당연히 아니지." 톰이 동의했다.

그녀가 남편에게로 몸을 돌렸다.

"그게 그렇게 중요해?" 그녀가 말했다.

"물론 중요하지. 이제부터 내가 더 잘할게."

"이해를 못하고 있군." 개츠비가 말했다. 그 어조에는 약간의 공황 상태가 묻어났다. "데이지한테 잘해줄 일 없을 거야."

"없다고?" 톰이 눈을 크게 뜨며 웃었다. 이제 자제가 되는 모양이었다. "왜?"

"당신을 떠날 거니까."

"웃기는 소리."

"그치만 나는 떠날 거야." 그녀는 눈에 띄게 힘들여 대꾸했다.

"데이지는 가지 않아!" 톰의 말들이 갑자기 개츠비를 향해 달려들었다. "손가락에 끼워줄 반지도 어디서 훔쳐야 되는 소문난 사기꾼한테는 절대 아니지."

"더이상 못 참겠어." 데이지가 소리쳤다. "아, 제발 모두 나가요."

"당신 도대체 뭐하는 작자야?" 톰이 느닷없이 소리쳤다. "마이어 울프심 패거리인 건 어쩌다 알게 됐지. 내가 신변 조사를 좀 했거든. 내일 좀더 알아봐야겠군."

"마음대로 하시지, 친구." 개츠비가 차분하게 말했다.

"당신의 그 '드러그스토어'가 뭔지 안다 이거야." 그가 우리를 돌아보며 서둘러 말했다. "저자와 울프심이 뉴욕과 시카고 뒷골목의 드러그스토어를 사들여서는 에틸알코올을 파는 거야. 저 친구가 하는 수작 중 하나지. 내가 첫눈에 밀주업자라고 찍었는데, 별로 틀린 말도 아니야."

"그래서 그게 어쨌다는 거요?" 개츠비가 정중하게 물었다. "당신 친구 월터 체이스는 자존심이 없어서 이 판에 끼었나보군."

"당신은 그 친구가 곤경에 빠졌는데도 모른 체했지. 아니야? 한 달도 넘게 뉴저지의 감방에서 썩도록 내버려두었어. 이야! 월터가 당신에 대해 뭐라고 하는지 들어봐야 되는데."

"그 월터라는 친구는 완전 알거지인 채로 우리한테 왔지. 돈 좀 만지게 되니까 무지하게 좋아하더군, 친구."

"자꾸 친구, 친구 하지 마!" 톰이 소리질렀다. 개츠비는 아무 말도 하지 않았다. "월터는 당신을 도박금지법으로 걸 수도 있었어. 울프심이 겁을 주지만 않았으면 다 불었을 거야."

예의 그 낯설지만 알 것도 같은 표정이 개츠비의 얼굴에 다시 드러났다.

"드러그스토어 사업이야 애들 장난이지." 톰이 느긋하게 계속했다.

"그런데 지금은 월터가 너무 무서워서 나한테 말도 못 꺼내는 뭔가를 벌이고 있잖아."

나는 데이지를 힐끗 보았다. 그녀는 잔뜩 겁을 먹은 채 개츠비와 남편을 번갈아 바라보고 있었다. 조던에게 눈길을 주니 눈에는 보이지 않지만 흥미로운 뭔가가 턱끝에서 건들거리고 있다는 듯 균형을 잡으려 하고 있었다. 나는 개츠비 쪽으로 시선을 돌리다가 그의 표정에 깜짝 놀랐다. 그는 마치, 이건 그의 집 정원에서 사람들이 멋대로 지껄여대던 중상은 경멸하면서 하는 말이지만, '사람 하나 죽인 것 같은' 얼굴을 하고 있었다. 그 순간 그의 굳은 표정은 오직 그런 기이한 방식이 아니면 묘사할 길이 없었다.

그런 표정이 지나간 후에 그는 격정적으로 데이지에게 말하기 시작했다. 모든 것을 부인하고, 심지어 아직 제기되지 않은 비난들까지도 미리 방어하면서. 그러나 그가 말을 하면 할수록 그녀는 점점 더 움츠러들었다. 결국 그는 포기하고 말았다. 오후는 어디론가 흘러가고 있는데 사멸한 꿈만이 홀로 남아 싸우고 있었다. 방 건너편의 잃어버린 목소리를 향해, 더이상 만질 수 없는 것을 만지려고 애쓰면서, 암울하지만 절망하지는 않으면서 끝까지 분투하고 있었다.

그 목소리가 집에 가자고 다시 한번 애원했다.

"제발 톰! 더이상 못 참겠어."

겁에 질린 그녀의 두 눈은 그녀의 의도가 무엇이었든, 얼마나 큰 용기를 갖고 있었든, 그 모든 것이 완전히 사라져버렸음을 보여주고 있었다.

"당신 둘이 먼저 출발해, 데이지." 톰이 말했다. "개츠비 씨의 차로."

그녀가 이제는 놀라서 톰을 쳐다보았지만 그는 경멸 섞인 관대함을 고수했다.
"어서. 이제 저 친구가 당신 귀찮게 안 할 거야. 분수에 안 맞는 어리석은 수작질이 끝났다는 것 정도는 이제 깨달았을 거야."
그들은 아무 말도 없이 나가버렸고, 그럼으로써 갑자기, 마치 유령들처럼 우리의 동정심으로부터도 벗어나버렸다.
잠시 후 톰이 일어서서 따지도 않은 위스키병을 수건으로 다시 싸기 시작했다.
"이거 마실래? 조던?······닉?"
나는 대답하지 않았다.
"닉?" 그가 다시 물었다.
"뭐?"
"좀 마실 거냐고?"
"아니······ 방금 기억났는데, 오늘이 내 생일이야."
나는 서른이었다. 내 앞으로 새로운 십 년이라는 불길하고도 무시무시한 길이 뻗어 있었다.
우리가 톰과 함께 쿠페를 타고 롱아일랜드로 출발한 건 일곱시였다. 톰은 신이 나서 쉴새없이 웃으며 떠들어댔지만 그의 목소리는 보도의 낯선 소음이나 고가도로 위의 법석만큼이나 나나 조던에게는 멀게 느껴졌다. 인간의 공감에는 한계가 있다. 우리는 그들의 비극적인 다툼이 도시의 불빛 너머로 사라지는 것에 만족했다. 서른 살, 외로운 십 년을 예고하는 나이. 알고 지내는 독신남이 줄어들고 서류가방 안의 열정이 줄어들고 머리숱도 줄어드는. 그러나 내 곁에는 조던이 있었다. 그녀는 데이지와는 달리 너무 현명해서 까맣게 잊어버린 꿈들을 해를 넘겨서까지 간직할 사람은 아니었다. 어두운 다리를 지날 때 그녀가 내 상의 어깨에 나른하게 머리를 기대왔다. 서른이 되었다는 무시무시한 타격은 그녀의 손길 아래에서 위안을 얻으며 사그라졌다.

우리는 서늘한 황혼녘의 도로를 그대로 질주하여 죽음을 향해 나아갔다.

잿더미 계곡 옆에서 커피를 파는 젊은 그리스인 마이케일러스가 사건 심리의 중요한 증인이었다. 그는 더위 속에서 다섯시가 넘을 때까지도 늘어지게 낮잠을 자다가 일어나 어슬렁거리며 자동차 정비소에 들렀다. 윌슨은 자기 사무실에서 앓고 있었다. 아주 심하게. 낯빛은 원래 희끄무레한 자기 머리 색깔만큼이나 창백했고 온몸을 부들부들 떨고 있었다. 마이케일러스는 침내에 가서 좀 누우라고 권했지만, 윌슨은 그랬다간 한몫 잡을 기회를 놓칠 거라고 말하며 거부했다. 이런 실랑이가 벌어지는 사이에 그들의 머리 위에서 요란한 소리가 들려왔다.

"마누라를 저 위에 가둬놨거든." 윌슨이 힘없이 말했다. "모레까지는 잡아둘 거야. 그러고는 떠나야지."

마이케일러스는 깜짝 놀랐다. 그들은 사 년 동안이나 이웃으로 지냈고, 윌슨이 그런 말을 할 수 있으리라고는 믿을 수가 없었다. 대체적으로 그는 쇠약한 남자라 할 수 있었다. 일이 없을 때는 문간에 내놓은 의자에 앉아 길을 따라 지나가는 사람과 차를 멍하니 보고 있었다. 누군가 말을 걸면 언제나 사람 좋게 웃기는 하지만 생기라고는 없었다. 마누라에게 잡혀 살았지 자기 뜻대로 사는 사람은 아니었다.

당연히 마이케일러스는 도대체 무슨 일인지 알아보려고 했지만 윌슨은 한마디도 하려고 하지 않았다. 그 대신, 그에게 궁금함이 깃든 의심의 시선을 던지면서 특정한 날의 특정한 시간에 뭘 했는지 꼬치꼬치 캐물었다. 점점 분위기가 불편해지려는 찰나, 몇 명의 인부가 정비소 앞을 지나 커피점 쪽으로 다가오고 있었기 때문에 마이케일러스는 자리를 피할 수 있었다. 나중에 다시 와야겠다고 생각했지만 그렇게 하지 않았다. 그냥 잊어버렸던 것이다. 일곱시가 조금 지나 다시 밖으로 나왔을 때 그때의 대화가 다시 떠올랐다. 정비소 아래층에서 큰 소리로 욕설을 퍼붓는 윌슨의 아내의 목소리가 들려왔기 때문이었다.

"때려봐!" 그녀가 악을 썼다. "쳐봐, 쳐보라니까, 이 병신 같은 놈아!" 잠시 후 그녀가 팔을 휘젓고 고래고래 소리를 지르며 어스름 속으로 달려나갔다. 그가 문을 나서기도 전에 상황은 끝나버렸다.

신문에서 이름 붙인 이른바 '죽음의 차'는 멈추지 않았다. 짙어지는 어둠 속에서 튀어나와서는 잠시 비극적으로 비틀거리더니 길모퉁이를 지나 모습을 감추었다. 마이케일러스는 차의 색깔조차 정확하게 기억하지 못했다. 처음 찾아온 경관에게는 연두색이라고 말했다. 뉴욕 쪽으로 향하던 다른 차 한 대가 100야드를 지나서야 멈추었고, 운전자가 머틀 윌슨이 끔찍한 죽음을 맞이한 현장으로 달려왔다. 그녀는 걸쭉하고 거무스름한 피가 먼지와 엉겨 있는 도로 위에 엎드려 있었다.

마이케일러스와 이 남자는 먼저 그녀에게 접근했다. 하지만 그들이 아직도 땀으로 축축한 블라우스 앞섶을 찢어 열어젖히자 왼쪽 가슴이 몸에서 분리된 채 덜렁거리고 있었다. 심장박동을 들어볼 필요도 없었다. 마치 그토록 오랫동안 간직해온 엄청난 활력을 내놓자니 숨이 막힌 듯 그녀의 입은 크게 벌어져 있었고, 입가는 조금 찢겨 있었다.

가까워지려면 아직 꽤 남은 거리에서 차 서너 대와 구경꾼들이 보였다.
"교통사고다!" 톰이 말했다. "잘됐네. 윌슨 녀석 돈푼깨나 만지겠는데."
톰은 속도를 줄이기는 했지만 멈출 생각은 아니었다. 그런데 좀더 가까이 다가가서 정비소 앞에 모여 있는 심각한 표정의 사람들을 보자 자기도 모르게 브레이크를 밟았다.
"한번 보고 가자." 그가 미심쩍은 듯 말했다. "구경이나 하자고."
허망하게 울부짖는 소리가 정비소에서 끊임없이 흘러나오고 있었다. 우리가 쿠페에서 내려 입구 쪽으로 걸어가는 동안 그 소리는 헐떡거리는 신음과 몇 번이고 되풀이하는 "어떻게 이럴 수가!"라는 말들로 비꼈었다.
"뭔가 심각한 문제가 생긴 것 같은데." 톰이 흥분해서 말했다.
톰이 가까이 가서 까치발을 하고 둘러선 사람들 머리 너머로 정비소 안을 들여다보았다. 머리 위로 흔들리는 철제 등갓 속에 노란 등불 하나만 밝혀져 있었다. 갑자기 톰이 거친 음성으로 소리를 지르더니 힘센 팔로 사람들을 난폭하게 밀어젖히며 앞으로 달려들었다.
사람들이 연이어 불평하는 소리와 함께 다시 원이 이어졌다. 나는 잠시 아무것도 볼 수 없었다. 그러다 새로 온 구경꾼들이 줄을 흐트러뜨리는 바람에 조던과 나는 갑자기 안으로 떠밀려갔다.
마치 그 더운 밤에 오한으로 떠는 사람처럼 담요와 담요로 겹겹이 싸인 머틀 윌슨의 시체가 벽 옆의 작업대 위에 놓여 있었고, 등을 돌린 톰이 꼼짝 않고 그 위에 몸을 구부리고 있었다. 그의 옆에는 교통경관이 땀을 뻘뻘 흘리며 작은 수첩에다 이름을 썼다 지웠다 하면서 서 있었다. 처음에는 텅 빈 정비소 안을 요란스레 울리는 고성의 울부짖음이 어디서 비롯된 것인지를 알지 못했다. 그러다 윌슨이 사무실의 높은 문턱 위에 서서 양손으로 문설주를 잡고 몸을 앞뒤로 흔들어대는 것을 보았다. 누군가 그에게 낮은 음성으로 이야기하면서 이따금 어깨에 손을 얹으려 했지만 그에게는 그런 모든 것이 들리지도 보이지도 않는 것 같았다. 그의 시선은 흔들리는 전등에서 시체가 놓여 있는 벽가의 작업대로 천천히 움직였다가, 다시 전등으로 휙 돌아갔다. 그는 쉴새없이 높은 톤의 끔찍한 소리를 내고 있었다.

"어, 어떻게, 이럴, 이럴 수가! 어떻게, 어떻게 이런 일이, 이런 일이! 어, 어, 어떻게!"

이윽고 톰이 문득 고개를 들고 휑한 눈길로 정비소 안을 둘러본 후 경관을 향해 두서없이 웅얼거렸다.

"M, a, v……" 경관이 말했다. "……o……"

"아니요, r……" 한 남자가 교정해주었다. "M, a, v, r, o……"

"내 말 좀 들어보세요!" 톰이 화가 나서 소리쳤다.

"r……" 경찰관은 계속 중얼거리고 있었다. "o……"

"g……"

"g……" 톰의 넓적한 손이 경관의 어깨를 세게 움켜쥐었고, 그제야 경관이 그를 올려다보았다. "뭐요?"

"어떻게 된 겁니까? 말 좀 해주세요!"

"차에 치였습니다. 즉사했습니다."

"즉사했다." 경관을 바라보면서 톰이 되풀이했다.

"여자가 도로로 뛰쳐나갔습니다. 어떤 개자식인지 차를 세우지도 않고 가버렸습니다."

"차는 두 대였어요." 마이케일러스가 말했다. "하나는 내려오고 또 하나는 올라가고, 아시겠죠?"

"어디로 갔다고요?" 경관이 날카롭게 질문했다.

"각각 다른 길로 갔지요. 글쎄요, 이 여자는……" 그의 손이 담요 쪽으로 반쯤 올라가다가 다시 옆구리 쪽으로 내려갔다. "이 여자가 저쪽으로 달려나갔고요. 뉴욕에서 내려오던 차가 그대로 들이받았어요. 아마 시속 3, 40마일은 족히 됐을 겁니다."

"이 동네 이름이 뭡니까?" 경관이 물었다.

"이름 같은 건 없어요."

갈 차려입은 창백한 얼굴의 흑인이 가까이 다가왔다.

"노란 차였습니다." 그가 말했다. "크고 노란 차, 신형이었어요."

"사고 난 거 봤어?" 경관이 물었다.

"아닙니다. 그렇지만 그 차가 저를 지나쳐서 달려갔습니다. 시속 40마일도 넘는 속도로. 그러고는 5, 60마일이 넘도록 계속 밟던데요."

"이리 와서 이름 적어. 좀 비켜주세요. 이름을 적어야 되니까."

대화의 몇 마디가 사무실 문에 기대 몸을 흔들고 있던 윌슨에게도 들린 게 틀림없었다. 갑자기 그의 헐떡임 속에 새로운 단어가 끼어들었다.

"어떤 차인지 말 안 해도 돼! 내가 알고 있으니까!"

톰을 보니 상의 속으로 등뒤 어깨 근육이 팽팽해졌다. 그가 재빨리

위대한 개츠비 173

윌슨에게 다가가더니 그의 앞에 서서 위팔을 꽉 움켜쥐었다.
"정신 차려, 이 친구야." 그가 위압적인 목소리로 어르듯이 말했다.
윌슨의 시선이 톰에게로 향했다. 그는 놀라서 발끝으로 벌떡 일어서려고 했다. 톰이 잡고 있지 않았다면 앞으로 고꾸라졌을 것이다.
"들어봐." 톰이 윌슨을 살짝 흔들며 말했다. "뉴욕에 갔다가 조금 전에 왔어. 전에 얘기했던 그 쿠페 갖고 오던 길이었어. 오늘 오후에 내가 운전한 노란 차 알지? 그건 내 차가 아니야. 알았어? 오후 내내 보지도 못했다고."
그가 하는 말을 들을 수 있는 거리에는 아까의 그 흑인과 나 정도만서 있었지만, 경찰은 그의 말투에서 뭔가를 감지하고는 날카롭게 노려보았다.
"그게 무슨 소리요?" 그가 물었다.
"전 이 사람 친굽니다." 톰이 고개를 돌렸지만 손은 윌슨의 몸을 꽉 붙들고 있었다. "이 친구가 사고 낸 차를 안다는군요…… 노란 차였답니다."
뭔가 희미한 직감을 느꼈는지 경찰은 톰을 의심의 눈초리로 바라보았다.
"당신 차는 무슨 색이오?"
"파란색 쿠페입니다."
"우린 방금 뉴욕에서 오는 길입니다." 내가 말했다.
우리 차를 조금 뒤에서 따라오던 누군가가 이를 확인해주자 경관은 돌아섰다.
"자, 정확하게 적어야 되니까 이름을 다시 한번……"

톰은 윌슨을 인형처럼 번쩍 들어서 사무실 안으로 데리고 들어간 다음 의자에 앉혀놓고는 다시 돌아왔다.

"누구 여기 와서 저 친구하고 같이 좀 있어야겠는데!" 그가 갑자기 위압적으로 말했다. 톰은 가장 가까이에 있던 두 사람이 서로 눈치를 보더니 마지못해 방안으로 들어갈 때까지 지켜보았다. 그러고는 문을 닫고 작업대 쪽은 쳐다보지도 않으며 계단을 한 칸 내려왔다. 나를 스쳐지나면서 그가 속삭였다. "나가자."

남의 눈을 의식하면서 그는 고압적으로 팔을 휘둘러 길을 냈고 우리는 아직 흩어지지 않고 모여 있는 군중 사이로 밀고 나아가다, 진료가방을 손에 들고 허둥거리는 의사를 지나쳤다. 삼십 분 전 혹시나 싶어 부른 의사였다.

톰은 길모퉁이를 돌아설 때까지 천천히 차를 몰다가 모퉁이를 벗어나지미지 밟이댔다. 쿠페는 밤을 가르며 달렸다. 잠시 후, 낮고 히스키한 흐느낌이 들려왔다. 그의 얼굴에 번지는 눈물을 나는 보았다.

"비겁한 자식!" 그가 훌쩍거렸다. "뺑소니를 치다니."

버석버석 소리를 내는 검은 나무들 사이로 갑자기 뷰캐넌의 집이 모습을 드러냈다. 톰은 현관 옆에 차를 세우고 2층을 올려다보았다. 창문 두 개가 덩굴 사이에서 빛나고 있었다.

"데이지는 집에 있군." 그가 말했다. 차에서 내리다가 나를 보더니 미간을 살짝 좁혔다.

"닉, 너는 웨스트에그에 내려줄걸 그랬네. 오늘밤에 우리가 더 뭘 하겠어."

그에게 모종의 변화가 일어났다. 그는 차분하고 그리고 단호하게 말하고 있었다. 현관까지 달빛에 젖은 자갈밭을 걸어가며 그가 이 모든 상황을 몇 개의 건조한 문장으로 정리했다.

"전화로 택시를 불러줄게. 기다리는 동안 조던하고 너는 부엌에 가서 저녁 좀 차려달라고 해. 뭘 좀 먹고 싶으면 말이야." 그가 문을 열었다. "들어가지."

"됐어. 택시만 불러줘. 밖에서 기다릴게."

조던이 내 팔에 손을 얹었다.

"들어가는 게 어때요, 닉?"

"아니, 됐어요."

나는 비위가 상해서 혼자 있고 싶었다. 그러나 조던은 한동안 더 머뭇거렸다.

"이제 겨우 아홉시 반이에요." 그녀가 말했다.

그 안으로 들어간다면 정말 끔찍할 것 같았다. 단 하루 동안 이들 모두에게 질려버렸다. 조던도 예외는 아니었다. 그녀는 내 표정에서 뭔가를 본 게 틀림없었다. 그녀는 불쑥 돌아서서 현관 계단을 뛰어올라 집안으로 들어가버렸다. 나는 손으로 머리를 감싸쥐고 몇 분 동안 앉아 있었다. 안에서 집사가 전화로 택시를 부르는 소리가 들렸다. 정문에서 기다리려고 천천히 진입로를 따라 내려갔다.

20야드도 가지 않았는데 누군가 나를 불러세웠다. 개츠비가 관목숲 사이에서 소로로 걸어나왔다. 그때 기괴한 기분이 안 들었다면 거짓말일 것이다. 달빛 아래 그의 핑크색 정장이 빛난다는 것 말고는 아무 생각도 나지 않았기 때문이었다.

"뭐하는 거야?" 내가 물었다.

"그냥 서 있지, 친구."

그것은 뭔가 비열한 수작처럼 보였다. 뷰캐넌의 집을 털려던 참이었는지도 모른다. 갑자기 그의 등뒤에 버티고 선 어둑한 관목숲에서 험상궂은 얼굴들, '울프심 패거리들'의 얼굴을 목격한다 해도 나는 별로 놀라지 않았을 것이다.

"교통사고 난 거 봤어?" 잠시 후 그가 물었다.

"응."

그는 망설였다.

"그 여자, 죽었어?"

"응."

"그럴 것 같더라니. 그럴 것 같다고 데이지에게 말했어. 충격은 한 번에 받는 게 더 낫지. 데이지는 잘 견디고 있어."

마치 데이지의 반응만이 유일한 관심사라는 듯이 말하고 있었다.

"샛길로 빠져서 웨스트에그로 왔어." 그가 계속했다. "차는 내 차고에 넣어두었어. 아무도 우리를 못 본 것 같아. 물론 확실치는 않지만."

그 순간 그가 너무 혐오스러워서 잘못이라는 말조차 해주기 싫었다.

"그런데 그 여자는 어떤 여자야?" 그가 물었다.

"윌슨. 남편이 정비소를 해. 도대체 어쩌다 그렇게 된 거야?"

"글쎄, 내가 핸들을 돌리려고 했지만……" 그는 거기서 갑자기 말을 멈췄다. 순간 나는 무슨 일이 벌어졌는지 깨달았다.

"데이지가 운전했구나."

"응." 그가 잠시 뒤에 말했다. "그렇지만 내가 운전한 걸로 할 거야."

알다시피 뉴욕을 떠날 때 데이지는 신경이 아주 날카로웠고, 그래서 운전을 하면 마음이 좀 가라앉지 않을까 했었나봐. 그런데 마주 오는 차와 엇갈리는 순간 그 여자가 우리한테 뛰어든 거야. 뭐 워낙 순식간에 벌어진 일이지만, 그 여자는 뭔가 말을 하려고 했던 것 같아. 우리를 아는 사람이라고 생각했나봐. 데이지가 처음에는 그 여자를 피해서 다른 차 쪽으로 핸들을 돌렸다가 겁이 나니까 다시 꺾은 거야. 내 손이 핸들에 닿는 순간 충격이 오더라고. 아마 즉사했을 거야."

"가슴이 찢겨나갔……"

"그만해, 친구." 그가 질겁했다. "어쨌든…… 데이지가 계속 액셀을 밟았어. 멈추라고 했지만 데이지도 그럴 수가 없었나봐. 내가 비상 브레이크를 당기자 데이지가 내 무릎 위로 무너지는 거야. 그때부터는 내가 운전을 했지."

"내일이면 데이지도 괜찮아질 거야." 잠시 후 그가 덧붙였다. "여기서 대기하면서 혹시 톰이 오늘 오후에 있었던 불쾌한 일로 데이지를 괴롭히는지 지켜보려고. 데이지는 문을 잠그고 방안에 있다가, 톰이 폭력을 행사하려고 하면 불을 껐다 켜기로 했어."

"아마 손대지 않을 거야." 내가 말했다. "지금 그 친구는 데이지가 안중에도 없어."

"나는 그 사람 못 믿어, 친구."

"얼마나 더 대기할 작정이야?"

"필요하다면 밤새도록. 어쨌든 두 사람 다 잠들 때까지라도."

새로운 생각이 떠올랐다. 만일 톰이 데이지가 운전한 사실을 알게 된다면 어떻게 될까? 어쩌면 그 사건에 어떤 필연성이 있다고 생각할 수도 있었다. 또는 다른 그 무엇이라도 생각해낼 수 있었다. 나는 집을 바라보았다. 아래층 창문 중 두세 개가 밝혀져 있었고, 데이지의 2층 방에서는 핑크빛 조명이 새어나오고 있었다.

"여기서 기다려." 내가 말했다. "한바탕할 것 같은지 보고 올 테니까."

나는 잔디밭의 경계를 따라 되돌아가서 자갈밭을 조용히 가로지른 다음 살금살금 베란다의 계단을 올라갔다. 응접실의 커튼이 열려 있었고 방은 비어 있었다. 석 달 전 그 6월의 밤에 우리가 저녁식사를 했던 포치를 가로질러서, 식료품실 창문으로 보이는 직사각형의 작은 불빛을 향해 갔다. 블라인드가 내려져 있었지만 창문턱에 틈이 있었다.

데이지와 톰이 식탁에 마주앉아 있었다. 그들 사이에는 식은 닭튀김과 두 병의 에일이 놓여 있었다. 그는 식탁 너머로 그녀에게 열심히 떠들어대고 있었고, 진지하게 손을 뻗어 그녀의 손을 감쌌다. 가끔씩 그녀가 그를 올려다보며 동의의 뜻으로 고개를 끄덕였다.

행복해 보이지는 않았다. 치킨과 에일에는 손도 대지 않고 있었다. 그렇다고 불행해 보인다고도 할 수 없었다. 그 장면에는 분명 자연스럽고 친밀한 분위기가 있었고, 누구든 그 모습을 보았다면 그들이 지금 함께 뭔가를 모의하는 중이라고 했을 것이다.

포치에서 몰래 걸어나오는데 택시가 어두운 길을 따라 집을 향해 올라오는 것이 보였다. 개츠비는 진입로의 아까 그 자리에서 그대로 나를 기다리고 있었다.

"그쪽은 조용해?" 그가 불안한 얼굴로 물었다.

"응, 아주 조용해." 나는 망설였다. "그냥 집에 가서 좀 자는 게 좋을 것 같아."

그는 고개를 흔들었다.

"데이지가 잠들 때까지는 여기서 기다릴 거야. 잘 가, 친구."

그는 상의 주머니에 손을 넣고는, 마치 내가 거기 있는 것 자체가 자신의 신성한 임무에 대한 모독이라는 듯 결연하게 돌아서서 집을 다시 살피기 시작했다. 나는 그가 달빛 속에서 홀로 공허를 지켜보도록 그대로 거기 남겨두고 그곳을 빠져나왔다.

8

 밤새도록 잠을 이룰 수가 없었다. 해협의 안개경보는 끊임없이 울부짖었고, 나는 끔찍한 현실과 섬뜩하고 무시무시한 꿈들 사이에서 뒤척였다. 새벽녘이 가까워지면서 택시가 개츠비네 집 진입로를 올라오는 소리를 듣고 침대에서 벌떡 일어나 옷을 주워 입었다. 그에게 해줄 말, 미리 경고해줄 말이 있다는 생각이 들었던 것이다. 아침이면 너무 늦을 것이다.
 그의 집 잔디밭을 가로질러가보니 현관문은 열린 채였고 그는 홀 안의 테이블에 기대어 축 늘어져 있었는데, 낙심한 것처럼 보이기도 했고 그냥 졸고 있는 것처럼 보이기도 했다.
 "아무 일도 없었어." 그가 지친 듯이 말했다. "계속 기다렸는데, 데이지가 네시쯤 창가에 와서 잠깐 서 있다가 그냥 불을 끄더라구."

담배를 찾아 큰 방들을 샅샅이 뒤지고 다닌 그날 밤처럼 그의 집이 엄청나게 커 보인 적은 일찍이 없었다. 우리는 대형 천막 같은 커튼들을 젖히고 전등 스위치를 찾아 가늠하기 어려울 정도로 높고 어두운 벽들을 더듬었다. 한번은 내가 무엇엔가 걸려 유령 같은 피아노 건반 위로 쾅하고 넘어지기도 했다. 사방이 이해하기 어려울 정도로 먼지투성이였고, 오래도록 환기를 하지 않은 듯 방에서는 곰팡내가 풍겼다. 마침내 처음 보는 테이블 위에서 담뱃갑 하나를 발견했는데, 말라비틀어진 담배 두 개비가 들어 있었다. 우리는 응접실의 프랑스식 창문을 열어젖히고 어둠 속으로 담배 연기를 내뿜었다.

"어디 좀 피해 있어야 되지 않을까?" 내가 말했다. "차를 금방 찾아낼 텐데."

"지금 떠나라고, 친구?"

"일주일 정도 애틀랜틱시티에 가 있는다든가, 몬트리올쯤으로 올라간다든가."

그는 생각조차 하려 들지 않았다. 데이지가 어떻게 할지를 모르는 상태에서 그녀를 내버려두고 달아난다는 것은 그로서는 불가능한 일이었다. 그는 마지막 희망에 사로잡혀 있었고, 내가 어떻게 해볼 수 있는 지경이 아니었다.

그의 젊은 날 댄 코디와 겪은 이상한 일들에 대해 들은 것이 바로 그날 밤이었다. '제이 개츠비'라는 존재가 톰의 도저한 악의로 인해 유리처럼 박살이 나버렸기 때문에, 그리하여 그 비밀스러웠던 길고 긴 희가극이 비로소 끝났기 때문에, 내게 그 이야기를 할 수 있게 된 것이었다. 주저 없이 그 어떤 얘기라도 털어놓았을 테지만, 그는 역시 데이지에 관해 말하고 싶어했다.

그녀는 그가 처음 만난 '상류층' 여자였다. 그는 자기 나름의 수단으로 그런 부류의 여자들을 꽤나 겪어왔지만 늘 보이지 않는 장벽이 느껴졌다. 그러나 데이지에게는 완전히 빠져버렸다. 처음에는 캠프 테일러의 장교들과 함께 그녀의 집으로 갔지만 그다음부터는 혼자 갔다. 놀라운 경험이었다. 그렇게 멋진 집은 일찍이 본 적이 없었다. 그러나 그 집이 그토록 숨이 막히도록 강렬했던 것은 바로 데이지가 거기 살고 있었기 때문이었다. 부대의 막사가 그에게 아무 감흥도 주지 않는 것처럼 데이지 역시 자기 집에 대해 무심했다. 그러나 개츠비에게는 집 전체가 무르익은 신비로 가득했다. 2층 침실은 다른 어떤 침실보다도 아름답고 근사하며, 복도를 따라 유쾌하고 신나는 일들이 벌어지고, 철이 지나 라벤더 속에 버려진 로맨스 대신, 새로 출시된 번쩍거리는 자동차나 꽃들이 시드는 법 없는 무도회처럼 신선하고 향기로운 로맨스가 펼쳐질 것 같았다. 게다가 다른 많은 남자들이 데이지에게 목을 매고 있다는 사실도 그를 흥분시켰다. 그 때문에 그녀가 더 가치 있는 존재로 보였다. 구애자들의 고양된 감정이 그녀의 집에 그림자를 드리우고 메아리가 되어 울려퍼지는 것을 그는 느낄 수 있었다.

하지만 그는 자신이 데이지의 집에 들어간 것조차 말도 안 되는 일이라는 것을 잘 알고 있었다. 제이 개츠비로서의 미래가 아무리 대단할지라도, 당시의 그는 아무 경력도 없는 무일푼의 청년이었으며, 정체를 감추어주는 망토는 언제라도 그의 어깨에서 미끄러져내릴 수 있었다. 때문에 그는 시간을 낭비하지 않았다. 그는 탐욕스럽고 대담하게 자신이 원하는 것을 손에 넣었다. 마침내 10월의 어느 고요한 밤, 그는 그녀의 손조차 만질 권리가 없다는 바로 그 이유로, 그녀를 가졌다.

그는 스스로를 혐오할 수도 있었다. 거짓말로 그녀를 사로잡았으니까. 백만장자라고 사기를 쳤다는 뜻이 아니라 데이지에게 고의적으로 어떤 안도감을 심어주었다는 뜻이다. 그는 자신이 데이지와 같은 신분이라고 믿게 만들었다. 자신이 그녀를 충분히 감당할 능력이 있다고 말이다. 사실, 그에게는 그럴 능력이 없었다. 뒤를 봐줄 부유한 가족도 없었고, 무정한 국가의 변덕스러운 결정에 따라 세계 어디로든 보내질 수 있는 처지였다.

그러나 그는 자기혐오에 빠지지 않았다. 일은 그가 예상한 것과는 다르게 흘러갔다. 가질 수 있는 것을 다 가지고 훌쩍 떠나버리면 그만이라고 생각했을 테지만, 성배를 찾는 일에 자신이 전념하고 있음을 뒤늦게 깨달았다. 데이지가 특별하다는 것은 알고 있었지만, 그가 몰랐던 것은 '상류층' 여성이 어디까지 특별해질 수 있는지였다. 그녀는 개츠비에게는 아무 미련도 없이 자신의 부유한 가족에게로, 부유하고 넉넉한 인생으로 돌아가버렸다. 개츠비는 그녀와 결혼이라도 한 것처럼 생각했지만, 그뿐이었다.

그들이 이틀 뒤에 다시 만났을 때, 어쩐지 차인 듯한 기분을 맛보고는 숨이 막힐 것 같았던 쪽은 개츠비였다. 그녀의 집 현관은 돈을 주고 산 별빛 같은 사치품들로 눈이 부셨다. 그녀가 그에게로 몸을 돌리고 그가 그녀의 독특하면서도 사랑스러운 입에 키스할 때, 긴 고리버들 의자의 삐걱거림조차 근사하게 들렸다. 감기에 걸린 그녀의 목소리는 전에 없이 허스키하고 매력적이었다. 개츠비는 부가 가두어 보호하는 젊음과 신비를, 그 많은 옷이 선사하는 생동감을, 그리고 데이지를 너무도 잘 알게 되었다. 은빛으로 빛나는, 힘겹게 살아가는 가난한 사람들과는 무관하게 안전하고 오만한 그녀를.

"내가 그녀를 사랑하고 있다는 걸 깨닫고 얼마나 놀랐는지 말로 표현할 수가 없어, 친구. 차라리 나를 차버렸으면 하고 바랐을 정도니까. 하지만 그녀는 그러지 않았어. 그녀 역시 나를 사랑하고 있었기 때문이지. 그녀는 자기가 모르는 세계를 잘 아는 나를 아주 해박한 사람으로 생각했어…… 어쨌든 내 야망은 어느새 까맣게 잊고 매순간 점점 더 깊숙이 그녀에게 빠져들었어. 갑자기 다른 모든 일에 신경을 쓰지 않게 된 거야. 내가 하려는 일들을 데이지에게 들려주면서 즐겁게 지낼 수 있는데, 다른 대단한 일을 벌여봐야 무슨 소용이겠어?"

해외로 떠나기 전날 오후, 그는 데이지를 품에 안고 오랫동안 말없이 앉아 있었다. 추운 가을날이라 방에는 불을 지폈고, 그녀의 뺨은 붉어졌다. 가끔 그녀가 뒤척이면 그가 안고 있던 팔의 위치를 조금 바꾸었다. 한번은 그가 그녀의 윤기 자르르한 검은 머리카락에 입을 맞추기도 했다. 다음날로 예정된 오랜 이별을 위해 추억을 깊이 간직하게 해주려는 듯, 그날 오후는 내내 고요했다. 그들이 서로 사랑했던 한 달 중에서, 그녀의 입술이 그의 상의 견장에 말없이 살짝 닿았을 때와 그가 그녀의 손가락 끝을, 마치 깊은 잠에 빠져든 사람에게 하듯 부드럽게 만졌을 때보다 더욱 가까웠던 적이나 서로 더 깊이 마음이 통한 적은 일찍이 없었다.

전쟁에 나간 그는 활약이 대단했다. 전선으로 나가기도 전에 육군 대위로 진급했고 아르곤 전투 뒤에는 소령 계급장을 달고 사단 기관총 부대의 지휘관이 되었다. 휴전 조약이 성사되자마자 미친듯이 미국으로 돌아가려 했지만 모종의 복잡한 사정 혹은 오해로 인해 옥스퍼드로 가게 되었다. 데이지가 보내오는 편지에서 감지되는 초조한 낙담의 흔적에 그는 안절부절못했다. 그녀는 그가 돌아올 수 없는 이유를 이해하기 어려웠다. 그녀는 주변의 압력을 느끼고 있었다. 그를 만나 바로 옆에서 그의 존재를 느끼고, 어쨌든 자신이 옳은 일을 하고 있다는 안도감을 얻고 싶어했던 것이다.

데이지는 어렸고, 그녀의 잘 꾸며진 세계는 난초향과 즐겁고 유쾌한 속물근성의 냄새로 가득했고, 오케스트라는 슬픔과 인생에 대한 암시를 새로운 선율에 얼버무려 담은 유행가들을 연주해댔다. 밤새 색소폰이 구슬프게 〈빌 스트리트 블루스〉를 불어대는 동안, 수백 켤레의 금빛과 은빛 구두들이 반짝이는 먼지를 일으키며 엇갈렸다. 어스름 무렵의 티타임이면 방들은 언제나 이런 은근하고 달콤한 열기로 흥청거렸고, 플로어 주변에는 슬픈 트럼펫소리에 불려 날아가는 장미 꽃잎처럼 새로운 얼굴들이 돌아다니고 있었다.

황혼 무렵이면 펼쳐지는 이런 세상을 통해 데이지는 다시 사교계에 모습을 드러냈다. 갑자기 그녀는 다시 하루에 대여섯 명의 남자와 대여섯 번의 데이트를 계속하는 생활로 돌아왔으며, 새벽이 되면 침대 옆 바닥에서 구슬과 시폰이 뒤엉킨 구겨진 이브닝드레스를 입은 채 시들어가는 난초 사이에서 졸고 있었다. 그녀의 마음 한구석에선 언제나 어떤 결단을 요구하는 목소리가 아우성치고 있었다. 그녀는 자기 인생이 당장 그럴듯한 모습으로 자기 앞에 나타났으면 하고 바랐다. 결정은 자신이 아닌 다른 무언가가 내려주어야 했다. 사랑, 돈, 혹은 재고의 여지가 없는 현실 같은 것들이 바로 그것이었고, 그것들은 모두 손만 뻗으면 닿는 곳에 있었다.

그 다른 무언가는 봄이 한창인 어느 날, 톰 뷰캐넌의 등장으로 현실화되었다. 그의 자질과 신분에는 묵직한 무게감이 있었고, 데이지는 우쭐한 기분이 들었다. 분명히 약간의 갈등과 또 약간의 안도가 교차했을 것이다. 그래서 여전히 옥스퍼드에 붙잡혀 있던 개츠비는 한 통의 편지를 받게 되었다.

어느새 롱아일랜드에 새벽이 밝아왔다. 우리는 돌아다니면서 아래층의 나머지 창문들을 모두 열어 실내를 뿌연 금빛 햇살로 가득 채웠다. 나무 그림자가 한순간 이슬 위로 떨어졌고, 보이지 않는 새들이 푸른 나뭇잎 사이에서 지저귀기 시작했다. 바람이 거의 불지 않는 가운데 상쾌한 공기가 천천히 순환하면서 선선하고 기분좋은 날을 예고하고 있었다.

"데이지가 그 친구를 사랑했을 리가 없어." 개츠비가 창 쪽에서 몸을 빙 돌리며 도전적으로 말했다. "알지, 친구? 데이지가 어제 얼마나 흥분했었는지. 그 친구가 겁을 주면서 막 다그쳤잖아. 그러면서 나를 무슨 사기꾼으로 만들었지. 그러다보니 데이지도 자기가 무슨 말을 하는지도 모르게 된 거야."

그는 침울한 표정으로 자리에 앉았다.

"물론 신혼 때야 아주 잠깐 그 친구를 사랑했을 수도 있을 거야. 하지만 그때조차도 마음은 내 쪽으로 더 기울어 있었다고. 알겠어?"

문득 그가 이상한 말을 했다.

"하지만 어차피," 그가 말을 이었다. "개인적인 문제지."

도대체 무슨 말일까? 그저 사건에 대한 개츠비의 헤아릴 수 없이 강렬한 마음만을 어렴풋이 짐작할 뿐이었다.

그가 프랑스에서 돌아왔을 때, 톰과 데이지는 아직 신혼여행중이었다. 군대에서 받은 마지막 봉급으로 그는 루이빌로 향했다. 비참한 기분이었지만 그러지 않고는 견딜 수가 없었다. 일주일을 머물며 그 11월의 밤에 그들이 걸었던 길을 다시 걸었고, 그녀의 흰 차로 함께 달려갔던 비밀의 장소들을 다시 가보았다. 데이지의 집이 그에게는 그 어떤 집보다 신비롭고 유쾌해 보인 것처럼, 그 도시 역시, 비록 그녀는 가고 없었지만, 우수에 찬 매혹으로 가득차 보였다.

좀더 열심히 찾았더라면 어쩌면 그녀와 마주쳤을지도 모른다고 생각하며 그는 루이빌을 떠났다. 예컨대 그녀를 뒤에 남겨두고 간 듯 느꼈던 것이다. 이제 그의 수중에는 한푼도 없었고, 일반실 객차는 더웠다. 그는 객차 통로로 나가 접는 의자에 앉았다. 역이 미끄러지며 뒤로 물러나고 낯선 건물들의 뒷모습이 스쳐지나갔다. 봄 들판으로 나서자 노란 전차가 잠시 경주라도 하듯 나란히 달렸다. 저 전차에 탄 이들은 언젠가 우연히 거리에서 그녀의 창백한 얼굴이 뿜어내는 놀라운 매력과 조우했을지도 모른다.

선로가 구부러지면서 이제 기차는 태양으로부터 멀어지기 시작했다. 태양이 더 낮게 기울어지면서, 그녀가 숨쉬던 저 사라져가는 도시 위로 마치 축복이라도 내리듯 빛을 흩뿌리는 것 같았다. 한 움큼의 공기라도 더 움켜잡으려는 듯, 그녀로 인해 빛을 발했던 곳의 파편 하나라도 건지려는 듯, 그는 필사적으로 팔을 뻗었다. 그러나 이제, 눈물이 번진 그의 눈에는 모든 게 너무 빨리 지나가고 있었다. 그는 자신이 그 도시에서 가장 멋진 것, 제일 좋은 것을 영원히 잃어버렸다는 것을 깨달았다.

아침식사를 마치고 현관으로 나가자 아홉시였다. 밤새 확연히 날씨가 달라져 공기 중에는 어느새 가을 기운이 있었다. 개츠비의 옛 일꾼들 중에서 마지막으로 남아 있던 정원사가 계단 아래로 다가왔다.
"오늘 수영장 물을 뺄까 하는데요. 곧 낙엽들이 떨어질 테고 그럼 반드시 파이프가 막힐 겁니다."
"오늘은 하지 마." 개츠비가 말했다. 그가 변명하듯 내 쪽으로 몸을 돌렸다. "여름 내내 저 수영장에 한 번도 못 들어간 거 알아, 친구?"
나는 시계를 쳐다보면서 일어섰다.
"기차 시간까지 십이 분밖에 안 남았네."
나는 시내로 가고 싶지 않았다. 제대로 일을 할 만한 상태가 아니기도 했지만 그보다는 다른 이유가 있었다. 개츠비를 놔두고 가고 싶지 않기 때문이었다. 나는 그 기차를 놓치고 그다음 기차까지 놓친 후에야 일어설 수 있었다.
"전화할게." 결국 내가 말했다.
"그래, 친구."
"열두시쯤 전화할게."
우리는 계단을 천천히 걸어내려갔다.

"내 생각에는 데이지도 전화할 것 같아." 내가 동조해주기를 바라는 듯이 그는 나를 간절한 눈빛으로 바라보았다.

"그러겠지."

"그럼, 잘 가."

악수를 나누고 나는 그 집을 떠났다. 그러나 울타리에 도착하기 직전에 뭔가 생각이 나서 돌아섰다.

"다들 썩었어." 내 외침이 잔디밭을 건너갔다. "너는 그 빌어먹을 인간들 다 합친 것보다 더 가치 있는 인간이야."

그렇게 말했던 것이 지금도 기쁘다. 처음부터 끝까지 그를 인정하지 않았기 때문에, 그게 내가 그에게 해주었던 유일한 찬사였다. 그는 먼저 겸손하게 고개를 끄덕였다. 그러다 마치 우리가 오래전부터 그 사실을 열렬히 공모하며 입을 맞춰오기라도 했던 것처럼, 그의 얼굴에 모든 걸 이해한다는 찬란한 미소가 퍼졌다. 그가 입은 화려한 핑크색 정장이 흰 계단을 배경으로 밝은색 반점처럼 남은 모습을 보니, 문득 석 달 전 그의 고풍스러운 저택을 처음 찾아가던 밤이 떠올랐다. 잔디밭과 진입로는 개츠비가 더러운 인물이라고 추측하는 자들로 가득차 있었다. 그때 그는 저 계단에 서서 자신의 영원히 더럽혀질 수 없는 꿈을 숨긴 채 그들에게 손을 흔들어 작별인사를 하고 있었다.

나는 그의 환대가 고마웠다. 우리는 언제나 그의 환대에 고마워하고 있었다. 나, 그리고 다른 사람들 모두.

"잘 있어." 내가 소리쳤다. "아침 잘 먹었어, 개츠비."

뉴욕에서 쉴새없이 쏟아지는 엄청난 양의 주식시세표와 씨름하느라 애쓰다가 회전의자에 앉은 채로 잠이 들었다. 정오 직전 전화소리에 잠에서 깨어났다. 벌떡 일어나보니 이마에 식은땀이 흐르고 있었다. 조던 베이커였다. 그녀는 종종 이 시간에 전화를 걸어왔다. 호텔과 골프장과 남의 가정집들을 오가는 생활 때문에 마땅히 전화할 시간을 찾기 어려웠기 때문이었을 것이다. 전화선을 타고 오는 그녀의 목소리는 대개 골프채에 맞아 사무실 창문으로 날아든 푸른 잔디 부스러기처럼 신선하고 청량했지만, 그날 아침의 목소리는 거칠고 건조했다.

"데이지네에서 나왔어요." 그녀가 말했다. "지금은 햄프스테드에 있어요. 오늘 오후 사우샘프턴으로 내려갈 계획이에요."

그 집에서 나오는 게 영리한 행동일 수는 있겠지만, 그녀의 행동에 나는 짜증이 났고, 그녀의 다음 발언에 이르러서는 마음이 굳어버렸다.

"어젯밤 니힌데 너무 헷이요."

"어제 같은 날에 그게 그렇게 대수예요?"

잠시 침묵이 흘렀다. 그러고 나서……

"그렇지만…… 보고 싶어요."

"나도 보고 싶어요."

"사우샘프턴 가지 말고 오후에 시내로 나오라는 건가요?"

"아뇨. 오늘 오후는 안 될 것 같고요."

"알았어요."

"오늘 오후는 불가능할 것 같아요. 이런저런……"

그런 식으로 한참을 떠드는데 갑자기 대화가 뚝 끊겼다. 우리 중 누가 먼저 날카로운 딸깍 소리와 함께 수화기를 내려놓았는지는 모르겠다. 내가 신경쓰지 않았다는 것은 안다. 영원히 그녀와 말을 할 수 없게 된다 하더라도, 적어도 그날 오후에 차나 마시면서 한가하게 이야기를 나눌 수는 없었다.

몇 분 뒤, 개츠비의 집으로 전화를 걸었지만 통화중이었다. 나는 네 번이나 다시 시도했다. 마침내 화가 난 전화교환원이 디트로이트에서 걸려온 장거리전화 때문이라고 말해주었다. 열차 시간표를 꺼내 세시 오십분에 출발하는 기차 시간에 작은 동그라미를 쳤다. 그러고는 의자에 몸을 파묻고 이런저런 생각을 해보았다. 그때가 바로 정오였다.

그날 아침, 기차가 잿더미 계곡을 지날 때 일부러 반대편에 앉았다. 하루종일 호기심에 가득찬 무리가 몰려와 있을 것만 같았다. 아이들은 먼지 속에서 검은 얼룩들을 찾아낼 테고, 수다스러운 인간들은 무슨 일이 벌어졌는지 반복해 떠들어댈 것이고, 그러다보면 그들 자신조차도 점점 현실감을 느끼지 못하게 되면서 더는 이야기를 하지 않게 될 것이다. 그리고 머틀 윌슨의 비극적 최후도 결국은 잊힐 것이다. 이제 조금 앞으로 다시 돌아가서, 전날 밤 우리가 떠난 뒤 정비소에서 무슨 일이 벌어졌는지 말해야 할 것 같다.

경찰은 여동생 캐서린의 소재를 알아내는 데 어려움을 겪었다. 그날 밤 그녀는 술을 마시지 않는다는 자기만의 규칙을 깨버린 게 틀림없었다. 도착했을 무렵에는 너무 취해서 구급차가 플러싱으로 벌써 떠났다는 말도 이해 못할 정도였으니까. 겨우 그게 무슨 의미인지를 이해시키자 그제야 그녀는 구급차가 떠난 게 이 사건에서 가장 고통스러운 부분인 양 기절을 해버렸다. 누군가가 친절 때문인지 호기심 때문인지 언니의 시신이 간 길을 따라 자기 차로 그녀를 데리고 가주었다.

자정이 한참 지난 뒤까지도 군중이 계속 몰려와서 정비소로 들이닥쳤다. 조지 윌슨은 안쪽 소파 위에서 몸을 앞뒤로 흔들고 있었다. 사무실 문이 계속 열려 있었으므로 모두가 그 광경을 보지 않을 수 없었다. 마침내 누군가 저게 무슨 짓이냐며 문을 닫아버렸다. 마이케일러스와 다른 몇몇은 그와 함께 있었다. 처음에는 네댓 명이었는데 나중에는 두세 명뿐이었다. 잠시 후, 마이케일러스가 마지막으로 남아 있는 처음 보는 사람에게 십오 분만 더 있어달라고 부탁하고는 자기 가게로 돌아가서 커피 한 주전자를 끓여왔다. 그런 다음, 혼자 그곳에서 새벽까지 윌슨 곁에 머물렀다.

세시쯤 윌슨의 두서없는 중얼거림에 어떤 변화가 있었다. 그는 좀 더 차분해졌으며 노란 차에 대해서 말하기 시작했다. 노란 차가 누구 치인지 알아낼 방법이 있다고 단언한 후, 두 달 전 자기 아내가 얼굴에 멍이 들고 콧등이 부은 채로 시내에서 돌아온 일이 있었다고 불쑥 말했다. 하지만 자기가 무슨 말을 하고 있는지 깨닫자 주춤하고는 신음소리를 내며 다시 "아, 어떻게 이런 일이!"라고 소리치기 시작했다. 마이케일러스가 그의 생각을 다른 데로 돌리려고 엉뚱한 시도를 했다.

"조지, 결혼한 지 얼마나 됐어요? 자, 저기, 잠시 가만히 앉아서 내가 묻는 말에 대답을 해봐요. 결혼한 지 얼마나 됐어요?"

"십이 년."

"아이들은요? 자, 조지, 가만히 앉아 있어보라니까요…… 내가 묻잖아요. 애들은 없어요?"

희미한 전등에 딱딱한 껍질의 갈색 풍뎅이들이 탕탕 부딪히고 있었고, 밖에서는 차들이 질주하는 소리가 계속 들려왔다. 그때마다 마이케일러스는 몇 시간 전 뺑소니를 친 차의 소리를 듣는 듯한 기분이었다. 그는 정비소 안에 들어가고 싶지 않았다. 시체를 놓아두었던 작업대에 얼룩이 남아 있었기 때문이다. 그래서 사무실 주위를 편치 않은 마음으로 서성거렸고, 아침이 되기도 전에 사무실 안에 무슨 물건이 있는지 다 알게 되었다. 그러면서 이따금 윌슨 곁에 앉아 그를 좀더 진정시키려고 애썼다.

"조지, 혹시 교회 다녀요? 오랫동안 가본 적이 없더라도 말이에요. 내가 교회에 전화해서 목사님 좀 오시라고 할 수도 있어요. 같이 이야기 나누면 좋을 것 같은데, 어때요?"

"아무데도 안 다녀."

"이런 때를 위해서라도 교회 다니셔야죠, 조지. 교회에 한 번은 갔을 거잖아요. 교회에서 결혼했을 거 아니에요. 조지, 내 말 들어보세요. 교회에서 결혼 안 했어요?"

"그건 아주 오래전 일인데."

대답하느라 몸을 앞뒤로 흔드는 리듬이 깨졌다. 잠시 그는 말이 없었다. 그런 다음, 뭘 꿰뚫어보는 것 같기도 하면서 또 한편으로는 그냥 놀란 것처럼 보이기도 하는 애매한 눈빛으로 다시 돌아왔다.

"거기 서랍 좀 열어봐." 그가 책상을 가리키며 말했다.

"어떤 서랍요?"

"거기 그 서랍…… 그거."

마이케일러스가 가장 가까운 서랍을 열었다. 그 안에는 은장식이 달려 있는 조그맣고 값비싼 가죽 개줄뿐이었다. 보아하니 새것이었다.

"이거요?" 그가 개줄을 들어올리며 물었다.

윌슨이 응시하더니 고개를 끄덕였다.

"어제 오후에 찾아낸 거야. 마누라가 뭐라뭐라 얘기하려고 하던데, 그게 뭔가 수상쩍은 거라는 것쯤은 나도 알아."

"부인이 이걸 샀다는 뜻이에요?"

"마누라가 화장지로 싸서 화장대 위에 놔뒀더군."

마이케일러스는 도대체 뭐가 수상쩍다는 건지 알 수 없었다. 그는 윌슨에게 그의 아내가 개줄을 살 만한 이유를 십여 개나 제시했다. 그러나 윌슨은 이미 아내로부터 똑같은 해명을 들은 적이 있는 것 같았다. 그가 "오, 어떻게 이런 일이!"를 다시 중얼거리기 시작했다. 위로하던 이의 몇 가지 해명도 허공 속으로 사라졌다.

"그래서 그놈이 마누라를 죽인 거야." 윌슨이 말했다. 그의 입이 갑자기 벌어졌다.

"누구요?"

"찾아낼 방법이 있어."

"무서워요, 조지." 마이케일러스가 말했다. "오늘 너무 경황이 없어서 지금 되는 말 안 되는 말 다 하고 계시는데, 아침까지는 조용히 앉아 계세요."

"그놈이 살해한 거야."

"사고였어요, 조지."

윌슨은 고개를 저었다. 눈을 가늘게 뜨고 입을 약간 벌린 채로 아주 큰 소리로 "흠!" 하고 귀신 같은 소리를 냈다.

위대한 개츠비 195

"나는 알아." 그가 단언했다. "나는 사람 말을 웬만하면 믿는 사람이고 지금까지 누구에게도 피해 끼친 적 없어. 그치만 내가 뭘 안다고 말하면 진짜 아는 거야. 차 안에 있던 놈이야. 마누라는 그놈한테 무슨 말을 하려고 달려간 건데 그 자식이 그대로 깔아뭉갠 거지."

마이케일러스도 그걸 목격하긴 했지만 거기에 무슨 특별한 의도가 있다는 생각은 들지 않았었다. 그의 아내는 딱히 어떤 차를 세우러 달려갔다기보다는 남편에게서 달아나고 있었던 것으로 보였다.

"아니, 부인이 왜 그러셨겠어요?"

"앙큼한 년." 그게 마치 대답이라도 되는 것처럼 윌슨이 말했다.

"아, 아, 아……"

그가 다시 몸을 흔들기 시작했고 마이케일러스는 손으로 개줄을 꼬면서 서 있었다.

"어디 전화 걸어드릴 친구 없어요?"

헛된 바람이었다. 윌슨에게 친구가 없다는 것은 그도 거의 확신했다. 아내 하나 감당하기에도 벅찼으니까. 그는 창문에 푸른 기가 돌고 방 분위기가 달라지면서 새벽이 멀지 않았다는 것을 알게 되자 기뻐했다. 다섯시쯤, 밖이 충분히 훤해지자 그는 불을 꺼버렸다.

윌슨의 음울한 시선이 바깥의 잿더미 계곡 쪽으로 향했다. 작은 잿빛 구름들이 환상적인 모양으로 새벽 미풍에 이리저리 움직이고 있었다.

"내가 마누라한테 말했지." 오랜 침묵을 깨고 그가 중얼거렸다. "나는 속일 수 있을지 몰라도 하느님은 못 속인다고. 마누라를 창가로 데리고 갔어……" 그가 겨우 일어나 뒤쪽 창가로 바짝 다가가서는 얼굴을 창에 갖다댔다. "……그리고 내가 말했지. 주님은 네가 저지른 일,

저지른 모든 일을 알고 계셔. 네가 나를 속일 수 있을지는 몰라도 그분을 속일 수는 없어!"

뒤에 서 있던 마이케일러스는 그가 T. J. 에클버그 박사의 두 눈을 응시하고 있다는 것을 깨닫고 깜짝 놀랐다. 어둠이 사라지면서 그 거대한 모습이 어렴풋이 모습을 드러내기 시작했던 것이다.

"주님이 모든 걸 보고 계셔." 윌슨이 되풀이했다.

"저건 광고판이에요." 마이케일러스가 힘주어 말했다. 무엇 때문인지 알 수는 없었지만 그는 창문에서 떨어져나와 방안을 돌아보았다. 하지만, 윌슨은 여전히 유리에 얼굴을 대고 새벽 여명을 향해 고개를 끄덕이면서 그대로 오래 서 있었다.

여섯시가 되자 마이케일러스는 지쳐버렸고, 밖에 차가 멈추는 소리가 들리자 반가웠다. 다시 오셨나고 약속했던 선날 밤의 밤샘꾼들 중 하나였다. 마이케일러스는 셋이 먹을 아침을 만들었지만, 그 남자와 자기 둘만 먹었다. 윌슨은 더 조용해졌고 마이케일러스는 잠을 자러 집으로 돌아갔다. 네 시간 뒤 깨어나 정비소로 서둘러 돌아왔을 때, 윌슨은 어디론가 사라진 뒤였다.

윌슨의 행적은—그는 계속 걸어다녔다—나중에 밝혀졌는데, 루스벨트부두에서 개즈힐까지 가서 샌드위치를 샀지만 먹지 않았고, 커피만 마셨다. 힘이 없어 천천히 걸었던 게 분명했다. 정오가 다 될 때까지도 개즈힐에 도착하지 못했기 때문이었다. 여기까지는 그가 뭘 하고 있었는지 파악하기가 어렵지 않다. '약간 정신 나간 사람처럼 행동하는' 남자를 목격한 아이들이 있었고, 길가에서 자신들을 이상한 눈길로 노려보는 남자를 봤다는 운전사들이 있었다. 이후 세 시간 동안의 행적이 오리무중이었다. 마이케일러스에게 했던 '찾아낼 방법이 있다'는 말에 의존해 경찰은 그가 노란색 차를 찾으며 주변 정비소들을 다니느라 시간을 보냈으리라 추정했지만, 그를 봤다는 정비공은 없었다. 그렇다면 원하는 것을 찾아내는 자기만의 더 쉽고 확실한 방법을 갖고 있었을 가능성이 컸다. 두시 반쯤 그는 웨스트에그에 도착해 개츠비의 집으로 가는 길을 누군가에게 묻고 있었다. 그때쯤 그는 개츠비의 이름을 알고 있었다.

두시경, 수영복을 입은 개츠비는 집사에게 수영장에 있을 테니 전화가 오면 알려달라고 말했다. 그는 여름 내내 손님들이 좋아했던 에어 매트리스를 가지러 차고에 들렀고, 운전사가 그를 도와 매트리스에 바람을 넣었다. 그런 다음 그는 어떤 경우에도 오픈카를 꺼내놓지 말라고 엄명을 내렸다. 운전사가 생각하기로는 이상한 지시였다. 오른쪽 전면 펜더는 수리가 필요한 상태였기 때문이었다.

개츠비는 매트리스를 어깨에 메고 수영장으로 향했다. 한번 멈춰 서서 매트리스를 고쳐 멨다. 운전사가 도와드리겠다고 했지만, 그는 고개를 젓고는 노랗게 물들어가는 나무들 사이로 모습을 감추었다.

전화는 한 통도 오지 않았다. 그래도 집사는 졸지 않고 네시까지 기다렸다. 이미 받을 사람이 이 세상에 존재하지 않게 된 시간까지. 나는 개츠비 자신도 전화가 정말 올 거라고 믿지는 않았을 거라고 생각한다. 아마도 별 상관 없다고 생각했을 것이다. 만약 정말 그랬다면, 그는 자신이 오래 간직해온 안온한 세계가 이미 끝나버렸고, 단 하나의 꿈을 갖고 너무 오랫동안 살아왔던 것에 대해 비싼 대가를 치렀음을 이미 알고 있었다는 것을 의미한다. 그는 무시무시한 이파리들 사이로 생경한 하늘을 올려다보며 장미 한 송이조차 얼마나 그로테스크하게 보일 수 있는지, 이제 막 생겨난 풀밭 위로 떨어지는 햇빛이 얼마나 낯것일 수 있는지를 발견하고는 몸을 떨었을 것이 틀림없다. 새로운 세상, 현실적이라기보다는 물질적인 이런 세상에서 가련한 혼령들은 마치 숨을 쉬듯 꿈을 들이마시면서, 별 뜻 없이 주위를 맴도는 법이다…… 희끄무레한 나무들 사이를 지나 소리 없이 그에게 다가오는 저 잿빛의 기묘한 형상처럼.

운전사가―울프심이 거둬준 자들 중 하나였다―총소리를 들었다. 후에 그는 그 소리를 별로 대수롭게 생각하지 않았다고 말했을 뿐이다. 나는 역에서 곧장 개츠비의 집으로 차를 몰았다. 걱정스러운 얼굴로 현관 계단을 달려올라오는 나를 보고야 모두가 놀랐다. 하지만 그때 이미 거기 있던 모두가 뭔가 알고 있었다고 나는 확신한다. 한마디 말도 없이 운전사, 집사, 정원사와 나, 그렇게 넷이 수영장으로 달려내려갔다.

한쪽 끝에서 흘러나오는 신선한 물이 다른쪽 끝에 있는 배수구를 통해 빠져나가면서 물은 눈에 띄지 않을 정도로 희미하게 흐르고 있었다. 고작 물결의 흔적 정도라고 할 잔물결들로 인해, 개츠비를 실은 매트리스가 불규칙적으로 움직이고 있었다. 수면에 거의 파장을 만들지 못할 작은 바람 한 점만으로도, 예정에도 없던 짐의 예정에도 없던 진로를 방해하기에는 충분했다. 낙엽 더미에 부딪힌 매트리스는 컴퍼스의 다리처럼 천천히 돌며 물속에 가느다란 선으로 붉은 원을 그렸다.

우리가 개츠비를 떠메고 집으로 올라간 뒤, 정원사가 얼마 떨어지지 않은 잔디밭에서 윌슨의 시체를 발견했다. 학살의 종결이었다.

9

 그로부터 이 년이 지난 지금, 그날과 그 다음날에 대한 기억은 경찰과 사진사들, 신문기자들이 개츠비의 집을 문지방이 닳도록 들락거렸다는 것뿐이다. 경찰이 정문에 줄을 치고 호기심 가득한 구경꾼들을 막았지만, 아이들은 곧 우리집 마당을 통해서도 그 집으로 들어갈 수 있다는 사실을 알아냈다. 그래서 수영장 주변에는 언제나 입을 헤벌린 아이가 몇 명씩 모여 있었다. 그날 오후, 형사로 보이는 작자가 꽤나 자신만만한 태도로 윌슨의 시체를 내려다보면서 '정신병자'라는 표현을 사용했고 그의 목소리에 우연히 권위가 실린 탓에, 다음날 조간신문들이 그대로 그것을 받아적어 기조로 삼았다.
 기사들 대부분은 끔찍했다. 정황만으로 신나게 써내려간 그 그로테스크한 기사들은 그러나 사실과는 거리가 멀었다. 마이케일러스의 증언으로 윌슨이 아내를 의심하고 있었다는 사실이 드러났는데, 나는 이 사건 전체가 곧 하나의 선정적 이야깃거리로 전락하리라는 예감이 들었다. 뭔가 분명히 할말이 있었을 캐서린은 한마디도 하지 않았다. 그녀의 연기력은 실로 대단했다. 예의 그 새로 그린 눈썹을 하고 나타나서는 뭔가 단단히 결심한 눈빛으로 검시관을 똑바로 보면서 언니는 개츠비를 한 번도 만난 적이 없으며, 남편과도 너무너무 행복했으며, 그 어떤 잘못된 행동도 한 적이 없다고 맹세했던 것이다. 그녀는 자기확신에 도취된 나머지, 약간의 의심조차도 도저히 견딜 수 없다는 듯이 손수건에 얼굴을 파묻고 눈물을 터뜨렸다. 그리하여 윌슨은 '슬픔으로 정신이 나간 사람'쯤으로 치부되었고, 결국 사건은 가장 단순명쾌하게 정리되었다. 그리고 그대로 종결되었다.

나로서는 이 모든 것이 핵심과는 동떨어진 비본질적인 것으로 보였다. 개츠비 곁에는 나 혼자밖에 남아 있지 않았다. 웨스트에그 빌리지에 이 끔찍한 사건을 전화로 알린 이래, 개츠비에 관한 억측과 자잘한 질문은 모두 내 몫이 되었다. 처음에는 그저 놀랍고 당황스러웠다. 그러다 그가 자기 집에서 꼼짝도 못하고 호흡이나 말도 없이 누워 있는 시간이 계속되자, 내가 이 사건에 대해 해야 할 몫이 있다는 생각을 하게 되었다. 왜냐하면 다른 누구도 관심을 보이지 않았기 때문이다. 여기서 관심이란, 모든 인간이 삶의 끝에 받아야 마땅한 일말의 강렬한 개인적 관심을 말하는 것이다.

그의 사체가 발견된 지 삼십 분 뒤에 나는 아무 주저 없이 본능적으로 데이지에게 전화를 걸었다. 그러나 그날 오후, 그녀와 톰은 여행가방을 챙겨 일찌감치 멀리 떠나버린 상태였다.

"주소도 안 남겼나요?"
"네."
"언제 돌아온다고 하던가요?"
"말씀 없으셨습니다."
"어디에 있는지 정말 모른단 말입니까? 연락할 방법이 없을까요?"
"저도 모르겠습니다. 말씀드릴 수가 없어요."
 그를 위해 누구라도 데려오고 싶었다. 그가 누워 있는 방으로 들어가서 이렇게 안심시키고 싶었다. "내가 사람을 찾아볼게. 개츠비, 걱정 마. 날 믿어. 누구든 데려올게……"
 마이어 울프심의 이름은 전화번호부에 없었다. 집사가 브로드웨이에 있는 그의 사무실 주소를 알려주어서 안내로 전화를 걸었지만, 그때쯤에는 이미 다섯시가 훨씬 지나 있었으므로 아무도 전화를 받지 않았다.
"한번 더 연결해주시겠습니까?"
"벌써 세 번이나 걸었어요."
"아주 중요한 일입니다."
"죄송합니다. 아무도 안 계신 것 같아요."
 나는 응접실로 돌아왔다. 그곳을 메운 수많은 사람은 그저 어쩌다 들른 손님, 공적인 일을 처리하는 이들일 뿐이라는 생각이 문득 들었다. 그들이 시트를 내리고 무심한 눈으로 개츠비를 내려다보고 있는 순간에도 그의 호소가 계속 내 머릿속에서 울려대고 있었다.
"이봐, 친구. 누구든 좀 데려와줘. 좀 노력을 해봐. 나 혼자서는 너무 힘들어."

누군가 내게 질문을 하기 시작했지만, 나는 슬쩍 몸을 피해 위층으로 올라가 잠겨 있지 않은 그의 책상 서랍을 황급히 뒤졌다. 그는 자기 부모가 죽었다고는 한 번도 드러내놓고 말한 적이 없었다. 그러나 아무것도 없었다. 오직 댄 코디의 사진, 이제는 망각 속으로 사라진 폭력의 증거만이 벽에서 내려다보고 있을 뿐이었다.

다음날 아침, 나는 울프심에게 보내는 편지를 집사의 손에 쥐여 뉴욕으로 보냈다. 개츠비에 대한 정보를 요청하면서 다음 기차로 내려와달라고 했다. 편지를 쓰면서는 좀 과한 듯싶었다. 나는 정오 전에는 분명 데이지로부터 전보가 올 것이라고 확신했고, 마찬가지로 울프심 역시 조간신문을 보는 즉시로 출발했을 것이라 믿었다. 그러나 전보도, 울프심도, 모두 오지 않았다. 경찰과 사진사와 신문기자만 늘어날 뿐이었다. 집사가 들고 온 울프심의 답장을 보는 순간 그들 모두에 대한 반발심, 그러니까 개츠비와 나 사이에 어떤 냉소적인 연대감이 생겨났다.

친애하는 캐러웨이 씨,

이 일은 내가 겪은 가장 끔찍한 일 중 하나로, 도저히 믿을 수가 없을 정도입니다. 그 살인자가 저지른 미친 짓은 우리 모두에게 많은 생각을 하게 만듭니다. 나는 아주 중요한 사업 때문에 지금으로서는 거기 갈 수도, 그 일에 끼어들 수도 없습니다. 혹시 나중에라도 내가 도와드릴 일이 있다면 에드거를 통해 편지로 알려주십시오. 현재 나는 너무 충격을 받은 나머지 내가 도대체 어디 있는지조차 모르겠고, 거의 졸도할 지경입니다.

마이어 울프심 드림

바로 아래에 추신이 휘갈겨 있었다.

장례식 등에 대해 알려주십시오. 그의 가족에 대해서는 나도 아는 바가 없습니다.

그날 오후 전화벨이 울리고 시카고에서 장거리전화가 왔다는 소리를 들었을 때, 나는 드디어 데이지가 전화했다고 생각했다. 그러나 수화기 너머로 들려온 것은 아주 가늘고 감이 먼, 어떤 남자의 목소리였다.
"슬레이글이오……"
"네?" 낯선 이름이었다.
"깜짝 놀랐죠, 안 그래요? 내 전보 받았소?"
"아무런 전보도 못 받았는데요."
"파크 녀석이 사고 쳤어요." 그가 재빨리 말했다. "거래소 밖에서 채권을 넘기다가 딱 걸렸습니다. 겨우 오 분 전에 뉴욕에서 회람장으로 번호를 보낸 거예요. 뭐 좀 알고 있어요? 이놈의 촌동네에선 뭘 알아볼 수가 있어야죠……"
"여보세요!" 내가 숨가쁘게 말허리를 잘랐다. "이것 보세요. 저는 개츠비가 아닙니다. 개츠비는 죽었어요."
전화선 반대편에서 탄식이 들리더니 긴 침묵이 흘렀다…… 그러고는 짧은 투덜거림과 함께 전화가 끊어졌다.

미네소타주의 어느 도시로부터 '헨리 C. 개츠'라고 서명된 전보가 도착한 건 사흘째 되는 날이었을 것이다. 전보에는 발신인이 곧 출발할 테니 도착할 때까지 장례식을 연기해달라고만 쓰여 있었다.

개츠비의 아버지였다. 근엄한 노인이었다. 힘이 하나도 없이 넋이 빠진 상태로 9월의 따뜻한 날씨에도 싸구려 오버코트를 입고 있었다. 감정이 격해진 그의 두 눈에서는 계속 눈물이 흘러내렸다. 가방과 우산을 받아주자 손으로 숱도 없는 회색 턱수염을 연신 쓸어내리기 시작했고, 그 바람에 코트를 벗기는 데 애를 먹었다. 그는 거의 졸도 직전이었기 때문에 나는 그를 음악실로 데리고 가 앉히고는 사람을 시켜 먹을 것을 좀 가져오게 했다. 그러나 그는 먹으려 들지 않았고, 떨리는 손으로 우유 잔을 엎지르고 말았다.

"시카고 신문에서 기사를 봤소." 그가 말했다. "시카고의 모든 신문에 실렸소. 바로 출발한 거요."

"어떻게 연락을 드려야 할지 몰랐습니다."

딱히 뭔가를 본다고 할 수도 없는 그의 시선이 쉴새없이 방 곳곳을 훑었다.

"미친놈의 짓이야." 그가 말했다. "미친 게 틀림없소."

"커피 좀 하시겠습니까?" 나는 그에게 권했다.

"됐소. 이제 괜찮소. 혹시 성함이……"

"캐러웨이입니다."

"음, 이제 나는 괜찮아요. 지미는 어디 있소?"

나는 그를 아들이 누워 있는 응접실로 데리고 가서 거기 남겨두고 나왔다. 아이들이 계단을 올라와서 홀 안을 훔쳐보고 있었다. 지금 누가 와 있는지를 얘기해주자 아이들이 마지못해 나갔다.

잠시 후, 개츠 씨가 문을 열고 나왔다. 입을 살짝 벌린 채였고 얼굴은 약간 붉어져 있었다. 두 눈에서는 눈물이 간헐적으로 불규칙하게 흘러내렸다. 그는 이제 죽음의 공포에 압도당하지 않을 나이였다. 처음으로 주변을 찬찬히 둘러보면서 홀의 높이와 화려함을 목도하고 다른 방들로 이어지는 엄청난 방들을 마주치자, 그의 슬픔은 경외에 가까운 자부심과 뒤섞이기 시작했다. 나는 그를 위층의 침실로 안내해주었다. 그가 오버코트와 조끼를 벗는 동안 나는 그가 올 때까지 모든 것을 연기해놓았다는 것을 알려주었다.

"어떻게 하실지를 몰라서요, 개츠비 씨……"

"내 이름은 개츠요."

"……개츠 씨, 고향에서 장례를 치르고 싶어하실지도 모른다고 생각했거든요."

그는 고개를 저었다.

"지미는 언제나 동부를 더 좋아했소. 동부에서 잘됐으니까. 우리 아들 친구였습니까?"

"가까운 친구였습니다."

"앞날이 창창한 녀석이었지. 아직 젊었지만, 여기, 머리가 아주 좋았지요."

그는 엄숙하게 자기 머리를 두드렸다. 나는 고개를 끄덕였다.

"죽지 않았다면 위대한 인물이 됐을 거요. 제임스 J. 힐 같은 인물 말이오. 나라를 이끌어가는 데 힘을 보탤 수도 있었을 텐데."

"그렇습니다." 나는 거북해하며 말했다.

그는 수를 놓은 침대보를 만지작거리며 침대에서 벗겨내려고 애를 쓰다가 그대로 꼿꼿이 뻗어버렸다. 그러고는 바로 잠이 들었다.

그날 밤 겁에 질린 목소리로 어떤 사람이 전화를 하더니 자기 이름을 대기도 전에 내가 누구냐고 물었다.

"캐러웨이입니다." 내가 말했다.

"아!" 안심하는 눈치였다. "클립스프링어입니다."

안심하기는 나도 마찬가지였다. 개츠비의 장례식에 올 사람이 생겼기 때문이었다. 신문에 부고를 내서 구경꾼을 끌어모으고 싶지는 않았다. 그래서 몇몇 사람에게만 전화로 알리고 있는 중이었다. 그러나 올 만한 사람을 찾기는 어려웠다.

"장례식은 내일입니다." 내가 말했다. "세시, 이 집에서요. 누구 또 올 만한 사람 있으면 알려주십시오."

"아, 그러죠." 그가 서둘러 대답했다. "물론 누구 만날 사람이 있을 것 같지는 않지만, 만나면 전해줄게요."

어딘가 미심쩍었다.

"당신은 오겠죠?"

"아, 노력은 해봐야죠. 제가 전화한 건……"

"잠깐." 내가 말을 끊었다. "그래서, 온다는 겁니까?"

"아, 그게, 사실…… 솔직히 여기 그리니치에서 사람들하고 같이 지내고 있는데요. 이 사람들하고 내일 할일이 좀 있어서요. 사실, 야유회를 가기로 했거든요. 물론 빠져나오려고 최선을 다해보겠습니다."

나는 더이상 참지 못하고 "허!" 하고 한숨을 쉬었는데, 그도 들었을 것이다. 그의 말투가 신경질적으로 변했다.

"전화한 용건은요. 거기 제 신발 한 켤레가 있거든요. 혹시 크게 번

거롭지 않다면 집사 시켜서 그걸 좀 보내주실 수 있는가 해서요. 테니
스화인데요. 그게 없으면 난감하거든요. 누구 앞으로 보내주시냐면 B.
F……"

나머지는 듣지 못했다. 수화기를 내려놓았기 때문이다.

개츠비에게 면목이 없었다. 내 전화를 받은 한 남자는 자업자득이라
는 식으로 말했다. 전적으로 내 잘못이었다. 그 작자는 개츠비의 술을
얻어마시고서야 비로소 용기를 내서 개츠비를 헐뜯고 비웃던 사람들
중 하나였던 것이다. 애초에 전화하지 말았어야 할 인간이었다.

장례식 날 아침에 나는 마이어 울프심을 만나러 뉴욕으로 갔다. 다
른 방식으로는 도저히 그와 연락을 할 수 없을 것 같았다. 엘리베이터
안내원의 말에 따라 내가 들어간 문에는 '스와스티카 지주회사'라는 간
편이 붙어 있었다. 처음에는 안에 아무도 없는 것 같았다. 그러나 내가
"여보세요"라고 괜히 여러 번 외치자 칸막이 뒤편에서 말싸움이 나더
니 마침내 미모의 유대인 여성이 안쪽 문에서 나타나 적의를 가득 품
은 검은 눈으로 나를 훑어보았다.

"안에 아무도 없어요." 그녀가 말했다. "울프심 씨는 시카고에 계세요."

적어도 첫번째 문장은 명백히 사실이 아니었다. 누군가가 안에서 〈로
사리오〉를 음정에 맞지 않게 휘파람으로 불기 시작했기 때문이었다.

"캐러웨이가 왔다고 전해주세요."

"시카고에서 모셔오라는 거예요?"

그 순간 울프심의 것이 틀림없는 목소리가 문 안쪽에서 "스텔라!"
하고 불렀다.

"책상 위에 성함을 남겨두세요." 그녀가 재빨리 말했다. "오시면 전해드릴게요."

"저기 계시잖아요."

그녀가 내 쪽으로 한 걸음 다가오더니 엄청 화가 난다는 듯, 손으로 엉덩이를 위아래로 문지르기 시작했다.

"당신 같은 젊은 사람들은 아무때나 밀고 들어올 수 있다고 생각하는 모양인데," 그녀가 야단을 쳤다. "정말 지긋지긋해. 내가 시카고에 갔다면, 시카고에 간 거라고……"

나는 개츠비의 이름을 댔다.

"어머!" 그는 나를 다시 훑어보았다. "혹시…… 성함이 어떻게 되신다고요?"

그녀가 안으로 들어갔다. 마이어 울프심이 바로 문을 열고 나와 점잔을 빼며 손을 내밀었다. 그는 나를 사무실 안으로 끌고 들어가더니 우리 모두에게 참으로 슬픈 일이라고 경건한 목소리로 말했다. 그리고 내게 시가를 권했다.

"그 친구 처음 만났을 때 기억이 나는군." 그가 말했다. "방금 제대해 전쟁에서 받은 훈장을 잔뜩 달고 있던 젊은 소령이었지. 형편이 너무 어려워 양복 살 돈도 없어 계속 군복을 입고 있었어. 43번가의 와인브래너 당구장에 들어와서 일자리를 부탁했을 때 처음 봤는데, 이틀 동안 아무것도 못 먹었다더군. '점심이나 먹으러 갑시다.' 내가 말했지. 삼십 분 동안 4달러어치도 넘는 음식을 먹어치우더구만."

"사업 시작하는 걸 도와주셨나요?" 내가 물었다.

"시작하는 걸 도와줬냐고? 내가 그 친구를 키운 거지."

"아."

"내가 그를 저 밑바닥에서, 거의 개천에서 끌어올려서 용을 만든 거요. 잘생긴, 신사다운 젊은이라는 걸 나는 처음부터 딱 알아봤지. 오그스포드에 있었다고 하길래 그렇다면 쓸모가 있겠다 싶었지. 일단 재향군인회부터 가입을 시켰는데, 거기서 곧 높은 자리까지 올라갔소. 그러고는 곧바로 올버니로 가서 내 고객들을 위해 일하기 시작했지. 우리는 모든 면에서 죽이 착착 맞았소……" 그는 통통한 손가락 두 개를 들어올렸다. "……언제나 함께였지."

이 파트너십에 1919년의 월드시리즈 승부 조작도 포함돼 있는지 궁금했다.

"이제는 저세상 사람입니다." 잠시 뒤에 내가 말했다. "당신은 가장 가까운 사이였으니 오후에 장례식에 참석하겠지요."

"기고야 싶지."

"그럼 오시지요."

그의 코털이 조금 떨렸다. 그가 두 눈에 눈물을 머금은 채 고개를 저었다.

"불가능해…… 나는 그 일에 말려들고 싶지 않아."

"말려들 일은 없습니다. 다 끝났습니다."

"사람이 죽은 일에는 웬만하면 끼어들고 싶지가 않아. 빠져 있는 게 좋아. 젊었을 때야 안 그랬지…… 친구가 죽었다면 무슨 일이 있어도 끝까지 함께했소. 감상적이라고 생각할지도 모르겠지만 진심이었어…… 어떤 험한 꼴을 보더라도 끝까지 갔소."

그가 나름의 이유 때문에 오지 않기로 마음먹었다는 걸 깨닫고 나는 자리에서 일어났다.

"대학은 나오셨소?" 그가 불쑥 물었다.

잠시 동안 그가 모종의 '껀수'를 제안하려는 게 아닌가 생각했지만 그는 그저 고개를 끄덕이며 나와 악수를 나눴을 뿐이었다.

"우정은 살아 있을 때 보여주도록 합시다. 죽은 뒤에 말고." 그가 말했다. "내 원칙은 이렇소. 죽은 뒤에는 만사를 그냥 내버려두자."

그의 사무실을 나오자 날이 흐려지고 있었다. 나는 가랑비를 맞으며 웨스트에그로 돌아왔다. 옷을 갈아입고 옆집으로 갔더니 개츠 씨가 흥분하여 홀을 서성대고 있었다. 아들과 아들의 재산에 대한 그의 자부심은 계속 커져만 갔다. 그는 내게 보여줄 것이 있다고 했다.

"지미가 이 사진을 보냈어요." 그는 떨리는 손으로 자기 지갑을 꺼냈다. "여기를 보시오."

바로 이 저택의 사진이었는데 귀퉁이는 닳았고 손때가 묻어 더러웠다. 그는 사진의 온갖 세세한 부분을 열심히 가리켰다. "보시오!" 그런 다음 내가 감탄하는지 살폈다. 사진을 너무 자주 보여주다보니 이제는 사진을 저택 자체보다 더 현실적으로 느끼는 것 같았다.

"지미가 보내주었지. 아주 멋진 사진이지요. 얼마나 잘 나왔는지."

"그러네요. 최근에 아드님을 언제 보셨습니까?"

"이 년 전에 나를 보러 와서는 지금 살고 있는 집을 사주었소. 물론 녀석이 집에서 도망쳤을 때는 엄청나게 화가 났지만 지금은 다 이해합니다. 이유가 있었던 거지요. 엄청난 미래가 자기를 기다리고 있다는 걸 알았던 거요. 성공한 뒤에는 얼마나 잘해줬는지 모르오."

그는 마지못해 사진을 치우면서도 망설이듯 조금 더 내 눈앞에 들고 있었다. 그런 다음 다시 지갑을 넣고는 '호펄롱 캐시디'라는 제목의 낡은 책을 주머니에서 꺼냈다.

"여길 보시오. 그애가 어렸을 때 갖고 있던 책이라오. 거기 보면……"

그는 뒤표지를 펼쳐서 내가 볼 수 있도록 빙 돌렸다. 마지막 면지에 '계획'이라는 단어와 1906년 9월 12일이라는 날짜가 기록되어 있었다. 그리고 바로 밑에는 다음과 같이 적혀 있었다.

기상	오전 6:00
아령 들기와 벽 타기	오전 6:15-6:30
전기학 등 공부	오전 7:15-8:15
일	오전 8:30-오후 4:30
야구와 운동	오후 4:30-5:00
웅변연습, 자세와 달성방법 훈련	오후 5:00-6:00
발명에 필요한 공부	오후 7:00-9:00

결심

섀프터스나 ○○○(해독 불가능함)에서 시간 낭비하지 말 것
금연
이틀에 한 번 목욕하기
매주 교양서적 혹은 잡지 한 권 읽기
매주 5달러(줄을 그어 지웠음) 3달러 저축
부모님께 잘해드리기

위대한 개츠비 213

"우연히 이 책을 찾았소." 노인이 말했다. "보니까 감이 오지요, 안 그렇소?"

"감이 옵니다."

"지미가 남보다 앞서 나갈 운명이었다는 거요. 언제나 이런저런 걸 결심했거든. 그가 자기계발을 하기 위해 어떻게 했는지 아시오? 말도 못하지요. 한번은 애비인 나한테까지 너무 많이 먹는다고 하는 거요. 두들겨패줬지."

그는 책을 덮기가 아쉬운 듯 망설이다가 아까의 그 항목들을 소리내어 읽고는 뭔가를 바라는 눈길로 나를 바라보았다. 그 목록을 베껴가서 나도 써먹었으면 하고 기대한 것은 아닌가 싶다.

세시가 되기 조금 전 루터파 목사가 플러싱에서 도착했다. 나는 무심코 혹시 다른 차는 없는지 창밖을 내다보았다. 개츠비의 아버지도 마찬가지였다. 시간이 지나 하인들이 들어와 홀에 서서 대기하기 시작하자 그는 두 눈을 걱정스레 껌벅이더니 확신 없는 목소리로 비가 온다고 말했다. 목사가 시계를 서너 번 힐끔거렸다. 나는 그를 옆으로 데려가 삼십 분만 더 기다려보자고 부탁했다. 그러나 소용없는 짓이었다. 아무도 오지 않았다.

다섯시쯤, 세 대의 장의차가 가랑비를 맞으며 묘지에 도착해 정문 옆에 멈춰 섰다. 선두에는 끔찍이도 시커멓고 비에 젖은 장의차가, 그 다음 리무진에는 개츠 씨와 목사와 내가, 그리고 조금 떨어져서 네댓 명의 하인과 웨스트에그의 우체부가 스테이션왜건을 타고 왔다. 모두

흠뻑 젖은 상태였다. 정문을 지나 안으로 들어가는데, 차 한 대가 멈춰 서더니 누군가 축축하게 젖어 있는 땅 위로 물을 튀기며 우리를 쫓아오는 소리가 들렸다. 나는 뒤돌아보았다. 석 달 전 어느 날 밤, 서재에서 개츠비의 책들에 대해 경탄하던 올빼미 안경을 쓴 남자였다.

그날 이후로는 한 번도 본 적이 없는 사람이었다. 그가 장례식 소식을 어떻게 알았는지, 그의 이름이 무엇인지도 모른다. 그의 두꺼운 안경 위로 비가 쏟아졌다. 개츠비의 묘를 가려놓은 천을 벗겨내는 걸 보기 위해 그는 안경을 벗어서 물기를 닦았다.

나는 개츠비에 대해 생각하려고 애써보았지만, 그가 이제는 너무 멀리 떨어져 있었다. 그저 데이지가 꽃 한 송이, 조전 하나 보내지 않았다는 사실만 별다른 분노 없이 떠오를 뿐이었다. 나는 누군가가 "비가 내리니 망자에게 복 있을지어다"라고 중얼거리는 소리를 들었다. 그러자 올빼미 안경이 우렁찬 목소리로 "아멘"이라고 화답했다.

우리는 뿔뿔이 흩어져 비를 뚫고 서둘러 차가 있는 곳으로 내려갔다. 올빼미 안경이 정문 옆에서 내게 말했다.

"집에는 들르지 못했습니다." 그가 말했다.

"아무도 안 왔습니다."

"설마!" 그는 깜짝 놀랐다. "어쩌면 그럴 수가! 수백 명이나 몰려가고는 했었는데."

그는 안경을 벗어서 다시 안팎을 닦았다.

"불쌍한 놈." 그가 말했다.

내 가장 생생한 추억들 중 하나는 크리스마스를 맞아, 대학 예비학교 시절에도, 그리고 나중에 대학에 간 후에도, 서부로 돌아가던 장면이다. 시카고보다 더 멀리 가던 친구들은 어느 12월 저녁 여섯시, 낡고 침침한 유니언역에 모여 휴가 분위기에 들떠 있는 시카고 친구들과 서둘러 작별인사를 나누곤 했었다. 이런저런 기숙학교들에서 돌아오는 소녀들의 털코트와 찬 공기에 더운 김을 내뿜던 재잘거림과 옛친구들의 얼굴을 발견하고서 머리 위로 손을 흔들던 모습도 떠오른다. "오드웨이네 갈 거야? 허시네는? 슐츠네는?" 하면서 서로가 서로를 초대하던 모습이, 장갑 낀 손마다 꼭 쥐고 있던 길쭉한 초록색 기차표도 기억난다. 마지막으로 탑승구 바로 옆에 있는 선로 위에 크리스마스를 상징하기라도 하듯 명랑하게 서 있던 '시카고, 밀워키 & 세인트폴' 철도회사의 칙칙한 노란 객차들까지도.

우리가 겨울밤의 한복판을 질주할 때, 진짜 눈, 바로 우리의 눈이 우리 바로 옆에서 녹아 번져가면서 창문 위에서 반짝거리는 순간, 그리하여 위스콘신주의 작은 간이역들의 희미한 등불을 지나갈 때면 날카롭고 거친 기운이 갑자기 공기 속으로 뒤섞여들었다. 저녁을 먹고 객차의 냉랭한 연결 통로를 따라 걸어 돌아오면서 그 공기를 깊이 들이마시면 이 지역과 우리가 하나라는 것이 뼈저리게 느껴졌고, 그렇게 기묘한 한 시간 남짓이 흐른 뒤에는 그 공기 속으로 다시금 완전히 스며들었다.

거기가 바로 나의 중서부다. 밀밭도, 초원도, 사라진 스웨덴 이민자들의 마을도 아닌, 젊은 날의 가슴 떨리는 귀향 열차, 서리가 내리는 어둠 속 거리의 가로등, 썰매의 방울소리, 그리고 불 켜진 창문의 불빛으로 눈 위에서 모습을 드러내는 성탄 축하장식의 그림자들. 나는 그것의 일부다. 긴 겨울들을 겪으며 조금은 진중해지는 마음, 그리고 몇 십 년간 가문의 이름이 주소를 대신하는 곳에서 캐러웨이가로 살아왔다는 것에 대한 약간의 우쭐함. 지금까지 한 얘기도 결국은 서부에 대한 이야기였다. 톰과 개츠비, 데이지와 조던, 그리고 나는 모두 서부에서 온 사람들이었다. 우리는 동부의 삶에 미묘하게 적응하지 못하게 된 어떤 공통된 결함을 공유하고 있었을지도 모른다.

내가 동부를 아주 좋아했던 순간조차도, 지루하고 끝없이 팽창할 줄밖에 모르는 오하이오 너머의 도시들, 애들과 노인을 제외한 모두가 서로에 대한 끝없는 취조로 세월을 보내는 그 한가로운 마을들을 넘어서는 동부의 우월성을 아주 예민하게 인지하고 있었을 때조차도, 동부에 대한 나의 인상에는 어떤 왜곡이 있었다. 특히 웨스트에그는 여전히 나의 꿈속에 몽환적인 모습으로 출현하곤 한다. 엘 그레코가 그린 밤 풍경처럼. 전통적이면서 그로테스크한 수백 채의 웅크린 집, 그 위에 펼쳐진 음산한 하늘과 칙칙한 달. 그림의 전경에는 연미복을 입은 심각한 얼굴의 남자 넷이 흰 이브닝드레스를 입은, 술에 취한 여자가 누워 있는 들것을 들고 보도를 따라 걸어간다. 들것 옆으로 비어져 나와 흔들리는 여자의 손에선 보석들이 차갑게 번쩍인다. 남자들은 장중한 태도로 어떤 집으로 들어가지만, 거기가 아니다. 그러나 아무도 여자의 이름을 모르고 신경도 쓰지 않는다.

개츠비의 죽음 이후 동부는 저런 식으로, 원래 모습 그대로를 그려본다는 것이 거의 불가능한 왜곡된 인상으로 남게 되었다. 그래서 나는 마른 낙엽 태우는 파란 연기가 공중으로 올라가고, 바람이 빨랫줄의 세탁물을 뻣뻣하게 얼릴 때 즈음에 고향으로 돌아가기로 결정했다.

떠나기 전에 할일이 하나 있었다. 아마 그대로 내버려두는 게 더 나을지도 모르는 거북하고 마뜩잖은 일이었다. 그러나 제대로 정리하고 싶었고, 저 예의바르고 무심한 바다가 내 쓰레기를 쓸어가주겠지, 하는 식으로는 생각하고 싶지 않았다. 나는 조던 베이커를 만나 우리 둘에게 벌어졌던 일, 그리고 그뒤에 내게 벌어졌던 일에 대해 이야기했다. 그녀는 큰 의자에 조용히 누워 듣고만 있었다.

그녀는 골프복을 입고 있었다. 멋부리듯 턱을 살짝 치켜든 그녀의 모습, 낙엽 빛깔의 머리카락, 무릎에 놓인 손가락 없는 장갑과 그와 같은 색깔의 갈색 얼굴이 떠오른다. 멋진 일러스트레이션에 나오는 인물 같다고 생각했었다. 내가 이야기를 마치자 그녀는 아무 설명도 없이 다른 남자와 약혼했노라고 말했다. 그녀가 고개를 끄덕이기만 해도 결혼하겠다고 달려들 남자가 서너 명 있기는 했지만, 나는 그 말을 선뜻 믿지 못했다. 하지만 놀라는 척했다. 잠시, 내가 뭔가 잘못하고 있는 것은 아닌가 생각했지만, 곧 생각을 가다듬고 자리에서 일어나 작별인사를 했다.

"어쨌든 당신이 찬 거예요." 조던이 불쑥 말했다. "전화로 찬 거죠. 이제는 상관없지만, 새로운 경험이었어요. 잠깐 어찔어질했었다고요."

우리는 악수를 나누었다.

"아, 기억나요?" 그녀가 덧붙였다. "언젠가 운전에 대해서 말한 적 있잖아요."

"네…… 정확하지는 않지만."

"나쁜 운전자는 다른 나쁜 운전자를 만나기 전까지만 안전하다고 당신이 그랬잖아요. 그러니까 나는 나쁜 운전자를 만났던 거예요. 안 그래요? 내 말은, 내가 경솔하게 혼자 내 멋대로 억측을 하고 있었다는 거예요. 난 당신이 좀더 꾸밈없고 정직한 사람이라고 생각했었거든요. 당신도 남몰래 그렇게 자부하고 있다고 생각했죠."

"나는 이제 서른이에요." 내가 말했다. "스스로를 속이고 그걸 자랑스럽게 생각할 나이는 오 년 전에 지났어요."

그녀는 대꾸하지 않았다. 화가 나서, 그리고 반쯤은 그녀에게 애정을 느끼면서, 그리고 막심한 후회를 하며, 나는 몸을 돌려 그 자리를 떠났다.

늦은 10월의 어느 오후, 나는 톰 뷰캐넌을 만났다. 그는 날렵하고 저돌적인 발놀림으로 5번 애비뉴를 따라 내 앞에서 걸어가고 있었다. 마치 방해물을 물리치려는 것처럼 손을 약간 앞쪽으로 내밀고, 쉴새없이 시선을 굴리며 그에 맞춰 고개를 이리저리 급히 움직이고 있었다. 그를 따라잡을까봐 속도를 늦추려는 바로 그 순간, 그가 걸음을 멈추더니 눈살을 찌푸리며 보석가게 진열창 안을 들여다보기 시작했다. 그러더니 갑자기 내 쪽을 보고는 걸어와 손을 내밀었다.

"뭐야, 닉? 나하고 악수도 하기 싫다는 거야?"

"응. 내가 너를 어떻게 생각하고 있는지 알 텐데."

"미쳤군, 닉." 그가 재빨리 말했다. "완전히 미쳤어. 도대체 왜 이러는 거야?"

"톰." 내가 물었다. "그날 오후 윌슨에게 뭐라고 말한 거야?"

그가 말없이 나를 응시했고, 나는 윌슨이 사라져 있던 시간에 대해 내가 추측한 것이 옳았다는 것을 알았다. 내가 돌아서서 걸으려고 했지만 그가 다가와 팔을 잡았다.
"진실을 말해줬지." 그가 말했다. "우리가 막 떠날 준비를 하는데 그가 문간에 와 있더라구. 우리가 안에 없다고 밑에서 얘기하는데도 막무가내로 밀고 들어오려고 하는 거야. 차 주인이 누구인지 말해주지 않았으면 아마 날 죽였을 거야. 완전히 꼭지가 돌았더라고. 우리집에 있는 내내 주머니에 손을 넣고 있었어. 리볼버 권총을 쥐고 말이야." 그가 갑자기 대들듯이 말했다. "설령 내가 얘기했다 한들 무슨 상관이야. 그 자식은 자업자득이야. 데이지를 홀리듯이 너도 홀린 거야. 지독한 자식. 개를 친 것도 아니고, 머틀을 치고서도 그대로 뺑소니를 쳤잖아."
그건 진실이 아니라는, 도저히 차마 내 입으로 밝힐 수 없는 사실 말고는, 할말이 없었다.
"나도 안 힘들었을 것 같아? 이봐, 내가 그 아파트를 넘기려고 갔더니, 그 찬장에 그 망할 놈의 개 비스킷 상자가 있더라구. 내가 주저앉아서 어린애처럼 울었다니까, 아, 맙소사, 끔찍해······"
그를 용서할 수도, 그렇다고 좋아할 수도 없었다. 어쨌든 그가 자신이 저지른 모든 일을 전부 다 제 입장에서 정당화해버렸다는 사실만은 알 수 있었다. 그 모든 게 아주 경솔하고 혼란스러운 짓이었다. 그들, 톰과 데이지는 경솔한 사람들이었다. 그들은 모든 사물과 살아 있는 것을 산산이 부숴버리고 그런 다음에는 돈이나 더 무지막지한 경솔함, 혹은 그들을 한데 묶어주고 있는 것이 무엇이든 그 뒤에 숨었다. 그런 후에는 다른 사람들로 하여금 자기들이 어질러놓은 것들을 말끔히 치우게 했다······
나는 그와 악수했다. 악수를 거부하는 것은 어리석은 짓이었다. 문득 내가 어린아이와 이야기하고 있는 것 같다는 생각이 들었기 때문이다. 그는 진주 목걸이 혹은 그냥 커프스버튼 한 쌍을 사러 보석가게로 들어가버리면서 나의 이 촌스러운 결벽증으로부터 벗어났다.

개츠비의 집은 내가 떠날 때에도 여전히 비어 있었다. 그의 잔디밭은 우리집만큼이나 무성했다. 동네 택시기사 하나는 손님을 태우고 개츠비의 집 정문을 지날 때마다 잠시 멈춰서 손가락으로 안쪽을 가리켰다. 사건이 나던 날 밤, 데이지와 개츠비를 태우고 이스트에그까지 운전해간 게 그였을지도 모른다. 그리고 자기 나름의 이야기를 지어낸 것이리라. 나는 그 이야기를 듣고 싶은 마음은 없었기 때문에 기차로 역에 내릴 때마다 그 택시기사를 피했다.
 나는 토요일 밤마다 뉴욕으로 나가서 잤다. 저 빛나고 화려한 그의 파티들이 너무도 생생히게 기억에 남이 있는 탓에 내 귀에는 아직도, 희미하기는 하지만 끊이지 않는 음악소리와 웃음소리, 그의 집 진입로를 오가던 차들의 소리가 그의 정원 쪽에서 들려왔기 때문이었다. 그러던 어느 날 밤, 나는 그곳에서 진짜 자동차소리를 들었다. 차의 헤드라이트가 그의 현관 앞에서 멈추는 게 보였다. 하지만 나가서 알아볼 생각은 없었다. 아마도 지구의 반대편에 살고 있다가 파티가 끝난 줄도 모르고 찾아든 마지막 손님이었으리라.
 마지막날 밤, 트렁크에 짐을 싸고, 차는 식료품점에 팔고, 나는 그의 집으로 가, 도무지 일관성이라고는 없는 거대한 실패작, 그의 저택을 다시 한번 바라보았다. 하얀 계단 위에 웬 아이가 벽돌 조각으로 긁어 새긴 음란한 낙서가 달빛을 받아 선명했다. 나는 신발로 돌을 문질러 그

낙서를 지웠다. 그러고 나서 어슬렁거리며 해변으로 내려가 모래 위에 벌렁 드러누웠다.

해변가의 대저택들은 이제 대부분 닫혀 있었다. 해협을 가로지르는 페리에서 흘러나오는 잔광 말고는 빛이랄 것이 없었다. 달이 더 높이 떠오르면서 존재감 없는 집들이 묻혀버리자, 마침내 나는 한때 네덜란드 선원들의 눈에 꽃을 피웠던 이 유서 깊은 섬이 무엇을 의미하는지를 깨닫게 되었다. 이 섬은 신세계의 풋풋한 초록색 가슴이나 다름없었다. 이 섬에서 자취를 감춘 나무들, 개츠비의 저택에 자리를 내주었던 나무들은 한때 인류의 마지막, 가장 위대한 꿈을 향해 나직하게 속삭이며 유혹의 눈길을 던진 것이다. 그 덧없는 축복의 순간, 이 대륙이 눈앞에 나타나는 순간에 인간은 분명 숨을 죽였을 것이다. 경이를 받아들이는 자신의 수용력의 한계에 필적하는 그 무언가와 역사상 마지막으로 대면하면서, 이해할 수도, 감히 바랄 수도 없는 심미적 묵상으로 빠져들 수밖에 없었을 것이다.

그곳에 앉아 그 옛날 미지의 세계에 대해 골똘히 생각하다가 문득 개츠비가 데이지네 집의 잔교 끝에서 빛나는 초록색 불빛을 처음 찾아냈을 때의 놀라움에 생각이 이르렀다. 바로 이 파란 잔디밭까지 오기까지 그는 참으로 먼길을 돌아왔다. 이제 그의 꿈은 손만 뻗으면 닿을 듯 가까이 보였을 것이다. 그는 몰랐다. 자신의 꿈은 이미 등뒤에, 저 뉴욕 너머의 혜량할 수조차 없는 불확실성 너머, 밤하늘 아래 끝없이 펼쳐진 미국의 어두운 들판 위에 남겨져 있었다는 것을.

개츠비는 그 초록색 불빛을 믿었다. 해가 갈수록 우리에게서 멀어지기만 하는 황홀한 미래를. 이제 그것은 자취를 감추었다. 그러나 뭐가 문제겠는가. 내일 우리는 더 빨리 달리고 더 멀리 팔을 뻗을 것이다…… 그러면 마침내 어느 찬란한 아침……

그러므로 우리는 물결을 거스르는 배처럼, 쉴새없이 과거 속으로 밀려나면서도 끝내 앞으로 나아가는 것이다.

해설

표적을 빗나간 화살들이 끝내 명중한 곳에 대하여

1. 입이 험한 고등학생들

어느 날, 시내의 내형서점에서 두 고등학생들이 나누는 대화를 엿듣게 되었다. 영미 번역소설 서가 근처에 있던 이들은 『위대한 개츠비』를 집어들고는 대화를 나누고 있었다. 사실, 대화라기보다는 욕에 가까웠다. 이거 읽어봤냐, 읽어봤다, 어땠냐, 너무 재미없더라는 얘기를 그 또래 특유의 거친 부사를 섞어(예를 들어 '졸라') 떠들고 있었다. 책을 팔아 밥을 먹고사는 작가의 한 사람으로서, 어디선가 내 책이 당하고 있을 수난이 떠올라 동병상련의 심정이 되었다. 동시에, 그런 비난은 좀 과하다는 반감도 들었다. 『위대한 개츠비』는 미국인들이 즐겨 주장하는 것처럼, '지금까지 영어로 쓰인 최고의 소설'은 아닐지도 모른다. 상투적인 로맨스 소설의 얼개를 가지고 있으며 작가와 동시대에 어울려 자웅을 겨루던 모더니즘 소설의 대가들이 도달한 지점에는 못 미치는 소설일 수 있다. 그러나 적어도 그 고등학생들이 말하는 것처럼 '졸라 재미없는' 소설은 결코 아니라고 단언할 수 있다. 이 소설은 '선량한' 독자를 절망에 빠뜨리는, 플롯도 캐릭터도 없는 오리무중의 문예소설도 아니고, 정처 없이 이름 모를 도시를 떠도는 주인공의 상념을 하염없이 좇는 관념소설도 아니다. 이 소설은 능란하게 짜인 플롯에 살아 움직이는 캐릭터들이 대결하는 흥미진진한 로맨스다. 문체는 절제돼 있지만 유머도 잃지 않는다.

그날 집으로 돌아오면서 나는 이 죄 없는 확신범, F. 스콧 피츠제럴드의 변호를 기꺼이 맡겠다고 결심했다. 그 변론은 결국 새로운 번역으로 제시될 수밖에 없을 것이라 생각하고 내친김에 바로 번역에 착수하였던 것이다.

그러나 번역의 속도는 언제나 창작의 속도보다 느렸다. 내가 최종 결정권자인 내 소설은 누구의 재가도 필요 없이 그저 내 상상력의 속도에 따라 앞으로 나아가는 데 반해, 번역은 이미 저세상 사람인 작가의 의도를 가늠하고, 문맥을 살피고, 사전을 뒤지며, 그러고서도 못내 미심쩍어 다시 앞뒤를 살피는 일을 반복하는 과정이었다. 창작이 전차부대라면 번역은 지뢰제거반이었다. 전진한다고 전진이 아니며 제거했다고 제거가 아니다. 다시 돌아가는 길에도 이마에는 식은땀이 흐르고 뇌관을 제거한 후에도 다른 뇌관이 남아 있을 것을 염려하는 것이다. 그러다보니 어느새 번역은 한쪽으로 치워두고 내 소설의 창작에만 마음을 쓰게 되고 말았다. 그러면서도 마음 한구석에는 그 고등학생들(이제는 아마 사회인이 되었을)에게 좀더 신선하고 재미있는 번역으로 이 소설을 읽혀야 한다는 부채감이 남아 있었다.

그리고 결국은 피츠제럴드가 이 소설을 착상하고 쓰기 시작한 이 뉴욕, 소설의 중요한 배경인 이 번잡한 도시에 와서야 번역을 마치게 되었다. 소설의 배경에서 그 소설을 번역한다는 것에는 유리한 점이 많다. 뉴욕은 어떤 면에서 크게 달라지지 않았다. 이를테면 이런 피츠제럴드의 이런 묘사는 지금의 뉴욕에 적용해도 별로 이상하지 않을 것이다.

나는 뉴욕이라는 도시, 밤이면 역동적이고 모험적인 분위기로 충만한, 남자와 여자, 자동차들이 쉴새없이 몰려들며 눈을 어지럽히는 이 도시를 사랑하기 시작했다. 나는 5번 애비뉴를 걸어올라가 군중 속에서 신비로운 여자 하나를 찾아내 아무도 모르게, 그 누구의 제지도 받지 않고 그 여자의 삶으로 들어가는 나만의 공상을 즐겼다. 때로는 상상 속에서 그녀들의 집까지 뒤쫓아가고, 그러면 그녀들은 어두운 거리 모퉁이에서 몸을 돌려 나를 향해 미소를 짓고는 문을 열고 따뜻한 어둠 속으로 몸을 감추어버렸다. 마법이 내려앉은 대도시의 어스름 속에서 나는 간혹 헤어나기 힘든 외로움을 느끼고, 그것을 타인들—해질 무렵, 혼자 식사할 수 있는 시간이 될 때까지 레스토랑 창문 앞을 서성이며 밤과 인생의 가장 쓰라린 한 순간을 그대로 낭비하고 있는 젊고 가난한 점원들—에게서도 발견하였던 것이다.

서울의 골방에서 머릿속으로 그려내야 했던 풍경이 여기서는 손에 잡힐 듯 가까이 있었다. 개츠비가 데이지를 두고 뷰캐넌과 격돌하던 5번 애비뉴의 플라자호텔은 지금도 건재하다. 변한 것이 있다면 중

앙집중식 냉난방 시스템이 설비되었다는 것, 그래서 더위에 지친 데이지가 창문을 부술 도끼를 프런트에 주문하지 않아도 된다는 점 정도일 것이다. 역시 최근에 새롭게 단장하긴 했지만 여전히 34번가의 펜실베이니아역에서는 롱아일랜드로 떠나는 기차가 출발하고 도착한다. 이 소설의 집필이 뉴욕에서 시작해 로마에서 끝났다면, 이 번역은 서울의 입이 험한 고등학생들로부터 시작해 뉴욕에서 끝났다고 말할 수 있다.

2. 1925

『위대한 개츠비』는 1925년에 출간되었다. 1925년이란 어떤 해인가. 우선은 코코 샤넬이 여성의 스커트 라인을 무릎까지 끌어올리기 전이라고 말할 수 있다. 이 소설이 쓰이던 무렵의 미국 여성들은 대체로 발목까지 내려오는 치렁치렁한 드레스를 입고 있었다. 여성의 사회 활동도 제한적이었다. 여성의 운명은 누구와 결혼하느냐에 따라 좌우되었고 상류층 여성일수록 직업을 가진 사람이 드물었다. 소설에 등장하는 조던 베이커 같은 여자는 드문 예외라고 할 수 있었다. 미혼인 여성이 사교계의 총아인 데이지와 가깝게 지내려면 골프 챔피언 정도는 되어야 했던 것이다.

이 시대의 미국 여성들은 참정권은 획득하였으나 정계에 진출하는 일은 드물었다. 정치와 경제는 사실상 남자들의 영역이었다. 제이 개츠비와 톰 뷰캐넌 같은 남자들이 미국이라는 나라를 움직였고, 그들은 유럽에서 벌어진 전쟁에 뛰어들어 국가의 이익을 챙겼다. 이 소설은

제1차세계대전이라는 전대미문의 대참사가 끝난 직후, 살아남은 자들이 '안도의 열광'에 사로잡혀 미친듯이 흥청대던 시기를 다루고 있다. 어쨌든 전쟁은 끝나고 세계 질서는 어설프게나마 재편되었다. 독일 처리 문제는 여전히 골치 아픈 문제로 남아 있었지만, 적어도 그게 제2차세계대전이라는 더 끔찍한 재앙으로 이어지리라는 것을 예견한 사람은 경제학자 케인즈 정도밖에는 없었다.

화자인 닉 캐러웨이와 주인공인 제이 개츠비 역시 1차세계대전에 참전한 것으로 설정돼 있다. 그리고 이 세계대전은 개츠비와 데이지를 만나게도 했지만 동시에 갈라놓기도 했다. 이 소설에서 전쟁은 신분을 뛰어넘는 낭만적 사랑의 배경으로 그려진다. 하지만 이것은 작가인 F. 스콧 피츠제럴드의 태생적 낭만성에서 비롯된 것이라기보다는 당시의 독자 모두가 그 전쟁에 대해 너무나도 잘 알고 있었으므로 굳이 그 의미를 소설에 적어넣을 필요가 없었기 때문이었을 것이다. 어쨌든 이 소설이 1차세계대전과 2차세계대전 사이에 쓰였다는 것은 유념할 필요가 있다. 그것은 미국이라는 나라가 최초로 유럽 강대국들의 운명을 결정한 직후라는 뜻이고, 그럼에도 아직은 세계 초강대국으로 완전히 등극하기 전이라는 뜻이다. 이 소설이 발표된 이후 여러 평자들이 개츠비라는 인물이 미국이라는 신생 제국을 인격화하고 있다고 본 것은 의미심장하다. 가난한 집안에서 태어나 제대로 교육받지 못한 개츠비는 자신의 화려한 미래의 모습을 거듭하여 상상하다가 마침내는 그것을 현실이라 믿게 되는 인물이다. 그리고 거기에서 멈추지 않고 상류층 여성인 데이지를 사랑하고, 그 사랑을 실현시키기 위해 수단과 방법을 가리지 않고 돈을 벌어 젊은 나이에 엄청난 부자가 된다.

그러나 그의 부는 의심과 질시의 대상일 뿐이며, 윤색된 과거는 조롱 거리에 지나지 않는다. 그럼에도 불구하고 과거, 현재, 나아가 미래까지 모두 자신의 꿈에 맞게 바꿔버리겠다는 그의 무모한 낙관주의는 바로 1925년 당시 신생 강대국인 미국의 모습이라고 할 수 있다. 유서 깊은 유럽의 제국들로부터 견제당하면서도, 예의도 모르는 상것들이라는 천대를 받으면서도, 국제무대에 등장해 서서히 힘을 키워가는 미국이라는 나라는 여전히 자기확신이 부족한 상태였다. 이 불안한 승리, 아슬아슬한 성공이 언제 사라질지 모른다는 두려움에 떨면서도 바다 건너 이스트에그의 초록색 불빛을 바라보는 개츠비처럼 미국인들은 낙관을 잃지 않았다. 이것이야말로 미국인들이 『위대한 개츠비』를 최고의 소설로 꼽는 이유일 것이다.

이 시기, 1차대전의 종전에서 시작하여 대공황의 발발까지로 이어지는 시기를 흔히 재즈 시대라 부른다. 아직 마일스 데이비스가 재즈를 '혼자 듣는 음악'으로 새롭게 정의하기 전의 재즈라 할 수 있다. 주로 흑인 연주자들로 구성된 빅밴드가 무대에서 요란하게 흥청흥청 연주를 하면 성장을 한 백인들이 리듬에 맞춰 춤을 추었다. 쿵짝쿵짝, 요란하고 흥겨운 음률 속에는 비관과 우수가 끼어들 틈이 없다. 1차세계대전 처리에서 비롯된 세계 경제 시스템의 대붕괴는 아직 시작되지 않았고, 뉴욕 주식시장의 주가는 하늘 높은 줄 모르고 치솟아 벼락부자들을 양산하고 있었다. 새로 뽑은 번쩍거리는 자동차들을 타고 뉴욕 시내를 질주하는 신흥 부자, 흔히 뉴머니라 불리는 이들은 뉴잉글랜드에 자리잡은 유서 깊은 가문의 올드머니들의 경멸의 대상이었다. 거칠게 분류하자면 '어디서 왔는지도 모르는' 개츠비는 뉴머니를 대표하는 인물이고, 폴로용 말떼를 거느리고 동부에 나타난 톰 뷰캐넌은 올드머니에 가까운 인물이라 할 수 있다. 개츠비가 어떻게 돈을 벌었는지를 알게 된 데이지는, 그가 결코 자신들과 같은 존재가 될 수 없다는 사실을 깨닫고는 남편인 톰에게로 돌아선다.

개츠비와 같은 신흥 부자들은 석유와 도박, 주식 투기와 밀주로 돈을 벌었다. 때는 또한 금주법의 시대였다. 청교도적 윤리에 기반한 금욕주의는 술의 판매를 금하는 금주법 시대를 열었다. 금주법은 1920년대 초반부터 발효되어 대공황으로 경제가 붕괴되면서 사실상 끝이 났다. 그러나 피츠제럴드가 이 소설을 구상하고 집필하는 1920년대 초반에는 금주법이 엄존하고 있었다. 그럼에도 불구하고 이 소설은 갈피갈피마다 진한 술냄새가 진동을 한다. 진탕 마셔대고 술주정을 벌이는 파티가 날마다 계속되고, 톰은 어디를 가든 술을 챙겨간다. 개츠비는 밀주업자라는 소문에 시달리고, 캐나다로부터 플래 파이프 라인을 통해 술을 들여온다는 황당무계한 루머까지 나돈다. 결국 금주법이라는 무리한 법은 이 소설에서 보듯 유명무실했으며 범죄조직 등을 배 불리는 수단에 불과했다는 것을 알 수 있다. 2000년대의 한국에 사는 우리는 이 소설이 금주법의 시대에 쓰였다는 것을 유념해둘 필요가 있다. 당시의 독자들은 소설 속의 파티 장면을 지금의 우리와는 사뭇 다르게 받아들였을 것이다. 도덕과 법이 무너지고 노골적으로 돈과 출세를 좇는 세태에 충격을 받는 한편으로, 그 속에서 벌어지는 터무니없이 무모한, 그렇기에 더욱 순수한 개츠비의 사랑이야말로 진흙 속에 핀 연꽃처럼 보이기도 했을 것이다.

피츠제럴드는 딸이 태어나자 맨해튼을 떠나 뉴욕 근교인 롱아일랜드의 그레이트 네크Great Neck로 이사를 간다. 소설의 제목이 '위대한 개츠비The Great Gatsby'로 정해진 것은 우연이 아니다. 개츠비가 위대해서라기보다는 자신이 그레이트 네크에 살고 있었고, 주인공 개츠비 역시 그곳의 주민으로 상정했기 때문에 작가 머릿속 무의식의 교량이 둘을 연결했을 것이다. 이 그레이트 네크는 소설 속의 웨스트에그이며 뉴머니들이 몰려드는 작은 반도로 묘사된다. 그 건너편의 이스트에그는 올드머니들의 저택이 즐비한 곳이다. 자연스럽게도, 개츠비는 웨스트에그에, 뷰캐넌 부부는 이스트에그에 산다. 뉴머니 개츠비는 이스트에그의 불빛을 선망하며 바라보지만, 올드머니 뷰캐넌은 개츠비가 아무리 환하게 불을 밝혀도("무슨 만국박람회라도 하는 것 같은데") 그의 존재조차 의식하지 못한다.

뉴욕은 선망의 도시다. 브루클린에서는 이스트강 너머의 맨해튼을 바라보고, 센트럴파크의 잔디밭에서는 어퍼이스트의 최고급 펜트하우스를 우러른다. 5번 애비뉴의 쇼윈도에는 세계 최고의 상품들이 즐비하고 레스토랑에서는 유명인사들과 우연히 마주친다. 개츠비는 데이지의 삶을 선망하고, 데이지는 개츠비가 데려온 영화계의 스타들을 선망한다. 어찌할 수 없는 선망, 그리고 그것에 대한 터무니없을 정도의 가혹한 대가. 이것은 훗날 많은 소설들이 그대로 답습하게 될 테마다.

3. 무가치함의 위대함 혹은 위대한 무가치

이 소설에 대해서는, 역자로서가 아니라 작가로서 할말이 많다. 파면 팔수록 재미있는 데가 많은 소설이다. 그러나 독자들의 즐거움을 방해할 수 있으니 구구절절 밝히지는 않으려 한다. 단지 데이지에 대해서만은 한마디하고 갈까 한다. 개츠비가 자기 인생을 걸고 사랑하는 이 여성은, 실은 그런 사랑을 바칠 만큼 대단하지가 않다. 우리의 주인공 '위대한' 개츠비가 인생을 걸고 사랑하는 여자가 실은 그럴 만한 대상이 아니라는 아이러니는, 사실 받아들이기 쉬운 것은 아니다. 그녀는 쉽게 사랑에 빠지고 허영에 사로잡혀 있으며 무책임하다. 화려한 것을 추종하고 모든 것이 자기 노력과는 상관없이 저절로 이루어지길 바라며, 자신의 무책임이 심각한 결과로 돌아올 때에는 그 처리를 남에게 맡기고 달아난다.

그녀를 자기 저택으로 초대한 개츠비는 영국제 셔츠로 가득한 옷장을 열고 그 셔츠들을 하나하나 꺼내 산처럼 쌓는다. 그러자 데이지는 그 셔츠 더미에 얼굴에 묻고 울음을 터뜨린다.

"이렇게 아름다운 셔츠들이라니." 그녀가 흐느꼈다. 잔뜩 쌓인 셔츠 더미에 파묻혀 그녀의 목소리가 띄엄띄엄 들려왔다. "너무 슬퍼. 이렇게, 이렇게 아름다운 셔츠들은 처음이야."

요컨대 데이지는 인간 개츠비가 아니라 영국제 셔츠를 사랑하는 인물이다. 개츠비도 그것을 알고 있지만 어쩔 수가 없다. 이런 사람을 지독하게 사랑한다는 것, 아니, 그 사람을 지독하게 사랑하는 자기 자신의 이미지를 사랑한다는 것. 그것이 바로 개츠비의 특별한 점이다. 개츠비의 '위대함'은 그가 인류에 공헌했다거나, 뭔가 엄청난 업적을 쌓았기 때문에 붙은 수식이 아니다. 그는 범속한 존재를 무모하게 사랑하고 그러면서도 의연하게 그 실패를 받아들인다는 점에서, 여전히 자신의 상상 속에 머문다는 점에서, 역설적으로 위대하다. 따라서 그 위대함에는 씁쓸한 아이러니가 있으며 불가피한 자조의 기운이 스며 있다.

『위대한 개츠비』 이전으로 거슬러올라가는 우리 앞에는 통속적 연애소설의 세계에 빠져 현실에서 허우적거리다 파멸해버리는 보바리 부인이 버티고 서 있다. 개츠비는 비록 남자이지만 통속적이고 상투적인 거부(巨富)의 이미지에 스스로를 복속시키고 그럼으로써 파국에 이른다는 점에서 보바리 부인과 같은 족속이다. 동시에, 현실과 환상을 구분하지 못하고 애초에 설정한 자신의 환상 속에서 나오려 하지 않는다는 면에서는 저 라만차의 방랑기사, 돈키호테의 후예이기도 하다. 이렇게 보면 데이지와 개츠비는 왈츠를 추는 두 사람의 댄서처럼 서로 떼어놓기 어려워진다. 데이지는 사랑 그 자체와 사랑에 빠지고 개츠비는 자기 자신의 이미지와 사랑에 빠진다. 그들은 서로를 사랑한다고 믿고 있지만, 실은 자기 자신을 사랑하고 있는 것이다.

4. 너무 늦은 성공

피츠제럴드는 1896년에 미국 중서부 미네소타주의 세인트폴에서 태어났다. 소설의 화자인 닉 캐러웨이가 중서부의 삶에 대해서 말하는 장면은 그대로 피츠제럴드 자신의 육성일 것이다. 이를테면 이런 장면.

우리가 겨울밤의 한복판을 질주할 때, 진짜 눈, 바로 우리의 눈이 우리 바로 옆에서 녹아 번져가면서 창문 위에서 반짝거리는 순간, 그리하여 위스콘신주의 작은 간이역들의 희미한 등불을 지나갈 때면 날카롭고 거친 기운이 갑자기 공기 속으로 뒤섞여들었다. (……)
거기가 바로 나의 중서부다. 밀밭도, 초원도, 사라진 스웨덴 이민자들의 마을도 아닌, 젊은 날의 가슴 떨리는 귀향 열차, 서리가 내리는 어둠 속 거리의 가로등, 썰매의 방울소리, 그리고 불 켜진 창문의 불빛으로 눈 위에서 모습을 드러내는 성탄 축하장식의 그림자들. 나는 그것이 일부다.

프린스턴대학에 입학한 피츠제럴드는 자신의 주인공 개츠비와 마찬가지로 1차세계대전에 참전하기 위해 입대하여 미국 남부, 앨라배마주의 몽고메리에서 훈련을 받았다. 거기에서 앨라배마주 대법원 판사의 딸인 젤다라는 여성을 만난다. 중서부 출신의 별로 내세울 것 없는 집안의 아들인 피츠제럴드가 유서 깊은 남부 명문가의 딸을 만난 것이다. 그들은 약혼을 하기는 했지만 자신을 '부양할' 남자를 찾는 젤다의 뜻에 따라 파혼한다. 뉴욕으로 돌아온 피츠제럴드는 첫 소설 『낙원의 이쪽』을 써서 일약 문학적 스타로 떠오른다. 둘은 이 책의 출간 직후에 결혼하고 뉴욕에 자리를 잡는다.

젤다와의 결혼생활은 좋지 않았다. 독자들이 젤다를 데이지와 겹쳐서 보는 것은 부자연스럽지 않다. 데이지와 마찬가지로 젤다는 화려한 삶을 추구했다. 젤다를 '부양하는' 데에는 생각보다 돈이 많이 들었다. 그녀는 베스트셀러 작가의 아내로 문학판의 스타가 되어 사교계를 들락거리는 존재로 살아가는 것을 좋아했다. 검소하고 비루한 삶은 사양이었다. 스콧과 젤다는 유럽을 떠도는 코즈모폴리턴의 삶을 살았다. 『위대한 개츠비』의 초고는 코트다쥐르에서 완성되었고 교정은 로마와 카프리섬에서 보았다. 편집자와 피츠제럴드는 전보와 우편으로 원고와 소식을 주고받아야 했다. 이런 사치스러운 생활에서 불어나는 빚을 감당하기 위해 피츠제럴드는 결혼 초기에 수많은 단편소설들을 썼다. 그중 하나가 영화로도 만들어진 「벤자민 버튼의 시간은 거꾸로 간다」이다. 말년에는 할리우드로 가 영화 시나리오를 썼지만 성공시킨 작품은 거의 없었다. 스콧은 대학 시절부터 심각한 알코올중독이었고 젤다는 정신병에 시달렸다. 이런 상황은 끝까지 나아지지 않았다. 아니, 더욱 심해졌다고 말하는 것이 맞을 것이다.

『위대한 개츠비』는 그의 세번째 장편소설이다. 착상에서 집필, 퇴고에 퇴고를 거듭하면서 삼 년이나 이 소설에 매달렸지만 결과는 기대 이하였다. 평론가들의 리뷰는 이전 책들보다 좋았지만 책은 잘 팔리지 않았다. 데뷔작의 절반도 팔리지 않았고 이어 연극과 무성영화로도 제작됐지만 판매에는 별 도움이 되지 않았다. 실질적으로 이 책은 출간된 해인 1925년 말에는 거의 죽어버렸다고 봐도 과언이 아니었다. 그 후로부터 작가가 세상을 떠날 때까지 대략 2만5천 부 정도가 팔린 것으로 추산되고 있다. 그 정도면 당시의 시대상을 감안한다 해도 결코 많은 것이 아니고, 지금 누리고 있는 성가에 비춘다면 놀랄 만큼 적은 부수다.

책이 출간되기 전, 편집자에게 보낸 편지에서 피츠제럴드는 『위대한 개츠비』가 그때까지 영어로 쓰인 소설 중에서 최고라고 자부했지만 결과가 좋지 않자 크게 낙담했다. 그는 제목을 잘못 지었다고 후회하기도 했다('황금모자를 쓴 개츠비'나 '트리말키오' 등이 그가 마지막까지 고려한 대안이었다).

나는 『위대한 개츠비』의 실패가 젊은 작가 피츠제럴드의 기를 결정적으로 꺾었다고 생각한다. 그는 그후로도 두 권의 장편을 발표했지만 데뷔작의 성공은 재현하지 못했다. 1940년, 45세를 일기로 사망하던 무렵, 그는 몇 년째 할리우드에 붙들려 영화 시나리오를 쓰고 있었다. 빚더미에 신음하고 있었고 젤다는 정신병원에 들어가 있었다. 술과 담배, 격심한 스트레스와 영화 제작업자들의 독촉에 시달리던 그에게 심장 발작이 찾아왔다. 젤다는 그로부터 팔 년 후, 노스캐롤라이나의 정신병원에서 화재로 목숨을 잃었다.

사망하던 무렵, 피츠제럴드는 거의 잊혀진 작가였다고 해도 과언이 아니다. 대공황과 2차세계대전 참전이라는 격랑을 거치면서 흥청거리던 재즈 시대의 이야기는 설자리를 잃었다.

그러나 『위대한 개츠비』는 작가의 죽음과 더불어 부활한다. 그의 이름이 서서히 다시 거론되기 시작했다. 작가가 죽으면 단박에 대표작이 가려진다. 모호하던 작품 간의 우열도 홀연 분명해진다. 이에 따라 가장 많이 팔린 데뷔작 『낙원의 이쪽』 대신 『위대한 개츠비』가 단연 피츠제럴드의 작품 세계를 대표하는 작품으로 자리매김했다. 무엇보다 이

디스 워턴이나 T. S. 엘리엇, J. D. 샐린저, 거트루드 스타인 같은 동료 작가들이 『위대한 개츠비』야말로 미국 문학의 걸작이라고 증언하기 시작했다. 갑자기 주문이 늘어나기 시작했으며 보급판 페이퍼백을 비롯해 여러 판본이 동료 작가들의 헌사를 달고 서점에 깔렸다. 진중문고 Armed Service Editions 판으로 만들어져 2차세계대전이 한창인 전선으로 보내진 부수만도 15만 부에 달했다고 한다. 그리고 이 글을 쓰는 현재까지 부동의 스테디셀러다. 미국의 그 어떤 서점에서도 『위대한 개츠비』를 발견할 수 있으며, 그것도 언제나 좋은 자리에서다.

만일 누군가 나에게 이 소설을 단 한 줄로 요약해달라고 한다면 이렇게 말할 것이다. "표적을 빗나간 화살들이 끝내 명중한 자리들"이라고. 개츠비에게는 데이지라는 목표가 있었고, 데이지에게는 낭만적 사랑이라는 지향이 있었다. 지친 윌슨은 엉뚱한 사람에게 복수를 하고, 몸이 뜨거운 그의 아내는 달려오는 자동차를 잘못 보고 제 몸을 던진다. 작가인 피츠제럴드마저도 당대의 성공과 즉각적인 열광을 꿈꾸었다. 그러나 그 표적들을 향해 쏘아올린 화살들은 모두 엉뚱한 곳으로 날아가 꽂혔다. 난데없는 곳으로 날아가 비로소 제대로 꽂히는 것, 그것이 바로 문학이다.

김영하

F. 스콧 피츠제럴드 연보

1853년	스콧 피츠제럴드의 아버지 에드워드 피츠제럴드가 메릴랜드 몽고메리 카운티에서 태어나다.
1860년	어머니인 메리 매퀼런(애칭 몰리) 태어나다.
1890년	에드워드 피츠제럴드와 몰리 매퀼런이 워싱턴 D.C.에서 결혼하다.
1896년	9월 24일 세인트폴 로렐 애비뉴 481에서 프랜시스 스콧 키 피츠제럴드 태어나다.
1898년	세인트폴에서 가구 사업에 실패한 에드워드가 프록터 앤드 갬블 사의 영업사원으로 취직하면서 뉴욕주 버펄로로 이사한다. 이후로 가족은 회사의 발령에 따라 뉴욕주 각지를 떠돈다.
1908년	에드워드가 해고당하다. 스콧은 그날의 일을 이렇게 회고하고 있다. "그날 아침 집을 나설 때까지만 해도 아버지는 젊고 자신감에 가득차 있었다. 그러나 저녁에 집으로 돌아온 그는 늙고 완전히 낙담해 있었다. 그는 그후로 평생을 실패자로 살아갔다." 가족은 이후 다시 세인트폴로 돌아왔고, 스콧은 지역 명문 학교인 세인트폴 아카데미에 입학한다. 그는 스포츠를 잘하고 싶어했으나 글쓰기에 더 소질이 있었다.
1909년	그가 쓴 글 중 처음으로 단편 「레이먼드 저당抵當의 미스터리」가 세인트폴 아카데미의 문예집에 게재되었다.
1911년	9월에 뉴저지의 뉴먼 스쿨에 입학한다. 첫해에는 외롭고 인

	기 없는 나날을 보냈는데, 스콧은 그 이유가 자신이 너무 잘난 체했기 때문이라고 밝혔다.
1912~1913년	훗날 그의 첫 장편소설 『낙원의 이쪽』을 스크리브너 출판사에 추천해준 아일랜드 작가 셰인 레슬리와 친분을 쌓다. 프린스턴대학교에 입학하다. 그는 프린스턴대학교 유머 잡지인 〈프린스턴 타이거〉에 글을 기고하고, 계속 희곡을 쓰는 등 활발한 창작기를 보냈다. 재학중 몇 편의 뮤지컬 코미디를 썼고, 많은 수가 프린스턴대학 연극 동아리 무대에 올랐다.
1915년	부유한 사교계 여성 지니브러 킹을 파티에서 만나 사랑에 빠진다. 그녀는 그의 많은 소설의 모델이 된다. 그는 그녀에게 끝없이 연애편지를 써보냈으나, 그녀는 그가 "엄청나게 따분하고 지겹다"는 이유로 차버린다. 프린스턴대학교의 3학년이었던 그해, 스콧은 학점 미달로 낙제하고 학교를 떠난다.
1916~1917년	다시 학교에 돌아오지만 여전히 학점이 모자라 중퇴한다. 미 육군에 소위로 임관한다. 장편소설 『로맨틱 에고이스트』를 쓰기 시작한다. 바쁜 군생활중에도 그는 주말마다 꼬박 글쓰기에 전념했다.
1918년	군에서 휴가를 받아 프린스턴으로 여행을 떠나고, 거기서 『로맨틱 에고이스트』의 초고를 탈고한다. 그는 셰인 레슬리에게 원고를 보냈고, 레슬리는 그것을 스크리브너 출판사에 보낸다. 7월에 몽고메리 카운티 클럽 댄스파티에서 대법관 앤서니 세이어의 딸 젤다 세이어와 만난다. 『로맨틱 에고이스트』가 반송된다.
1919년	2월에 젤다와 몰래 약혼한다. 그는 소용돌이에 휘말린 듯

격렬한 사랑에 빠진 시기였다고 그 시절을 회고한다. 1차대전이 끝나고 제대한 뒤 젤다와 결혼할 작정으로 뉴욕의 광고회사에서 일자리를 얻는다. 하지만 젤다는 6월에 파혼을 선언한다. 스콧은 광고회사를 그만두고 세인트폴에 돌아와 『로맨틱 에고이스트』를 다시 쓰기 시작한다. 9월 16일, 스크리브너의 맥스웰 퍼킨스가 '낙원의 이쪽'이라고 제목을 바꾼 그의 원고를 출간하기로 한다. 그후로 스콧은 대중지인 〈새터데이 이브닝 포스트〉를 비롯한 여러 잡지에 단편소설을 팔았고, 에이전트를 구한다. 그리고 몽고메리로 젤다를 찾아간다.

1920년   3월 26일 출간된 장편소설 『낙원의 이쪽』과 16편의 단편소설, 2편의 기고문을 팔아 2만 달러가 넘는 돈을 받는다. 그는 말 그대로 자고 일어나자 스타가 되었고, 책을 낸 지 일주일 뒤 젤다와 결혼한다. 하지만 유명인사가 된 부부는 받은 돈을 연말이 되기도 전에 흥청망청 다 써버린다. 스콧은 스크리브너 출판사에 향후 열 권의 책을 내주기로 하고, 1600달러를 빌린다. 그는 앞으로도 평생 이와 같은 행각을 되풀이하게 된다. 첫 소설집 『말괄량이들과 철학자들』이 출간된다.

1921년   젤다가 임신한다. 두 사람은 뉴욕시 59번가 38번지에 보금자리를 튼 뒤, 프랑스와 영국 등을 여행한다.
9월에 〈메트로폴리탄〉 매거진에 장편소설 『아름답고도 저주받은 사람들』을 연재하기 시작한다. 젤다 역시 〈뉴욕 트리뷴〉 지의 북섹션에 리뷰를 기고하기 시작한다. 10월에 딸인 프랜시스 스콧 피츠제럴드(애칭 스코티)가 태어난다.

1922년   『아름답고도 저주받은 사람들』이 출간되었고, 워너브라더스에 판권이 팔려 영화화되었다. 두번째 소설집 『재즈 시대

이야기들』(한국어판『벤자민 버튼의 시간은 거꾸로 간다』)
이 출간된다.
부부는 부촌인 롱아일랜드의 그레이트 네크에 집을 빌리고, 중고 롤스로이스를 구입하여 뉴욕을 오가는 호화로운 생활을 시작한다. 스콧은 여기서『위대한 개츠비』의 아이디어를 얻는다. 그레이트 네크에서의 생활은 끝없는 파티와 술로 이어졌다.

1924년   피츠제럴드 가족은 파리와 니스를 떠돌다가 부유한 미국인 부부를 만나 생라파엘의 빌라 마리에 머문다. 그곳에서 스콧이『위대한 개츠비』에 매달려 있는 동안 젤다는 프랑스 조종사인 에두아르 조장과 사랑에 빠진다. 그녀는 곧 관계를 정리하지만, 훗날 스콧은 "되돌릴 수 없는 무언가가 그때 일어나버렸다는 걸 알았다"고 고백했다.
가을에 스콧은『위대한 개츠비』의 초고인『황금모자를 쓴 개츠비』를 탈고한다. 그는 편집자인 맥스웰 퍼킨스에게 원고를 보내고, 가족이 이탈리아와 스페인에서 겨울을 나는 동안 원고를 고쳐쓴다.

1925년   4월 10일『위대한 개츠비』가 출간되어 엄청난 호평이 쏟아지지만 책값이 워낙 쌌기 때문에 많은 돈을 벌어들이지는 못한다. 스콧은 5월에 파리 좌안의 카페에서 헤밍웨이를 처음 만나 친구가 된다. 스콧은 장편소설『밤은 부드러워라』의 아이디어를 구상하기 시작한다.

1926~1927년   『위대한 개츠비』가 브로드웨이 무대에 오르고, 세번째 소설집『모든 슬픈 청년들』이 출간된다.
스콧은 17세의 배우 로이스 모랑에게 반한다. 부부는 이 때문에 여러 차례 큰 싸움을 벌이고, 젤다는 마음에 깊은 상처를 입는다.

1928~1929년	부부의 싸움이 더욱 격해지는 가운데 다시 유럽으로 여행을 떠난다. 젤다는 다섯 편의 단편소설을 〈칼리지 유머〉에 게재하지만, 남편과 공저자로 이름이 오른다. 이후로도 젤다는 많은 단편소설을 써서 잡지에 게재하지만, 매번 공저이거나, 남편의 이름으로 작품이 실린다.
1930~1931년	젤다가 파리에서 첫 발작을 일으킨다. 스콧은 그녀를 파리 외곽의 정신요양원에 보냈다가 이 주 뒤 데려온다. 5월 22일 젤다는 스위스 글리옹의 발몽 요양원에 입원하여 신경쇠약 진단을 받는다. 스콧은 파리와 스위스를 오가며 생활한다. 9월에 젤다가 퇴원한 뒤, 가족은 미국으로 향한다. 그들은 훗날 'F. 스콧 피츠제럴드 & 젤다 피츠제럴드 박물관'이 될 몽고메리 펠더 애비뉴 819번지로 이사한다. 스콧은 MGM사의 요청으로 할리우드에서 시나리오 작업을 시작한다.
1932년	두번째로 발작을 일으킨 젤다는 존스 홉킨스 대학 정신병원에 입원해, 장편소설을 쓰기 시작하여 육 주 만에 완성한다. 젤다는 그것을 스콧의 편집자인 맥스웰에게 보내고, 격노한 스콧은 그것이 자신의 소설을 베낀 것이라 주장한다. 스콧은 그 작품을 뜯어고치라고 요구하고, 출간된 뒤에도 심약한 아내가 충격받을 수 있으니 작품을 너무 많이 홍보하지 말아달라고 요청한다. 10월 7일 젤다의 첫 장편소설 『나와 왈츠를 춰요』가 출간된다.
1933~1934년	젤다의 증상이 더욱 심해져 집에 불을 지르기에 이른다. 『밤은 부드러워라』가 잡지에 연재되기 시작한다. 젤다가 세번째 발작을 일으켜 메릴랜드의 정신병원에 입원한다. 4월 12일, 스콧의 장편소설 『밤은 부드러워라』가 출간된다. 대공황기임을 감안하면 판매 성적은 좋은 편이었으나, 스콧의

	기대에는 미치지 못했다. 입원해 있던 병원에서 『밤은 부드러워라』를 읽은 젤다는 자신의 모습이 소설 속에 잔인하게 투영되어 있음을 알고 충격을 받는다.
1935~1936년	스콧의 소설집 『기상 시간에 소등나팔을』이 출간된다. 스콧의 주벽은 날이 갈수록 심해져 하루에 맥주를 서른 캔 이상 마시기에 이른다. 에세이집 『신경쇠약』을 준비한다.
1937~1939년	스콧이 할리우드로 다시 초청받아 간다. 엄청난 빚을 떠안은 그는 MGM과 6개월 계약을 맺고 여러 편의 시나리오를 손질하기 시작했으며, 그중에는 〈바람과 함께 사라지다〉도 포함되어 있었다. 거기서 스콧은 젊은 시절의 젤다와 꼭 닮은 배우이자 기자인 실라 그레이엄을 만난다. MGM과의 계약 갱신에 실패한 스콧은 다트머스 칼리지에서 일자리를 구하지만, 곧 음주 때문에 해고당한다. 다시 할리우드로 돌아와, 유니버설, 파라마운트, 20세기 폭스 사 등에서 다섯 편이 넘는 시나리오 작업에 착수한다.

스콧은 가족과 함께 쿠바로 잠시 여행을 떠났다가 술에 취해 난동을 부리고, 젤다는 여동생인 클로틸드의 집으로 피신한다. 그것이 그들의 마지막 만남이었다. 스콧의 용태를 살핀 의사는 그가 술을 끊지 않으면 일 년 이내에 사망할 것이라고 경고한다. 스콧은 마지막 장편소설이 될 『마지막 거물의 사랑』의 집필에 착수한다. |
| 1940년 | 젤다는 몽고메리의 하일랜드 병원에 입원하고, 별거하던 스콧은 할리우드로 이사한다. 11월에 첫 심장 발작으로 쓰러진 그는 12월 21일 사망한다. 스콧은 12월 27일 메릴랜드 로크빌 유니언 묘지에 묻혔으나, 젤다는 장례식에 참석하지 못했다. |
| 1941~1945년 | 스콧의 친구인 에드먼드 윌슨이 편집한 미완성 장편소설 |

『마지막 거물의 사랑』, 에세이집 『신경쇠약』이 출간된다.
1948년 젤다가 입원해 있던 하일랜드 병원에 불이 나, 젤다와 여덟 명의 여자가 숨진다. 젤다는 스콧과 함께 로크빌 유니언 묘지에 묻혔다가 1975년 세인트메리 가톨릭교회 묘지로 함께 이장되었다.

문학동네 세계문학전집 발간에 부쳐

세계문학은 국민문학 혹은 지역문학을 떠나 존재하는 문학이 아니지만 그것들의 총합도 아니다. 세계문학이라는 용어에는 그 나름의 언어와 전통을 갖고 있는 국민문학이나 지역문학의 존재를 인정하면서 그것을 넘어서는 문학의 보편적 질서에 대한 관념이 새겨져 있다. 그 용어를 처음 고안한 19세기 유럽인들은 유럽문학을 중심으로 그 질서를 구축했지만 풍부한 국민문학의 전통을 가지고 있는 현대의 문학 강국들은 나름의 방식으로 세계문학을 이해하면서 정전(正典)의 목록을 작성하고 또 수정한다.

한국에서도 세계문학 관념은 우리 사회와 문화의 변화 속에서 거듭 수정돼왔다. 어느 시기에는 제국 일본의 교양주의를 반영한 세계문학 관념이, 어느 시기에는 제3세계 민족주의에 동조한 세계문학 관념이 출현했고, 그러한 관념을 실천한 전집물이 출판됐다. 21세기 한국에 새로운 세계문학전집이 필요하다는 것은 명백하다. 우리의 지성과 감성의 기준에 부합하는 세계문학을 다시 구상할 때가 되었다.

문학동네 세계문학전집은 범세계적으로 통용되는 고전에 대한 상식을 존중하면서도 지난 반세기 동안 해외 주요 언어권에서 창작과 연구의 진전에 따라 일어난 정전의 변동을 고려하여 편성되었다. 그래서 불멸의 명작은 물론 동시대 세계의 중요한 정치·문화적 실천에 영감을 준 새로운 작품들을 두루 포함시켰다.

창립 이후 지금까지 한국문학 및 번역문학 출판에서 가장 전문적이고 생산적인 그룹을 대표해온 문학동네가 그간 축적한 문학 출판 경험을 바탕으로 새로운 세계문학전집을 펴낸다. 인류가 무지와 몽매의 어둠 속을 방황하면서도 끝내 길을 잃지 않은 것은 세계문학사의 하늘에 떠 있는 빛나는 별들이 길잡이가 되어주었기 때문이다. 우리가 자부심과 사명감 속에서 그리게 될 이 새로운 별자리가 독자들의 관심과 애정에 힘입어 우리 모두의 뿌듯한 자산이 되기를 소망한다.

문학동네 세계문학전집 편집위원
민은경, 박유하, 변현태, 송병선, 이재룡, 홍길표, 남진우, 황종연

세계문학전집 007
위대한 개츠비

1판 1쇄 2009년 12월 15일 | 1판 40쇄 2019년 12월 6일
2판 1쇄 2020년 1월 17일 | 2판 13쇄 2025년 12월 30일

지은이 F. 스콧 피츠제럴드 | 옮긴이 김영하

편집 박여영 박아름 김선희 황문정 | 독자모니터 한지혜
디자인 박진범 송윤형 엄혜리 최미영 | 저작권 박지영 형소진 주은수 오서영 조경은
마케팅 정민호 서지화 한민아 이민경 왕지경 정유진 한경화 정경주 김혜원 김예진 이서진
브랜딩 함유지 박민재 이송이 박다솔 주다현 김하연 이준희
제작 강신은 김동욱 이순호 | 제작처 한영문화사

펴낸곳 (주)문학동네 | 펴낸이 김소영
출판등록 1993년 10월 22일 제2003-000045호
주소 10881 경기도 파주시 회동길 210
전자우편 editor@munhak.com
대표전화 031)955-8888 | 팩스 031)955-8855
문학동네카페 http://cafe.naver.com/mhdn
인스타그램 @munhakdongne | 트위터 @munhakdongne
북클럽문학동네 http://bookclubmunhak.com

ISBN 978-89-546-0917-3 04840
    978-89-546-0901-2 (세트)

잘못된 책은 구입하신 서점에서 교환해드립니다.
기타 교환 문의 031) 955-2661, 3580

www.munhak.com

문학동네 세계문학전집

1, 2, 3 안나 카레니나 레프 톨스토이 | 박형규 옮김
4 판탈레온과 특별봉사대 마리오 바르가스 요사 | 송병선 옮김
5 황금 물고기 J. M. G. 르 클레지오 | 최수철 옮김
6 템페스트 윌리엄 셰익스피어 | 이경식 옮김
7 위대한 개츠비 F. 스콧 피츠제럴드 | 김영하 옮김
8 아름다운 애너벨 리 싸늘하게 죽다 오에 겐자부로 | 박유하 옮김
9, 10 파우스트 요한 볼프강 폰 괴테 | 이인웅 옮김
11 가면의 고백 미시마 유키오 | 양윤옥 옮김
12 킴 러디어드 키플링 | 하창수 옮김
13 나귀 가죽 오노레 드 발자크 | 이철의 옮김
14 피아노 치는 여자 엘프리데 옐리네크 | 이병애 옮김
15 1984 조지 오웰 | 김기혁 옮김
16 벤야멘타 하인학교 - 야콥 폰 군텐 이야기 로베르트 발저 | 홍길표 옮김
17, 18 적과 흑 스탕달 | 이규식 옮김
19, 20 휴먼 스테인 필립 로스 | 박범수 옮김
21 체스 이야기·낯선 여인의 편지 슈테판 츠바이크 | 김연수 옮김
22 왼손잡이 니콜라이 레스코프 | 이상훈 옮김
23 소송 프란츠 카프카 | 권혁준 옮김
24 마크롤 가비에로의 모험 알바로 무티스 | 송병선 옮김
25 파계 시마자키 도손 | 노영희 옮김
26 내 생명 앗아가주오 앙헬레스 마스트레타 | 강성식 옮김
27 여명 시도니가브리엘 콜레트 | 송기정 옮김
28 한때 흑인이었던 남자의 자서전 제임스 웰든 존슨 | 천승걸 옮김
29 슬픈 짐승 모니카 마론 | 김미선 옮김
30 피로 물든 방 앤절라 카터 | 이귀우 옮김
31 숨그네 헤르타 뮐러 | 박경희 옮김
32 우리 시대의 영웅 미하일 레르몬토프 | 김연경 옮김
33, 34 실낙원 존 밀턴 | 조신권 옮김
35 복낙원 존 밀턴 | 조신권 옮김
36 포로기 오오카 쇼헤이 | 허호 옮김
37 동물농장·파리와 런던의 따라지 인생 조지 오웰 | 김기혁 옮김
38 루이 랑베르 오노레 드 발자크 | 송기정 옮김
39 코틀로반 안드레이 플라토노프 | 김철균 옮김
40 어두운 상점들의 거리 파트릭 모디아노 | 김화영 옮김
41 순교자 김은국 | 도정일 옮김
42 젊은 베르테르의 슬픔 요한 볼프강 폰 괴테 | 안장혁 옮김
43 더블린 사람들 제임스 조이스 | 진선주 옮김
44 설득 제인 오스틴 | 원영선, 전신화 옮김
45 인공호흡 리카르도 피글리아 | 엄지영 옮김
46 정글북 러디어드 키플링 | 손향숙 옮김
47 외로운 남자 외젠 이오네스코 | 이재룡 옮김
48 에피 브리스트 테오도어 폰타네 | 한미희 옮김
49 둔황 이노우에 야스시 | 임용택 옮김
50 미크로메가스·캉디드 혹은 낙관주의 볼테르 | 이병애 옮김

51, 52 염소의 축제 마리오 바르가스 요사 | 송병선 옮김
53 고야산 스님·초롱불 노래 이즈미 교카 | 임태균 옮김
54 다니엘서 E. L. 닥터로 | 정상준 옮김
55 이날을 위한 우산 빌헬름 게나치노 | 박교진 옮김
56 톰 소여의 모험 마크 트웨인 | 강미경 옮김
57 카사노바의 귀향·꿈의 노벨레 아르투어 슈니츨러 | 모명숙 옮김
58 바보들을 위한 학교 사샤 소콜로프 | 권정임 옮김
59 어느 어릿광대의 견해 하인리히 뵐 | 신동도 옮김
60 웃는 늑대 쓰시마 유코 | 김훈아 옮김
61 팔코너 존 치버 | 박영원 옮김
62 한눈팔기 나쓰메 소세키 | 조영석 옮김
63, 64 톰 아저씨의 오두막 해리엇 비처 스토 | 이종인 옮김
65 아버지와 아들 이반 투르게네프 | 이항재 옮김
66 베니스의 상인 윌리엄 셰익스피어 | 이경식 옮김
67 해부학자 페데리코 안다아시 | 조구호 옮김
68 긴 이별을 위한 짧은 편지 페터 한트케 | 안장혁 옮김
69 호텔 뒤락 애니타 브루크너 | 김정 옮김
70 잔해 쥘리앵 그린 | 김종우 옮김
71 절망 블라디미르 나보코프 | 최종술 옮김
72 더버빌가의 테스 토머스 하디 | 유명숙 옮김
73 감상소설 미하일 조셴코 | 백용식 옮김
74 빙하와 어둠의 공포 크리스토프 란스마이어 | 진일상 옮김
75 쓰가투·셔빌·옛날이야기 나사이 오사무 | 서재곤 옮김
76 이인 알베르 카뮈 | 이기언 옮김
77 달려라, 토끼 존 업다이크 | 정영목 옮김
78 몰락하는 자 토마스 베른하르트 | 박인원 옮김
79, 80 한밤의 아이들 살만 루슈디 | 김진준 옮김
81 죽은 군대의 장군 이스마일 카다레 | 이창실 옮김
82 페레이라가 주장하다 안토니오 타부키 | 이승수 옮김
83, 84 목로주점 에밀 졸라 | 박명숙 옮김
85 아베 일족 모리 오가이 | 권태민 옮김
86 폭풍의 언덕 에밀리 브론테 | 김정아 옮김
87, 88 늦여름 아달베르트 슈티프터 | 박종대 옮김
89 클레브 공작부인 라파예트 부인 | 류재화 옮김
90 P세대 빅토르 펠레빈 | 박혜경 옮김
91 노인과 바다 어니스트 헤밍웨이 | 이인규 옮김
92 물방울 메도루마 슌 | 유은경 옮김
93 도깨비불 피에르 드리외라로셸 | 이재룡 옮김
94 프랑켄슈타인 메리 셸리 | 김선형 옮김
95 래그타임 E. L. 닥터로 | 최용준 옮김
96 캔터빌의 유령 오스카 와일드 | 김미나 옮김
97 만(卍)·시게모토 소장의 어머니 다니자키 준이치로 | 김춘미, 이호철 옮김
98 맨해튼 트랜스퍼 존 더스패서스 | 박경희 옮김
99 단순한 열정 아니 에르노 | 최정수 옮김

100 열세 걸음 모옌 | 임홍빈 옮김
101 데미안 헤르만 헤세 | 안인희 옮김
102 수레바퀴 아래서 헤르만 헤세 | 한미희 옮김
103 소리와 분노 윌리엄 포크너 | 공진호 옮김
104 곰 윌리엄 포크너 | 민은영 옮김
105 롤리타 블라디미르 나보코프 | 김진준 옮김
106, 107 부활 레프 톨스토이 | 박형규 옮김
108, 109 모래그릇 마쓰모토 세이초 | 이병진 옮김
110 은둔자 막심 고리키 | 이강은 옮김
111 불타버린 지도 아베 고보 | 이영미 옮김
112 말라볼리아가의 사람들 조반니 베르가 | 김운찬 옮김
113 디어 라이프 앨리스 먼로 | 정연희 옮김
114 돈 카를로스 프리드리히 실러 | 안인희 옮김
115 인간 짐승 에밀 졸라 | 이철의 옮김
116 빌러비드 토니 모리슨 | 최인자 옮김
117, 118 미국의 목가 필립 로스 | 정영목 옮김
119 대성당 레이먼드 카버 | 김연수 옮김
120 나나 에밀 졸라 | 김치수 옮김
121, 122 제르미날 에밀 졸라 | 박명숙 옮김
123 현기증. 감정들 W. G. 제발트 | 배수아 옮김
124 강 동쪽의 기담 나가이 가후 | 정병호 옮김
125 붉은 밤의 도시들 윌리엄 버로스 | 박인찬 옮김
126 수고양이 무어의 인생관 E. T. A. 호프만 | 박은경 옮김
127 맘브루 R. H. 모레노 두란 | 송병선 옮김
128 익사 오에 겐자부로 | 박유하 옮김
129 땅의 혜택 크누트 함순 | 안미란 옮김
130 불안의 책 페르난두 페소아 | 오진영 옮김
131, 132 사랑과 어둠의 이야기 아모스 오즈 | 최창모 옮김
133 페스트 알베르 카뮈 | 유호식 옮김
134 다마세누 몬테이루의 잃어버린 머리 안토니오 타부키 | 이현경 옮김
135 작은 것들의 신 아룬다티 로이 | 박찬원 옮김
136 시스터 캐리 시어도어 드라이저 | 송은주 옮김
137 고독한 산책자의 몽상 장자크 루소 | 문경자 옮김
138 용의자의 야간열차 다와다 요코 | 이영미 옮김
139 세기아의 고백 알프레드 드 뮈세 | 김미성 옮김
140 햄릿 윌리엄 셰익스피어 | 이경식 옮김
141 카산드라 크리스타 볼프 | 한미희 옮김
142 이 글을 읽는 사람에게 영원한 저주를 마누엘 푸익 | 송병선 옮김
143 마음 나쓰메 소세키 | 유은경 옮김
144 바다 존 밴빌 | 정영목 옮김
145, 146, 147, 148 전쟁과 평화 레프 톨스토이 | 박형규 옮김
149 세 가지 이야기 귀스타브 플로베르 | 고봉만 옮김
150 제5도살장 커트 보니것 | 정영목 옮김
151 알렉시 · 은총의 일격 마르그리트 유르스나르 | 윤진 옮김

152 말라 온다 알베르토 푸겟 | 엄지영 옮김
153 아르세니예프의 인생 이반 부닌 | 이항재 옮김
154 오만과 편견 제인 오스틴 | 류경희 옮김
155 돈 에밀 졸라 | 유기환 옮김
156 젊은 예술가의 초상 제임스 조이스 | 진선주 옮김
157, 158, 159 카라마조프가의 형제들 표도르 도스토옙스키 | 김희숙 옮김
160 진 브로디 선생의 전성기 뮤리얼 스파크 | 서정은 옮김
161 13인당 이야기 오노레 드 발자크 | 송기정 옮김
162 하지 무라트 레프 톨스토이 | 박형규 옮김
163 희망 앙드레 말로 | 김웅권 옮김
164 임멘 호수·백마의 기사·프시케 테오도어 슈토름 | 배정희 옮김
165 밤은 부드러워라 F. 스콧 피츠제럴드 | 정영목 옮김
166 야간비행 앙투안 드 생텍쥐페리 | 용경식 옮김
167 나이트우드 주나 반스 | 이예원 옮김
168 소년들 앙리 드 몽테를랑 | 유정애 옮김
169, 170 독립기념일 리처드 포드 | 박영원 옮김
171, 172 닥터 지바고 보리스 파스테르나크 | 박형규 옮김
173 싯다르타 헤르만 헤세 | 권혁준 옮김
174 야만인을 기다리며 J. M. 쿳시 | 왕은철 옮김
175 철학편지 볼테르 | 이봉지 옮김
176 거지 소녀 앨리스 먼로 | 민은영 옮김
177 창백한 불꽃 블라디미르 나보코프 | 김윤하 옮김
178 슈틸러 막스 프리슈 | 김인순 옮김
179 시핑 뉴스 애니 프루 | 민승남 옮김
180 이 세상의 왕국 알레호 카르펜티에르 | 조구호 옮김
181 철의 시대 J. M. 쿳시 | 왕은철 옮김
182 카시지 조이스 캐럴 오츠 | 공경희 옮김
183, 184 모비 딕 허먼 멜빌 | 황유원 옮김
185 솔로몬의 노래 토니 모리슨 | 김선형 옮김
186 무기여 잘 있거라 어니스트 헤밍웨이 | 권진아 옮김
187 컬러 퍼플 앨리스 워커 | 고정아 옮김
188, 189 죄와 벌 표도르 도스토옙스키 | 이문영 옮김
190 사랑 광기 그리고 죽음의 이야기 오라시오 키로가 | 엄지영 옮김
191 빅 슬립 레이먼드 챈들러 | 김진준 옮김
192 시간은 밤 류드밀라 페트루솁스카야 | 김혜란 옮김
193 타타르인의 사막 디노 부차티 | 한리나 옮김
194 고양이와 쥐 귄터 그라스 | 박경희 옮김
195 펠리시아의 여정 윌리엄 트레버 | 박찬원 옮김
196 마이클 K의 삶과 시대 J. M. 쿳시 | 왕은철 옮김
197, 198 오스카와 루신다 피터 케리 | 김시현 옮김
199 패싱 넬라 라슨 | 박경희 옮김
200 마담 보바리 귀스타브 플로베르 | 김남주 옮김
201 패주 에밀 졸라 | 유기환 옮김
202 도시와 개들 마리오 바르가스 요사 | 송병선 옮김

203 루시 저메이카 킨케이드 | 정소영 옮김
204 대지 에밀 졸라 | 조성애 옮김
205, 206 백치 표도르 도스토옙스키 | 김희숙 옮김
207 백야 표도르 도스토옙스키 | 박은정 옮김
208 순수의 시대 이디스 워턴 | 손영미 옮김
209 단순한 이야기 엘리자베스 인치볼드 | 이혜수 옮김
210 바닷가에서 압둘라자크 구르나 | 황유원 옮김
211 낙원 압둘라자크 구르나 | 왕은철 옮김
212 피라미드 이스마일 카다레 | 이창실 옮김
213 애니 존 저메이카 킨케이드 | 정소영 옮김
214 지고 말 것을 가와바타 야스나리 | 박혜성 옮김
215 부서진 사월 이스마일 카다레 | 유정희 옮김
216 사람은 무엇으로 사는가 레프 톨스토이 | 이항재 옮김
217, 218 악마의 시 살만 루슈디 | 김진준 옮김
219 오늘을 잡아라 솔 벨로 | 김진준 옮김
220 배반 압둘라자크 구르나 | 황가한 옮김
221 어두운 밤 나는 적막한 집을 나섰다 페터 한트케 | 윤시향 옮김
222 무어의 마지막 한숨 살만 루슈디 | 김진준 옮김
223 속죄 이언 매큐언 | 한정아 옮김
224 암스테르담 이언 매큐언 | 박경희 옮김
225, 226, 227 특성 없는 남자 로베르트 무질 | 박종대 옮김
228 앨프리드와 에밀리 도리스 레싱 | 민은영 옮김
229 북과 남 엘리자베스 개스켈 | 민승남 옮김
230 마지막 이야기들 윌리엄 트레버 | 민승남 옮김
231 벤저민 프랭클린 자서전 벤저민 프랭클린 | 이종인 옮김
232 만년양식집 오에 겐자부로 | 박유하 옮김
233 이상한 나라의 앨리스 루이스 캐럴 | 존 테니얼 그림 | 김희진 옮김
234 소네치카·스페이드의 여왕 류드밀라 울리츠카야 | 박종소 옮김
235 메데야와 그녀의 아이들 류드밀라 울리츠카야 | 최종술 옮김
236 실종자 프란츠 카프카 | 이재황 옮김
237 진 알랭 로브그리예 | 성귀수 옮김
238 말테의 수기 라이너 마리아 릴케 | 홍사현 옮김
239, 240 율리시스 제임스 조이스 | 이종일 옮김
241 지도와 영토 미셸 우엘벡 | 장소미 옮김
242 사막 J. M. G. 르 클레지오 | 홍상희 옮김
243 사냥꾼의 수기 이반 투르게네프 | 이종현 옮김
244 험볼트의 선물 솔 벨로 | 전수용 옮김
245 바베트의 만찬 이자크 디네센 | 추미옥 옮김
246 나르치스와 골드문트 헤르만 헤세 | 안인희 옮김
247 변신·단식 광대 프란츠 카프카 | 이재황 옮김
248 상자 속의 사나이 안톤 체호프 | 박현섭 옮김
249 가장 파란 눈 토니 모리슨 | 정소영 옮김
250 꽃피는 노트르담 장 주네 | 성귀수 옮김
251, 252 울프홀 힐러리 맨틀 | 강아름 옮김

253 시체들을 끌어내라 힐러리 맨틀 | 김선형 옮김
254 샌프란시스코에서 온 신사 이반 부닌 | 최진희 옮김
255 포화 앙리 바르뷔스 | 김웅권 옮김
256 추락 J. M. 쿳시 | 왕은철 옮김
257 킬리만자로의 눈 어니스트 헤밍웨이 | 정영목 옮김
258 오래된 빛 존 밴빌 | 정영목 옮김
259 고리오 영감 오노레 드 발자크 | 이철의 옮김
260 동네 공원 마르그리트 뒤라스 | 김정아 옮김
261 앨리스 B. 토클러스의 자서전 거트루드 스타인 | 윤희기 옮김
262 댈러웨이 부인 버지니아 울프 | 민은영 옮김
263 인간 실격 다자이 오사무 | 홍은주 옮김
264 감정의 혼란 슈테판 츠바이크 | 황종민 옮김
265 돌아온 토끼 존 업다이크 | 정영목 옮김
266 토끼는 부자다 존 업다이크 | 김승욱 옮김
267 토끼 잠들다 존 업다이크 | 김승욱 옮김
268 노인을 위한 나라는 없다 코맥 매카시 | 황유원 옮김
269 허조그 솔 벨로 | 김진준 옮김
270 보스턴 사람들 헨리 제임스 | 윤조원 옮김
271 추억을 완성하기 위하여 파트릭 모디아노 | 김화영 옮김

● 문학동네 세계문학전집은 계속 출간됩니다